ソルハ

帚木蓬生

集英社文庫

ソルハ　目次

アフガニスタン
ウズベキスタン
タジキスタン
中国
マザーリシャリフ
バグラン
ヒンズークシ山脈
パンシール峡谷
シバル峠
バーミヤン
カブール
ウナイ峠
コー・イ・ババの連山
ジャラララバード
カブール川
カンダハール
パキスタン

ロシア
カザフスタン
モンゴル
ウズベキスタン
キルギス
タジキスタン
トルクメニスタン
アフガニスタン
中国
イラン
パキスタン
日本
インド
トルクメニスタン
ヘラート
イラン
アフガニスタンの位置

ソルハ

第1章　ラピスラズリ

カブールの町で、ビビが好きな場所が二ヶ所あります。

それは小さなころの思い出とつながっています。

ひとつはバザール（市場）です。

ビビはようやく五歳になっていました。道の両側に小さな店がずらりと並び、その店先の手前に屋台が列をつくっています。道は、買い物客や見物客であふれていました。ロバが荷車を引きます。その横を、荷物を山のように積んだ手押し車を、おじいさんが押していきます。その間を、自転車やバイク、車が走りぬけます。かと思うと、羊やラクダがゆっくり通るのです。ニワトリを売っている店もあります。その鳴き声に、羊の鳴き声がまざります。物売りの声や、バイクの音も重なって、それはそれは大変なにぎわいでした。

ビビはお母さんのロビーナの服を、しっかりにぎっていました。

本当に、何から何まで売られていました。ラジオや扇風機、ランプ、タオルやマット。

ジュースにチャドルと呼ばれる大きなスカーフ、ゼンマイで動くおもちゃ。変なにおいのする薬、山盛りになった赤や黄色、茶色の香料。野菜や果物、青やピンクに輝く花びん。何でもあります。竹かごの中で、くちばしの曲がった小鳥がひっきりなしに動いていました。

ビビの目がふととまります。

小さな石でした。

カブールの空と同じ色で、キラキラ光っています。ビビは店先に少し近づきます。そして見たのです。本当に、空のかけらが店先に落ちてきているようでした。

「お母さん、この青い石は何ていうの？」

ロビーナの顔を見あげたビビは、泣きだしそうになりました。ロビーナではなく、知らない女の人のスカートをにぎっていたのです。

「お母さん」

泣きながら声を張りあげました。こんな人通りの多いところで道に迷ったら、もうひとりで家には帰れません。みなしごになって、お父さんやお母さんのいない、子どもばかりが集まっているところに入れられます。あるいは、人さらいに連れさられて、どこか遠い国に売られてしまいます。もうお父さんのラマート、ふたりの兄のカシムとアミン、その兄たちの、一緒に住んでいるお母さんのレザとも、会えません。

「お母さーん！」

ビビは、思いきり声を大きくしました。泣きながら、ロビーナを捜して右や左に歩きます。果物屋のおばさんや、ターバンを売っている店のおじさんが声をかけてくれました。でも、その人たちが人さらいに見えたのです。もっと遠くへ行かなければ捕まってしまいます。

そのときでした。ロビーナがいつか言った言葉が、耳によみがえりました。

「ビビ、もし迷子になったら、その場を動くんじゃないよ。じっとしていれば、お母さんが必ず迎えにいくからね」

ビビは泣きながら、自分の来た道をふりかえりました。ロビーナとはぐれたのは、きれいな石を売っていた店先です。屋台の向こうの並びにあったはずです。そこにもどらなければなりません。

ビビは走りました。銃を持った兵隊さんがふたり、恐い顔をしてこちらを見ました。ロバが引く荷車をよけて、道の反対側に出ます。大人たちの間をすりぬけました。石を売っている店まで、ようやくたどりつきます。

知らない間に、涙がとまっていました。ビビは店先で、また声をあげました。

「お母さーん！」

道を行く大人たちが何人もふりかえります。大人たちが近寄ってきてたずねます。どうしたのか。名前は何というのか。どこに住んでいるのか。でもビビは答えません。人さらいかもしれないからです。

そのときです。ロビーナの声を聞いたような気がしました。

「ビビ、ビビ、どこにいるの？」

「お母さーん」

でも胸がひくひくするだけで、大声になりません。そのかわり、泣き声だけは大きくなりました。

「ビビ、やっぱりここにいたのね」

ロビーナに抱きかかえられて、ビビの泣き声はさらに大きくなりました。お母さんに会えたうれしさと、迷子になって、しかられはしないかという心配があったからです。

「ビビ、えらかったね。お母さんの言いつけを守って、じっとここで待っていてくれたのね」

ビビはやっとのことで、うなずきます。泣き声はやんでいました。店の男の人や、そばを通るおばさんたちが、笑顔を向けていました。

その後も、バザールの青い石を売っている店の前を通るたびに、迷子になりかけた日のことを思いだすのです。

ロビーナに、青い石についてたずねたのは、ビビが小学校にあがるころでした。そのころカブールの町は、大砲や鉄砲の音が以前よりも少なくなっていました。

空には雲ひとつなく、どこまでも澄みきった青空が広がっていました。絨毯を売っている店の前には、真新しいきれいな赤い絨毯が広げてあります。道を行く人は、それを平気で踏みつけて歩くのです。店の人も何も言いません。ビビの手をしっかりにぎったロビーナのまねをして、ビビも小さな足でそれを踏みつけます。足元がふんわりとして、何ともいえない気持ちです。

「お母さん、お店の人はどうしてきれいな絨毯を外に出すの。きたなくなるのに」

ロビーナはにっこりしました。

「ビビ、絨毯は、人に踏みつけられてやわらかくなってこそ、値打ちが出るの。汚れなんて、あとで洗えばいいでしょう」

そうなんだと、ビビは思いました。でもうれしかったのは、ビビの質問を、ロビーナが喜んだことでした。ビビの小さなころから、ビビが何か聞くたびに、ロビーナはにっこり笑いました。そして、うれしそうに返事をしてくれたのです。

歩いているうちに、とうとうあの店の前まで来ました。ビビは思いきって、ロビーナに聞きます。

「お母さん、あの青い石は何というの？」

「青い石？」

ロビーナが足をとめます。

ビビは指さします。奥のほうに店の主人らしい男の人がいて、じっとこちらを見ていました。

「あれはラピスラズリ」

「ラピスラズリ」

何だか舌をかみそうですが、一度聞いたら、絶対忘れそうにない名前です。

「ビビ、ようく見てごらんなさい。青いだけではないでしょう」

ロビーナは店の人に声をかけ、一歩中にはいりました。

ビビは顔を近づけ、目をこらして石をじっと見つめました。なるほど、青いだけでなく、中に金色の星のようなものが散らばっています。カブールのきれいな青空に、金色の星が出ているかのようです。

「この石は、昔からアフガニスタンでしかとれなかったのよ。アフガニスタンの中でもただ一ヶ所、ヒンズークシの山の奥でしかとれない。ビビはエジプトという国は知っているわね」

「ピラミッドがある国」

ビビは胸を張って答えます。

「そう。そこにツタンカーメンという王さまのお墓がある。王さまのお棺の中には、黄金のマスクや魔よけのスカラベも埋められていたの。スカラベというのは、フンコロガシと呼ばれる昆虫をかたどったもの。それもラピスラズリで作られていたのよ」

「黄金のマスクも？」

「黄金のマスクの目が、ラピスラズリ」

ビビはもう少しで声をあげるところでした。黄金に光るマスクの目のところに、こんな青い石を置いたら、どんなにかきれいでしょう。青い目の中に、キラキラ光る金色の粒が浮かんでいるのです。

「ツタンカーメンの墓は、今から三千年前にできたといわれている。そのころ、もうアフガニスタンとエジプトとは、行き来があったのね」

ロビーナは自分でも感動したように、大きな息を吸いこみます。ビビは質問してよかったと思います。そして、何でも知っているロビーナが、ますます好きになりました。

カブールの町で、ビビが好きなふたつ目の場所は、カブール大学の庭です。

ロビーナとラマートに連れられて、お弁当をりんごの木の下で広げました。お弁当は、小麦粉で作った平べったいナンの中に、小羊のカバブ（焼いた肉）をはさんだものです。干しぶどうとクルットゥがついていました。クルットゥは、ヨーグルトをピンポン玉の大きさに丸く固めたものです。ポットには、チャイ（紅茶）が入れてありました。

クルットゥは、ラマートの友だちが開いている店で買いました。カブール一おいしいという評判で、一個が三アフガニです。

ビビは、ロビーナとラマートの間に座ります。ナンをほおばって、右のほうにある建物を見あげます。ところどころ壁に穴があき、ガラスが入れられていない窓もあります。ビビはもう慣れっこになっていました。カブールの町の大きな建物には、たいてい砲弾の跡があるのです。芝生の上では、若い女の人たちが座って話をしています。左側の運動場では、男の人たちがサッカーをしていました。

「ビビ、ロビーナはここの大学で勉強したんだよ」

ラマートが建物を見やります。

「何の勉強をしたの、お母さんは?」

「いろんな勉強をしたけど、専門は数学とアラビア語」

センモンという言葉は、ビビには初めてでしたが、少しはわかるような気がしました。

「だからロビーナは、中学校で数学を教えている。コーランもアラビア語で読める」

「お父さんも、ここで勉強したの?」

「お父さんが勉強したのは、ちがう学校よ。ここから少し離れたところにある技術学校」

「センモンは?」

ビビが聞いたので、ロビーナとラマートは笑いだしました。

「専門はね、機械と電気だ」

「お父さんは、そこの技術学校を卒業したあと、国から選ばれて、スイスに一年間、勉強に行ったの。スイスという国は、ビビも知っているでしょう?」

ビビも、スイスやドイツ、イタリアやフランスは、地図で見ておおよその場所は知っています。でもそれは遠い世界です。まさかラマートがスイスに一年間もいたことがあるなんて、信じられませんでした。

「お父さんはスイスで、キカイとデンキの勉強をしたの?」

「火力発電所の勉強だったよ。火を燃やして電気をつくる工場だよ。火力発電所があるから、カブールの町の家々に明かりがつく。テレビも見られるし、コンロも使える」

「お父さんは、スイスで勉強して帰ってきて、今は閉鎖されているけどずっと火力発電所で働いているのよ。ビビもいつか、連れていってもらうといいわ。それはそれは大きい建物だから」

「やっぱり、あんなふうに壁に穴があいているの?」

ビビは目の前の建物を指さします。

「まだだいじょうぶ」

ラマートとロビーナは顔を見合わせてくすっと笑いました。

「火力発電所をこわしてしまうと、町中が暗くなる。電話も信号機も使えず、工場も動かなくなる。だから、大砲や鉄砲を持ってけんかをしている兵隊も、火力発電所だけはこわさないの」

本当かなと思って、ビビはそっとラマートの顔を見あげます。ラマートは少し心配げな顔をしたまま、だまっていました。

ラマートは町の中でも大切なところで働いていたのです。ビビは何だか誇らしい気持ちになりました。

「ビビ、この前、ラピスラズリがどこでとれるか言ったでしょう。あの山よ」

突然、ロビーナが思いだしたように立ちあがりました。ラマートに手をつながれて、ビビも立ちあがります。サッカーをしている学生たちのずっと後方に、いつも見慣れた山がありました。山の頂上は、雪で白くなっていました。

「ヒンズークシの奥の、バダクシャン地方でとれるの」

「昔はバクトリアと呼ばれていたところだよ。今から十年ばかり前、そこにあったお墓の中から、いろんなものが見つかった。ラピスラズリ、金のブローチやブレスレット、留め金。それがバクトリアの黄金」

ラマートが言ったので、ロビーナはおどろいた顔をしました。

「そのバクトリアの黄金、今はどこにあるの？」

「国立博物館の中だろうけど、まだ一般には公開されていない。知っているのは、ほんの一部の専門家だけ。こんなぶっそうな世の中だから、黄金があることがわかると、襲撃されて持っていかれる」

ラマートは首をふりました。そしてビビのほうを向きます。

「ビビが、ラピスラズリを見ていて迷子になったのは、お母さんから聞いたよ」

「ラピスラズリは、エジプトのピラミッドからも見つかったんでしょう。三千年前に、あの山からエジプトまで運ばれたの？」

「よく知っているね、ビビ」

ラマートが感心します。

「エジプトは、どのくらい遠いの？」

ビビは今度はロビーナに聞きます。

「どのくらい離れているかって？」

ロビーナが考える顔になり、ラマートに助けを求めます。

「直線距離で四千キロ弱じゃないかな」

「ですって。ビビ、わかった？」

「うん」

「ラピスラズリは、西に運ばれただけでなく、東のほうにも運ばれていったんだ。仏教徒たちは、あの石を粉にして薬に使っていたそうだよ」

「あらそうなの」

ロビーナが初めて知ったというようにびっくりします。

「お母さん、仏教徒って何？」

「ビビ、わたしたちは、イスラム教を信じているでしょう。アッラーを、ただひとつの神として尊敬している。でもね、仏教徒はブッダという人を尊敬しているの」

「アフガニスタンも、昔は、仏教が盛んだった。その証拠に、バーミヤンというところには、大きな仏像がたくさん残されている。まだビビをそこに連れていったことはないね。いつか行かないといけないな。仏教徒たちは、もうアフガニスタンにはいない。でも、チベットや台湾、タイ、ミャンマー、日本など、東のほうの国々にはたくさんいる。だからビビ、アフガニスタンのラピスラズリは、西のほうにも、東のほうにも運ばれていったんだよ。金やダイヤモンドよりも、大切だったのさ」

「ふーん」

ビビは満足して、雪をかぶっているヒンズークシの山々をながめます。

自分の国で、そんな大切なものがとれるなんて、大いばりしたい気持ちでした。そしてラマートが、ロビーナと同じように物知りだということも、ビビにはたのもしく思えたのです。

第2章　入学

今日は学校が始まる日です。ロビーナもレザも、朝早くから起きていました。

ビビは胸がドキドキしていました。今日、小学一年生になるのです。

「ビビ、だいじょうぶだよ。アミンが小学校にはいったときは、ダリ語で自分の名前を書くのがやっとだった。それに比べてビビは、もうダリ語の本も読めるし、算数もできる」

そう言ったのは、一番上の兄で中学校に通っているカシムです。

アミンが不満そうに口をとがらせます。

「ぼくだって、今はダリ語もパシュトゥ語も書けるし、かけ算だってできる」

「それはアミンが四年生だからさ。勉強していないと、すぐにビビが追いつくぞ」

みんなそろって家を出ました。レザが玄関先まで出て見送ってくれます。ラマートのスクーターの後ろには、いつものようにアミンが乗ります。ビビはずっと前から、それがうらやましかったのです。自分も学校に行くようになったら、スクーターに乗せてもらえると思っていたのですが、ちがっていました。同じ小学生でも、男の子の学校と女の子の学校は、別々の場所にあるのです。ラマートがビビをスクーターに乗せると、大回りになってしまいます。

ビビは、ロビーナに手を引かれて家を出ます。大好きなカシムも一緒です。カシムが通う中学校は、ロビーナが先生をしている女子中学校の近くにあります。

行きは三人一緒ですが、帰りは別々です。ビビだけは、しばらくの間レザが迎えにきてくれることになっていました。

カシムが言います。

「ビビの先生はどんな先生だろうな」

「わたしも知っている先生。とってもやさしいけど、話を聞かないでよそ見をしている子には、パチンコが飛んでくる」

「えっ、本当。女の先生でパチンコができるの？」

カシムがびっくりします。ビビもカシムと同じようにおどろいて、ロビーナの顔を見あげました。男の子がパチンコ遊びをするのは、何度も見ています。アミンもそれが上手で、一度、庭のザクロの木にとまっていた鳩を、パチンコで撃ちおとしたこともあったのです。鳩は一度気を失って地面に落ちましたが、アミンがそばにかけつける前に、よろよろと飛びたっていきました。

ロビーナが言います。

「もちろんパチンコの玉は石ではなくて、新聞紙を丸く固めたものよ。でもやはり当たると痛いのよ」

「こわいなあ」

カシムが気の毒そうな目でビビを見ます。

「でもきちんと先生の話を聞いていれば、パチンコ玉は飛んでこない」

ビビも少し安心しました。先生の話をしっかり聞こうと思いました。

女の子が通う小学校の入り口には五、六人の先生が立っています。父親や母親、姉さんや兄さんに連れられてくる子どもたちを待っているのです。

ロビーナは太った丸顔の女の人と少し話をして、ビビをふりかえりました。その女の人が、ひょっとしたら受け持ちの先生なのかもしれません。ビビはその先生の手をそっと見ました。手には、パチンコはにぎられていませんでした。

ロビーナがビビの肩に手をかけて言います。

「ビビ、帰りはレザおばさんが迎えにくるからね」

カシムが笑顔を向けます。

「ビビ、パチンコ玉に当たらないようにな」

ビビはうなずきながら、ロビーナとカシムを見送りました。ロビーナと連れだって学校に行けるカシムを、うらやましいと思いました。でもビビも中学生になったら、ロビーナと一緒に中学校に行けるのです。

「さあ、新入生はこちらに集まって」

背が高くて、白いスカーフをしている先生が呼んでいます。その隣に、太ったさっきの先生がいます。またその横に、黄緑色のスカーフをかぶった、少し年とった先生が立っていました。

新入生は、全部で四十人近くいるようです。その中でビビが知っている女の子は、たったひとりでした。ザミラという名前で、お父さんはバザールで小さなくつ屋を開いていました。ラマートもそこで牛皮のくつを作ってもらい、修理も頼んでいました。ロビーナとレザも、羊皮のくつを注文していたはずです。ザミラと一緒に月に一度くつ屋に行き、お父さんが皮を切ったり、くつ底をぬいつけるのをながめたりしました。

くつ屋の軒下には、仕立屋さんもいました。ミシンを動かして、いろんなものをぬうのです。ザミラのお父さんのいとこにあたるおじさんで、ひげもじゃの顔をしています。手の甲にもいっぱい毛がはえていましたが、ミシンと布を扱う手つきは軽やかです。ミシンをひざで動かし、布を縦や横にずらしていくのです。ワンピースやズボン、コートが、またたく間にできていきました。その仕立屋のおじさんの両足がないのに気がついたのは、おじさんが早めに店じまいをするのに行きあったときです。ミシンはザミラのお父さんに預け、ひざから下に義足をつけて、立ちあがりました。ザミラとビビに手をふり、バザールの中に姿を消しました。

ザミラの話では、若いときに地雷を踏んだのだそうです。両足を失ったので、仕立屋になったのです。カブールの町には、義足をつけた男の人や少年がたくさんいます。みんな地雷で足を吹きとばされた人たちです。

太った先生が名前を読みあげていました。

「ビビ、同じクラスになるといいね」

「ザミラ、きっとなる」

先生が右のほうに手を向けたら、背が高くて白いスカーフをした先生のクラスです。左に手をやると、黄緑色のスカーフの先生が受け持ちになるのです。

ビビはできることなら、背が高くてきれいな先生のほうがいいと思っていました。

「ビビ」

手は右のほうにあがりました。よかったと思ったとき、その先生と目が合いました。ようこそ、というように先生は少し首を曲げて、笑いかけました。

何人かあとにザミラの名も呼ばれ、太った先生の手は右のほうを示しました。ビビと同じクラスになったのです。ザミラがビビのそばに寄って、笑顔を見せます。

全員がそうやってふたつのクラスに分けられました。

「はい、一組になった人は、教室にはいってくださいね」

教室には、黒板の前に机といすが置かれています。きちんとまっすぐ並んでいるのではなく、ただそこいらに集めただけという置き方です。

「自分の好きな机に座っていいですよ」

先生が言ったので、ビビはザミラと顔を見合わせて、一番前にある机の隣どうしに座ります。座ったあとで、しまったと思いました。もし先生がパチンコで紙の玉をつめて撃ったら、一番前の席だと痛いからです。でもすぐに思いなおします。先生の顔を一生懸命見つめていれば、パチンコ玉をくらうことはないのです。

「みんな席につきましたね。それではおたがいひとりずつ自己紹介です。自分の名前の他に、年齢や住んでいるところ、好きなもの、行きたいところ、何でもいいですよ。はい、右側のあなたから」

先生はさっそく、ビビの近くにいた子を指さしました。

ビビは胸がドキドキしてきました。どう言おうか考えているうちに、つぎつぎとみんなが立って答えます。声も大きくて、はきはき言う子もいれば、小さな声で下を向いて話す子もいます。名前だって、とても一度では覚えられません。後ろを向いていたビビがさされたのは、そのときです。先生と目が合いました。ビビは立ちあがります。

「ビビです。七歳です。好きなものはロビーナです。ロビーナはわたしのお母さんです」

　声がふるえて、顔がほてっていました。先生がにっこりとうなずいてくれたので、ほっとしました。実をいうと、ビビはまちがえていたのです。「好きなものは」の次に、「クルットゥ」と言おうとしたのです。ところが、恥ずかしいと思っている間に、ロビーナの顔が浮かんで、つい名前が口に出てしまったのです。

　次に立ったのは、隣にいたザミラでした。

「ザミラです。八歳です。行きたいところはメッカです」

　先生は目を丸くしました。

「そう、メッカね。先生も行きたいな」

　ビビはメッカという言葉は聞いたことがありましたが、どんなところかは知りません。それよりも、ザミラが自分よりひとつ年上なのにおどろきました。自分のほうが背が高いので、お姉さんのつもりでいたのでした。そんな考えにひたっているうちに、全員の自己紹介が終わっていました。

「それでは先生の番になりました。わたしの名前はムルサル・ザマニです。年齢は言いません。好きなものは、みなさんのようなかわいい生徒です。みなさんムルサルというのは知ってますね。バラの花のことです。ですから、これからはバラ先生と呼んでください」

「バラ先生だ」

みんなで今から手をたたきました。

「さっそく今から勉強を始めます。わたしが教えるのは、読み書きと算数です。こうやって先生がしゃべっている言葉を、何というでしょうか。はいビビ」

先生は、何とビビを指さしました。ビビはパチンコ玉をくらったように、目を白黒させて考えますが、答えがわかりません。でも、そんなことより、バラ先生がもう自分の名前を覚えてくれていることが、うれしくなりました。

「少しむずかしい質問で、ごめんなさい。この言葉はダリ語。アフガニスタンの共通の言葉です。もうひとつの共通の言葉はパシュトゥ語といって、みなさんも家ではよく使っているはずです。たとえば、ダリ語のタシャコール（ありがとう）は、パシュトゥ語ではマナナと言うでしょう」

そうか、とビビは思いました。家の中でラマートがロビーナと話すときと、レザと話すときとでは、言葉が少しちがうなと感じていました。ロビーナとはダリ語、レザとはパシュトゥ語だったのです。そしてビビがカシムやアミンと話すときもパシュトゥ語でした。ロビーナはダリ語をよく使うので、ビビは、その言葉もだいたいわかります。

「みなさんは、この言葉を耳で聞いて大まかに理解しているはずです。でも文字で書けますか。タシャコールを書けますか。バラ先生と口では言えても、この黒板にチョークで書けますか」

　バラ先生がこちらを見たような気がして、ビビはかぶりをふります。先生は黒板にチョークで、さっと右から左に文字を書きつけました。

「これがタシャコール、こっちがバラ先生。文字が読めるのと読めないのとでは、どうちがうでしょう」

　先生が聞くと、後ろのほうで元気のよい声がして手があがりました。

「はいカリマ」

　ビビは、もうバラ先生が生徒の名前をほとんど覚えているのに、びっくりしました。

「お母さんが仕事に出かけるとき、テーブルに置いておくメモが読めません」

「なるほどね。それはだれのためのメモなの」

「お姉ちゃん。学校から帰ると、家の中でしておくことや、買っておく物が書いてある」

「そう。やっぱり読めると便利でしょう。本屋さんに売っている本も読める。みなさんが大きくなって大学に行くと、たいてい大きな図書館があります。この小学校全部ほどの大きさで、そこにいっぱい本が並べてある。大昔に書かれた本もあるし、遠くの国で書かれた本もある。それが全部読めるのよ」

　ビビは先生が大学と言ったとき、ロビーナとラマートが連れていってくれたカブール大学を思いだしました。あそこにある図書館が、この小学校と同じくらい大きいのか、帰ったら聞いてみようと思いました。

「みんなももう少ししたら、他の言葉も勉強するといいです。アフガニスタンの中にも、ダリ語とパシュトゥ語の他に、ハザラ語、タジク語、ウズベキ語があります。それからアフガニスタンの外でも、いろんな言葉が話されています。たとえば、アフガニスタンの隣にはどんな国がありますか」

バラ先生がみんなに聞いたとき、ビビはきょとんとしました。そんなことなど、今まで考えてもみなかったからです。でもそれは、他の子たちも同じでした。バラ先生は続けます。

「アフガニスタンの西隣は、イランです。そこでは、ペルシャ語が話されています。ダリ語と少し似ているのですよ。東隣は、パキスタンです。そこにはパシュトゥ語を話す人たちがいます。でも一番の言葉はウルドゥ語。それでは北隣は、どこの国でしょう？みんなが生まれる前、アフガニスタンにたくさんの兵隊や戦車を送りこんだ国です」

「ソ連です」

ビビの横で答えたのはザミラでした。答えたあと、顔を赤くして恥ずかしそうでしたが、先生からほほえみかけられてにっこりしました。

「ザミラ、よく知っていたわね。そこで話されるのはロシア語よ」

先生は黒板から離れて、後ろのほうに行きます。ビビは身体(からだ)をひねって、先生の横顔を見ました。白いスカーフの陰から、金色のイヤリングが見えました。

「世界にはたくさんの言葉があるの。全部は覚えられないから、そのうちの大切なものを、しっかり勉強することを、みなさんにすすめます。もう少し大きくなってからでいいですよ」

その大切な言葉は何なのか、ビビは聞きたいと思いました。バラ先生がもどってきて、黒板の前に立ちます。

「大切なのは、英語とアラビア語です。英語ができると、世界中のどこに行っても、お話ができます。いろんな本も読めるし、いろんな国の人と手紙のやりとりができるようになります。アラビア語は、みんなも知っているコーランの言葉です。イスラム教を信じているわたしたちムスリムの、共通の言葉がアラビア語です。アラビア語のできる大人は、みんなから尊敬されます。先生もこのふたつを勉強していますが、まだまだです」

最後のところで、先生が少し恥ずかしそうな目をしたのが、ビビにはわかりました。

「少し疲れたでしょうね。それでは、自分の名前が書ける人は、みんなこの黒板に書いてください。ダリ語でもパシュトゥ語でもＯＫ。この踏み台に乗って書くのよ。チョークは、ここにあるから」

バラ先生はみんなをけしかけました。ビビが自分の名前を書けるのは、二年くらい前にロビーナが教えてくれたからです。白い紙にクレヨンで手本を書いてみせ、ビビの右手をつかんで動かしました。ビビはまねをして、何枚も書いたのです。その中の一枚は、しばらくの間台所の壁にはられていました。

そして去年は、ロビーナとラマートの名前、カシムやアミン、レザの名前も、すらすら書けるようになっていました。

ビビはザミラと顔を見合わせます。ザミラも自信があるようでした。

「書こうか」

「うん」

黒板の前には、十人ばかりの生徒が出ていました。踏み台に登って書く子もいれば、つま先立ちで書く背の高い子もいます。ビビはチョークをその子からもらって、黒板の余白に書きました。張りきって書いたので、文字が大きくなったような気がしました。ザミラも、黒板のすみに書きおわります。ふたりで机にもどりました。

「みんな、よく書けたわね」

バラ先生は黒板を見て目を細めました。

「それでは、先生がこれに文字をつけくわえて、文章にしましょうね。だれから始めようかな」

バラ先生はチョークを持って黒板に近づきます。

「じゃ、ファリダからね。はい」

先生は書いてあった名前の左側に、何かすらすらとチョークで書きつけました。

「先生は何と書いたのでしょう。みんなは読めないでしょう。残念ね」

バラ先生は教室を見回して片目をつぶりました。

「これは、〈ファリダはかわいい〉」

どっとみんなが手をたたきます。ファリダは二列目の真ん中に座った子で、とてもうれしそうでした。

「今度はこれかな。はい。〈スナイの瞳は青い〉」

スナイといわれた子は、後ろのほうに座っていました。目の色まではビビには見えません。次はだれになるか、ビビは黒板をながめます。先生はまた、別の名前の左側に、文字を書きくわえます。

「これは、〈アズイサは飛行機に乗った〉」

バラ先生は、すみのほうに座っている子に聞きます。

「アズイサ、飛行機に乗ったことある？」

その子が首を横にふるのを見て、ビビはほっとします。カブールのまっ青な空を飛ぶ飛行機は、何度もながめました。でも乗るなんて思いもかけないことです。

そんなふうにしてバラ先生は、ほとんど黒板に余白がないくらい文字を書きつらねました。残っているのは、ビビとザミラの名前だけです。

じっとビビが見つめる中で、バラ先生は黒板に近づきます。ビビの名前のわきに、ゆっくりチョークを走らせます。

「〈ビビはお父さんも好きです〉」

そうか、とビビは思いました。でも線のうねりのどこに、〈お父さん〉や〈好き〉が書いてあるのでしょう。

最後に、先生は腰をかがめて、ザミラの名前の左に何か書きたします。短い文でした。

「〈ザミラは走る〉」

先生はザミラに笑いかけたあと、また黒板に向かいます。「どこまでも走る」と言いながら、チョークを動かします。最後のところは、黒板の左端に引っかかってしまいました。

ビビは以前から、ザミラの足の速いのは知っていました。公園のゆるやかな坂道をかけくだるときなど、あっという間に先のほうまで行きます。バラ先生が、そのことを知っているのが、ビビにはとてもふしぎでした。

「今日、自分の名前を書けなかった人も、勉強すれば書けるようになるのですよ。はい、最初の勉強は、これで終わり。しばらく休んで、次は算数です」

バラ先生は黒板の字を全部消しおわって、にっこり笑いました。そしてさっそうと、教室から出ていったのです。

ビビはザミラと顔を見合わせます。こんな勉強なら、毎日でも楽しいと思いました。他の生徒たちも口々に、バラ先生が好きになったと言いあいました。

ロビーナが言っていたパチンコ玉の話は、うそだったのです。帰ったらロビーナに「お母さん、うそをついたね」と言ってやるつもりでした。それでもパチンコ玉の話を聞いていたので、先生の言うことを一生懸命聞いたのかもしれません。

休み時間には教室を出て、中庭で遊びました。ビビとザミラがすぐに仲よくなったのは、教室で後ろのほうに座っていたカリマとスナイでした。カリマは丸い顔のほっぺたが赤い子です。早口でしゃべるので、ビビには理解できないところがあります。背が高いスナイの目は本当に青く、何か宝石が目の中にはいっているようです。お互いどこに住んでいるか話しているときに、二時間目が始まり、また教室にはいりました。

算数の時間でしたが、ビビがびっくりしたのは、教科書がたった三冊しかなかったことです。それも表紙がぼろぼろになっていて、今にもはがれそうでした。

「みなさん、ごめんなさいね。この三冊の教科書は、よその小学校から借りてきました。本当なら、みなさんひとりひとりに配らなければならないのだけど」

バラ先生はすまなさそうな顔をしました。

「でも今日は、1から5までの数字を習うだけですから、黒板をしっかり見てくれればいいですよ」

先生はさっそく黒板に五つ数字を書いて、それぞれがどう呼ばれているのか教えてくれました。実をいうと、ビビはもう1から10までの数え方は、ロビーナから教わっていたのです。でも、書き方までは知りませんでした。

先生が黒板に書いた五つの数字の横に、生徒がひとりずつ、まねをして同じ数字を書きます。簡単にはいきません。ビビも同じです。家に帰ってから練習しようと思いました。

その日の勉強は、たった二科目だけでした。

「それでは、また明日」

バラ先生はにっこりとし、教室の出口に立ってみんなを送りだします。

ビビはザミラと一緒に学校の外に出ます。生徒のお母さんやお父さん、兄さんや姉さんが何人も待っていました。ビビはレザの姿を見つけて、ザミラにさよならをしました。

歩きながらレザが聞きます。

「ビビ、学校はおもしろかったかい」

「おもしろかった」

「どんなことを習ったの？」

「ダリ語と算数」

「ダリ語かい。わたしもダリ語は話せるけど、よく書けない。ビビは書けるようになるし、読めるようにもなるんだ。えらいね」

「レザおばさん、こうやって話しているのは、パシュトゥ語でしょう」

「そう。パシュトゥ語なら、わたしも何不自由なく読めて、書けるけど」

ビビは、大人でもそういうことがあるんだなと思いました。

そのときです。近くにあるモスクのミナレット（高い塔）から、アザーン（イスラムの祈りを呼びかける声）が響いてきました。男の人の声で、歌うようなうなるような独特な声です。

「レザおばさん、あの声はダリ語、それともパシュトゥ語？」

「あれはアラビア語。お祈りを呼びかける言葉や、お祈りの言葉はアラビア語と決まっているのよ」

「ふーん」

ビビは、アラビア語が大切だと言ったバラ先生の言葉を思いだしました。

「そうだ、ビビ。今日は初めて学校に行った日だから、モスクに行ってお祈りしようか」

道をいくつか曲がってモスクの前の広場に出ます。ビビはここまで来たのは初めてです。モスクの丸い屋根と、そのわきについたミナレットをながめました。もう建物の前には、大勢の人が集まってきていました。

レザとビビは、モスクの向こう側に回ります。女の人ばかり、壁際にあるいくつもの水道の蛇口で、手や首を洗っていました。どんな洗い方をするのか、ビビには少しもわかりません。

「そうか。ロビーナもビビにはまだ教えていなかったのだね。何度もしているうちに覚えるからね」

レザは蛇口の前にかがんで、手本を示しました。

まず手を洗い、水を口に含んで口の中をすすぎます。今度は鼻の穴、顔、それから右腕、左腕というように、レザは流れるような動作で洗っていきます。一回や二回では覚えられそうもありません。最後のほうは耳の穴と耳の後ろ、そしておしまいが右足と左足でした。

「ビビ、やってごらん」

レザは手とり足とりで、洗う順番を教えてくれました。

モスクにはいるのは初めてでした。中に仕切りの壁があり、男性と女性が分かれていました。ビビが脱いだくつは、レザが手さげ袋に入れました。前のほうには、女の人たちがいっぱい集まってひざまずいています。ビビのような小さい子どもは、ひとりもいません。

ビビの左にレザが座り、右側には年をとった女の人が座りました。小さいのによく来たねというように、にっこりしてくれました。

しかしそれからが、ビビにとっては学校での勉強より大変だったのです。

両手の親指を耳の後ろに置いて、何か言います。右手で左の手首をつかんで、お祈りをします。頭をたれたかと思うと、立ちあがります。そしてまた正座をして、同じお祈りを何度か口にして、また立つのです。それでもお祈りは終わりません。立ったり座ったりして、最後は、顔を右、そして左側に向けたのでした。三十分はかかったでしょうか。

ビビはそれでも、いやだとは少しも思いませんでした。心が洗われたような気がしたからです。祈りの言葉の意味はわかりませんが、大勢の人がいっせいに声を出し、同じ動作をしたからでしょう。

周囲を見渡すと、やはりみんな晴れ晴れとした顔になっていました。

モスクの外に出たとき、ビビはレザに確かめました。

「あのお祈りの言葉はアラビア語なの？」

「そう、アラビア語よ。コーランのお祈りはアラビア語でないと、アッラーに聞きとどけられないの。でも、あそこに集まったみんな、アラビア語でコーランの中身を言われても、チンプンカンプンで理解できない。わかるのは、〈アッラーは偉大なり〉とか〈偉大なるアッラーにたたえあれ〉とか〈アッラーは賛美する者の声を聞きたもう〉とかの部分だけ」

レザは少し残念そうに言いました。

「でもビビ、ロビーナだけはちがう。ロビーナはコーランを全部暗記しているの。一度だけ、別のモスクで、ロビーナがみんなの前でコーランを朗唱して聞かせたことがあった。それは美しい祈りで、まるで歌のようだった。涙を流しているお年寄りもいたくらい。ビビもいつか、お母さんにねだって、聞かせてもらうといい」

その日の夕食は、いつものようにばあやのヤーナと、じいやのサファルが用意してくれていました。ヤーナとサファルは、庭のすみにある小屋に住んでいます。買い物や庭そうじ、家の中の片づけ、料理、アイロンかけなど、何でもしてくれるのです。ビビはふたりが大好きでしたが、食卓でみんなと一緒に食べることは決してありません。

「ビビ、学校のパチンコ玉先生は、どうだった？」

ロビーナがからかうような口調で聞いてきました。

「バラ先生はおしゃべりした子めがけて、チョークを飛ばした。おでこに命中した」

「へえ、そんなおっかない先生がいるんだ。ビビはだいじょうぶだったのか」

アミンが目を丸くします。

「それはきびしい先生だ。チョークの当たりどころが悪いとけがするけどな」

カシムまでがおどろいて、ロビーナやレザと顔を見合わせます。

「バラ先生がそんなことするなんて。ビビ、本当なの？」

ロビーナから顔をのぞきこまれて、ビビはうそだったことを白状します。もともとは、ビビを恐がらせたロビーナが悪いのです。最後はみんな、大笑いになりました。

「学校の帰りに、レザおばさんとモスクでお祈りをしたの」

ビビは今日あったもうひとつの、ビビにとっては大事件をロビーナとラマートに報告します。

「レザ、本当？」

「アザーンが聞こえたから、寄ってみたの。ビビ、初めてにしては、よくできたわ」

「ありがとう、レザ」

ロビーナがレザに感謝します。

「すごいぞ、ビビ」

カシムが言います。

「アミンだって、お祈りを始めたのは、十歳のときだろう。ビビは早いな」

「カシムだって十歳だったさ」

ラマートから言われて、カシムは首をすくめました。

「明日からビビも、レザおばさんやお母さんと一緒に一日五回のお祈りを始めようかな」

ビビはそれまでレザやロビーナがお祈りする姿を見たことはなかったのです。たぶん、二階の自分の部屋でしていたからでしょう。ラマートとカシム、アミンが一階にある居間で、並んで祈っているところには行きあわせたことがあります。ビビも加わりたかったのですが、じゃまをしてはいけないと思って、そっと居間から抜けだしていたのです。

ラマートが言います。

「ビビ、一日五回のお祈りというのは、イスラム教徒のしるしなんだよ」

「そうさ。なまけ者にはできっこない」

カシムが胸を張ります。

「ファジルが日の出前のお祈り、ズフルが真昼どき、アスリが夕方、マグリブが暗くなってから、そして寝る前がアシャーア」

「これから一日も欠かさず、祈っていこうね。ビビならきっとできる」

レザが言います。

学校の帰り、レザが迎えにきてくれたとき、またあのモスクからアザーンが聞こえたら、そこでお祈りをしようとビビは決心します。

そうやって、ビビにとって学校とお祈りの初めての日は終わったのです。

第3章　発電所

「ビビ、今からお父さんと一緒に、発電所に出かけよう」

ある日、いつもより早く家にもどったラマートが言いました。カシムとアミンは友だちの家に遊びにいって、家にはいません。

ラマートのスクーターに乗るのは、それが三回目でした。

以前ラマートのスクーターに乗せてもらったのは、バザールに行ったときと、バザールの近くにある公園に行ったときです。今度は、反対の方角に道を進みます。

「お父さん、発電所は遠いの？」

ラマートに聞こえるように、ビビは大きな声を出します。

「四十分くらいかな。前は橋を渡って二十分もあれば行けたけど、橋がこわされてからは遠くなった」

ビビが小学校に入学してから、カブールの町は、少しずつ変わってきました。

でも、ラマートのベルトを後ろからしっかりつかんでいると、もう恐さもなくなります。バザールのわきの道をまっすぐ行き、こわれた橋をやりすごします。もうひとつ向こうの橋を渡ると、ビビも見覚えがあるカブール大学のそばに出ます。そこから住宅街を抜けると、建物はまばらになりました。

「あれが火力発電所だよ」

ビビは首を少しひねって、右側をながめます。高い煙突を二本もつ黒っぽい建物が見えます。そのまわりには、電線が何本も走っている大きな鉄塔が、四、五本立っていました。でも煙突から煙は出ていません。

発電所は高い塀で囲まれていました。正面の鉄格子の門は閉められ太い鎖が巻かれています。

ラマートはスクーターから降りて、塀の向こう側に回ります。そこは小さな裏門になっていて、戸に太い鎖の錠がかけられていました。

ラマートはスクーターのサドルの中からカギを取りだして、大きな錠前の中にさしこみます。太い鎖を取りはずして戸を開け、敷地の中にスクーターを入れます。

建物の左のほうの壁が、大きくえぐられていました。ロケット弾の跡にちがいありません。二本の煙突のうち一本も、途中で折れて低くなっています。

それよりもビビがおどろいたのは、敷地に生えている雑草でした。黄色い花をつけていたからです。

「お父さんは、ここに毎日来ているの？」

「そう。毎日来ている」

「お父さんひとりで？」

「ずっとひとりさ」

ビビにはどうしてラマートだけが、ここに毎日来るのかわかりません。

建物の中は薄暗く、高いところにある小さな窓から明かりがさしこんでいました。天井に電灯はありますが、電気は通っていないのでしょう。ビビはラマートに手を引かれて薄暗い廊下を進みます。廊下のつきあたりにあるのは、頑丈そうな扉でした。ラマートはそこにもカギ束のカギを入れ、扉を押します。少し押したぐらいではびくともしないような、分厚い扉です。ラマートが体重をかけたとき、ようやく向こう側に開きました。

そこは天井の高い広い部屋で、後ろにある横長の窓から細い光がそそぎこんでいました。壁いっぱいに、いろんな計器がはめこまれています。

ビビがおどろいたのは、その計器の前や、壁際に積みあげられた大きな土のうでした。町の中でもあちこち見かけるもので、袋の中には土がつめられています。壁のかわりをしたり、店の前などに積みあげて、建物を守る役目をするのです。

「これはお父さんが全部やったの？」

「ひとりではできない。みんなで力を合わせて、四、五日かかったかな。この建物がロケット弾攻撃を受けても、計器類だけはこわれないようにしたんだ」

ラマートはビビに説明します。

「発電所の中には、大切な機具がたくさんある。それはお父さんたちが取りはずして、それぞれ家に持ちかえってかくしている。ロケット弾だけでなく、こわいのは泥棒なんだよ。残った計器類は、こわして持っていっても、たいした金にはならない。どこにかくしているか、あとでビビだけには教えておこう。お父さんにもしものことがあったら、ビビしかかくし場所を知らない。発電所の友人がたずねてきたら、そのときだけかくし場所を教えてもいい」

「お父さんは、毎日ここに来て調べるのね。泥棒がはいっていないか、ロケット弾が撃ちこまれていないか」

「それもあるけど、もっと大切な仕事があるんだよ」

ラマートはビビを連れて、計器の並ぶ壁の後ろ側に行きます。どこか油くさいにおいのする部屋でした。やはりそこにも、土のうが積みあげられていました。ラマートは床にしゃがみこんで、取っ手を引きあげます。床が四角く開いて、中に太くて長い棒が見えます。

「ビビ、これがこの火力発電所で一番大切なものなんだ。太い棒にしか見えないけど、このシャフトが回って、電気ができる」

ラマートは壁際についているハンドルを手で回しはじめます。低い音がしてモーターが回転する音がしはじめます。

「これでタービンが始動した。ビビ、シャフトは回っているかい？」

「回っているよ」

床下をのぞきこんでビビは答えます。

シャフトを五分間くらい回しつづけたでしょうか。「これでよし」とラマートは言い、タービンのスイッチを切ります。

「このシャフトは、毎日回さないと、重みで曲がってしまう。曲がると使えなくなるんだ」

「お父さんは、この仕事をするために、毎日ここに来ていたの？」

ビビはバザールにある店が休みの日まで、ラマートがスクーターに乗って仕事に出かけていく理由がのみこめてきました。

「そうだよ」

「他の人たちと交代ですれば、毎日お父さんが来なくてもいいのに」

「ビビ、大切な仕事は、みんなでやるとだめになることが多いんだよ。おたがい、他の仲間をあてにするからね。ひとりだと、自分がやるしかないので、途中でくじけることはない」

「でももし、お父さんがここで仕事をしているとき、ロケット弾に当たったら、どうなるの？」

「そのときは、もう二番手の係が決まっている。その二番手が倒れたら、三番手もいる。でもねビビ、心配するにはおよばない。お父さんの身体は、木でできていない。ロケット弾が飛んできても、簡単には燃えない」

　ラマートはにっこりします。

「でも、もしものときは、ビビ、悲しまなくていい。お父さんの命はアッラーに預けてある。爆弾の下敷きになって命をなくしたとしても、それはアッラーの考えの結果だよ。お父さんは悲しまない。ビビたちも悲しまなくていい。お父さんは天国でアッラーに会い、こんなふうに生きていました、と報告するつもりだよ」

　ラマートは腰をかがめて、ビビの顔をまっすぐ見つめます。

「お父さんも、この発電所が自分のものだったら、毎日ここに来てシャフトを回すなんて、面倒くさいことはしない。とっくの昔に見限っている。この発電所は、カブールに住むみんなのものなんだ。もしお父さんが、このシャフトを回さないと、発電所は永久に使いものにならなくなる」

「いつまで、これを回せばいいの？」

「カブールの町が平和になるときまでだよ」

「あとどのくらいしたら平和になるの？」

「さあビビ、それはむずかしい問題だ。二、三年かかるか、五年かかるか」

「そんなに長くかかるの」

ビビはびっくりします。今が八歳だから五年たつと十三歳になり、アミンよりも年上になるのです。

「今日はこれでよし」

ラマートは扉を閉めます。建物の外に出て、裏門も鎖で閉めました。

「今度は、お父さんが勤めている店に案内しよう」

またラマートのスクーターに乗って、町のほうへもどります。

ラマートの店は、バザールのはずれにありました。両隣は布地を売っている店と、大きなつぼを売っている店です。真向かいには薬屋と自転車屋がありました。

ラマートは、ビビを店のふたりの仲間に紹介してくれます。ラマートたち三人は、六年前に発電所が閉鎖されて働く場所がなくなり、ここで店を開いたのです。小さな発電機を売ったり、修理したりするのが商売です。店の中には、テレビくらいの大きさの機械が十数台並べられています。奥には、分解されて修理中のものも見えます。

「ラマートからよく聞かされていたけど、会うのは初めてだね。やっぱりお父さん似だね」

ひとりから言われてビビは変だと思います。というのも、これまでは、みんなからロビーナ似だと言われてきたからです。たぶんどちらにもそこそこ似ているので、人によってとり方が変わってくるのでしょう。

「前にビビと会ったのは、まだよちよち歩きのときだったからな。大きくなったね」

ビビは、その人と会ったことなど、まったく覚えていません。家でラマートの誕生日を祝ったとき、招かれたということでした。

「あの発電機は、一台いくらぐらいするの？」

バザールからの帰りがけ、ビビはラマートに聞きました。

「大きいのから小さいものまで、さまざまだけど、お金のない家は買えない。映画館をやっているカティブおじさんは、大きな発電機を何台も使っている。重油で動くので、その値段もばかにならないさ。うちで使っているのは、中くらいの値段かな」

そう言われて、ビビはヤーナとサファルを思いうかべます。ふたりが住んでいる小屋には、電灯も冷蔵庫もありません。もちろんテレビやラジオもありません。暗くなったらランプをつけるのです。

家に帰りつくと、ラマートはビビを裏庭に連れていきました。ヤーナたちの小屋のそばに、ザクロの木が三本ありました。下に、木のベンチが置かれています。ラマートはビビと一緒に座りました。

「ビビ、お父さんが発電所の大切な部品を埋めているのは、このベンチの下だからね。穴は一メートルくらいの深さで、大人がひとりしゃがんではいれるくらいの大きさに掘ってある。大事な機械はビニールの袋に何重にも包んでいるから、中身は新品同様だよ」

ラマートは前を向いたまま、さりげなく言います。

「お父さんにもしものことがあって、さっき店で会ったおじさんふたりのどちらかがやってきたら、ここにかくしてあると教えてやっていい。他の人が来ても、絶対教えてはいけない。わかったね」

ビビは小さくうなずきます。わざわざ店までビビを連れていったのは、ラマートの友人ふたりをビビに覚えさせるためだったのです。

「でも、お父さんに、もしものことなんか起こらないほうがいい」

「ビビ、お父さんもそう願っているけど、これぱかりは、発電所でも言ったように、アッラーのおぼしめしのとおりなんだよ。お父さんの命も、ビビの命も、お母さんの命も、それからレザやカシム、アミンの命も、みんなアッラーの手の中にある。人間にはどうにもできない。わかったね」

ビビはそんなのはいやだと思いながらも、小さくうなずきました。

「お父さんの学校時代の友だちが、国立博物館に勤めている。博物館には、ビビが赤ん坊のとき、家族みんなで行ったことがある。でも戦争が激しくなって、そのあとすぐに博物館は閉鎖になった。あそこには、アフガニスタンの宝がたくさんおさめられている。美しい宝石で飾られたコーラン、金の王冠、宝石でできた腕輪など、値段がつけられない貴重なものばかり。中でも一番価値があるのは、今から十五、六年前にカブールのずっと北のほうで見つかった宝物だ。いつかビビにも話したろう。バクトリアの黄金で、二千年くらい前の遊牧民の墓から発掘された。一般には公開はされなかったけれど、お父さんはその友だちに特別に見せてもらった。それはすごかった。金のブレスレットや金のブローチ、金の帯止めや杖。二千年前に作られたというのに、まるで昨日できたように輝いていたよ。戦争のとき、そんな宝物を博物館にそのまま置いていたら大変なことになる。兵隊がまっ先に攻めこんできて、宝物を奪っていく。泥棒と同じだよ。

そこで、博物館の職員たちは、だれにも知られないように、宝物をどこかにかくしたんだ。一ヶ所に集めると、見つかったときに全部とられてしまうので、何ヶ所かに分散した。職員もひとりひとり、自分で責任をもって、いくつかは自分しかわからない場所にかくした。ちょうどお父さんと同じようにね。ビビ、博物館の玄関には、有名な文章が書かれているけど、知りたいかい」

ラマートがたずねます。もちろんビビは知りたいので、「うん」とうなずきます。

「〈国の文化が生きている限り、国は生きつづける〉と書いてある。アフガニスタンの文化がどうだったかを知るのに、博物館以上のものはない。だから、博物館がなくなってしまえば、いくら国が生きつづけても、それは形だけのものになってしまう。逆に、文化がそこに保存されていれば、国がたとえ消えても、人々に感動を与えつづけることができる。ビビ、お父さんの言うこと、少しむずかしいかな」

ラマートがビビの顔を見てにっこりします。

確かにむずかしい話ですが、博物館の中の物が大切だということは、ビビにも理解できます。

「ビビが大きくなったら、博物館でその宝物を見られるようになるかしら」

「なるさ。きっとそんなときがやってくる。今はだめだけどね。平和になったら……」

そのとき裏門を開けてはいってきたのは、ヤーナとサファルでした。

「ここにおられたのですか」

バザールに買い物に行ったのか、サファルは大きなかごをかかえていました。ふたりはほとんど一日おきに買い物に出るのです。ロケット弾が爆発する日でも、ヤーナとサファルは買い物に出かけてくれます。

「今日はビビを連れていって、発電所とわたしたちの店を案内したんだ」

「そんなに遠くまで行って、危なくはなかったですか」

少し腰の曲がったヤーナが心配します。

「何事もなかった」

「発電所というのは、電気を起こす工場でしょう。ビビも大きくなったら、お父さんのようなえらい技術者になるんだね」

サファルがにっこりします。笑うと、歯の欠けた口の中が見えます。

ビビはどう答えていいかわからず、ラマートと顔を見合わせるだけです。あんな壁いっぱいの計器を扱うのは無理です。店で見たような発電機を作ったり、修理できるようになるまでには、どんなにたくさんの勉強をしなければならないのか、考えてしまいます。

「サファルもヤーナも、本当に毎日大変だね。砲撃が激しいときは、買い物に出なくて、ありあわせで食事を作っていいからね」

「だんなさま、わたしたちはどうも砲弾からはきらわれているようです。この前も、バザールに行く途中、ロケット弾がすぐ近くに落ちたんです。それなのにわたしたち、かすり傷ひとつ受けなかったのですよ」

「それは危なかった。気をつけてくれ」

ラマートとビビは、ふたりが小屋にはいるのを見届けました。

第4章　ロケット弾

その後もビビは学校に休まずに行きました。ザミラやカリマ、スナイと会うのが楽しく、勉強もいやだと思ったことはありません。それはたぶん、バラ先生のきれいな顔や、日によってちがうスカーフの色や、イヤリングの形を見るのが好きだったせいもあります。先生がそばを通ったときにする香水の何ともいえないにおいをかぐと、ビビはうっとりして、自分が勉強をしているのを忘れるくらいでした。

ダリ語で短い文章の読み書きができ、小さな数の足し算ができるようになりかけたとき、町のあちこちで、鉄砲やロケット弾の撃ち合いが始まりました。

学校の帰りにいつも迎えにきてくれるレザに聞くと、男たちのつまらないけんかだと教えてくれました。子どものけんかは、せいぜい石を投げたり、パチンコ玉を飛ばしたりするくらいです。でも大人の男たちのけんかはちがいます。お互い大きな武器を持っているので、人が何人も死んだり、建物がロケット弾でこわされたりするのです。

モスクでレザと祈っているときも、近くに爆弾が落ちて、大さわぎになったことがありました。被害にあったのは、バザールのはずれでした。レザはビビの手を引いて、急いで帰宅しました。どのくらい家がこわれたのか、ビビにはわかりません。

ラマートに聞くと、以前から兵士のグループは四つも五つもあったそうです。いったん仲直りをしたのですが、また意見が分かれて、けんかを始めたのです。それぞれがカブールの町のいいところに陣地を構えて、ロケット弾で他のグループを町から追いだそうとしているとのことでした。

銃を持った男たちをたくさん乗せたトラックが、道を行ったり来たりします。遠くで爆発音がして、白い煙があがるのを何度も見かけるようになりました。

学校に来る生徒も、ひとり減りふたり減りしていきました。二十人いたクラスメートも、十四人くらいになりました。「アズイサは飛行機に乗った」と、バラ先生から黒板に書かれたアズイサの家にも、ロケット弾が落ちました。幸い、アズイサの家族にけがをした人はいなかったと、バラ先生は教えてくれました。でもアズイサは、親せきのところに引っこしていったそうです。

もしビビの家で、夜みんなが寝静まったときにロケット弾が落ちたら、どうなるでしょうか。みんな死んでしまうか、生きていても大けがをするにちがいありません。

もしビビがひとりだけ生きのこって、ロビーナもラマートも、レザもカシムとアミンも死んでしまったら、どうなるでしょう。ビビは考えるだけで、夜も寝つけなくなりました。うまく寝つけても、鉄砲の撃ち合いの音や、ロケット弾が落ちる音で、とびおきるのです。

子どもたちだけを集めた家、孤児院もひと月くらい前に見たことがありました。学校が休みの金曜日に、ロビーナと連れだってバザールに行った帰りに、いつもとはちがう道を通ったのです。道の左、鉄の網の仕切りの向こうに、子どもたちが何人も遊んでいました。ここも学校かなと思ってロビーナに聞いたのですが、ちがっていました。お父さんやお母さんを亡くした子どもたちが一緒に暮らす孤児院だと、教えてくれたのです。

庭には、男の子も女の子も出ていました。どの子もきれいな服は着ていません。はだしの男の子や、頭にぶつぶつができて血がにじんでいる子もいました。庭の奥にある建物は、窓ガラスがなくなって、板が打ちつけられています。

ビビはロビーナに聞きました。

「この孤児院の子どもたちも学校に行くの？」

「行かない。行きたくても、学校に払うお金がないの。でもね、週に一度くらいは、だれかが、教えにきているかもしれない。そんなとき、小さい子も大きい子も、一緒に勉強するのじゃないかな」

ロビーナは少し悲しい顔をしました。

カシムくらい大きな男の子も、庭に出ていました。ビビよりも年下の女の子もいます。

そんな子たちが一緒に集まって、どうやって勉強するのか、ビビにはふしぎでした。

そのうち、何人かの子どもたちが、ビビとロビーナのほうをうらやましそうに見始めました。ビビとロビーナは、足早に通りすぎました。そのあと何日間かは、こちらをじっと見ていた子どもたちの暗い顔が、ビビの頭から離れませんでした。

家にロケット弾が命中して、ビビがたとえひとりぼっちになっても、庭のすみの小さな家に住んでいるヤーナとサファルには、被害がないかもしれません。ふたりがビビを育ててくれるでしょうが、ふたりとも年寄りだからビビが大きくなるまで元気かどうかはわかりません。それにこの家がなくなったら、ふたりとも働くところがないのです。年寄りだから、どこも雇ってくれるはずはありません。

ビビは、バザールの道ばたに座っている物乞いの親子を思いうかべます。女の人はレザくらいの年齢でしょうか。男の子は目の病気があるらしく、目は開いていても、あまり見えていないようです。いつも母親のそばにくっついています。ビビくらいの背丈ですが、年はもっと上なのかもしれません。着ている服はいつも同じで、そでもえりも汚れていました。

ヤーナとサファルとビビの三人で、物乞いをするのはいやだとビビは思います。そんな暮らしになったら、学校にも行けないし、勉強もできません。

あれこれと先のことを考えると、目がさえて眠れません。遠くで、ロケット弾が発射される音と、鉄砲を撃ち合う音がします。

そのときです。そうだ、とある考えがひらめきました。ロビーナから、一日五回のお祈りの仕方は教わっていました。学校の帰りにレザとモスクでお祈りしても、もうまごつきません。それどころか、周囲の大人たちも、小さいのに立派なお祈りもするし、祈りの言葉もまるで本物のようだとほめてくれるのです。言葉は、ロビーナがアラビア語で何度も教えてくれたからです。もっと口を大きく開けなさい、口を横に開いて、舌の奥をもう少し持ちあげて発音しなさい。ロビーナがくりかえし直してくれたおかげでした。ビビはそこで考えたのです。お祈りの最後に、自分の願いを必ずつけくわえることにしました。ビビの家に、ロケット弾が落ちないようにしてください。ラマートもロビーナも、レザもカシムもアミンも、そしてヤーナとサファルも、だれひとりけがをしないようにお願いします。

一日五回欠かさず祈れば、アッラーも聞きとどけてくださる。ビビはそこまで考えて、ようやく胸のドキドキがおさまり、いつの間にか眠りについていました。

翌朝の食卓では、町のあちこちで起きている砲撃が話題になりました。ビビはじっと耳を傾けます。

カシムが言います。

「昨日学校の裏手にある四階だての住宅にロケット弾が落ちたよ。死んだ人が十八人、けが人は四十人以上だと、先生が言っていた。もう学校も安全なところではなくなった」と、先生は頭をかかえていた」

レザとロビーナが顔を見合わせて、ラマートに聞きます。

「戦争がひどくならないうちに、学校に行くのはやめたほうがいいかしら」

「カシムはどう思う？」

「ぼくは学校が開いている限り行くよ。友だちともそう約束したんだ」

「アミンの小学校はどうなんだい？」

アミンは、立ちあがって、ダダダダッと撃つまねをします。

「ときどき、遠くで機関銃を撃つ音がする」

「アミン、笑いごとじゃないの」

レザがしかります。

「お父さん、いったい、何種類のゲリラ組織がカブールで戦っているの？」

カシムがたずねます。

ゲリラというのは、けんかをしている大人の兵士たちだということは、ビビにも見当がつきました。

「少なくとも七つはある。イスラム党にイスラム協会、イスラム革命運動、イスラム国民戦線、国民解放戦線」

ラマートは一本ずつ指を立てていきます。

「このうちイスラム党とイスラム協会は、ふたつに分裂してしまっているので、全部で七つ」

「みんなイスラム教を信じているムスリム（イスラム教徒）なのに？」

「そうさ。みんなアッラーを信じている点では同じだ」

「アッラーはどうでもよくなって、自分たちの勢力ばかりを拡(ひろ)げたがっているの」

レザが言います。

「このカブールの町を手に入れることは、アフガニスタンを支配することと同じなのよ」

「戦わなくて、話し合いで決めればいいのに」

カシムが口をとがらせます。

「おたがいロケット砲や機関銃を持っていると、そうはいかないものだ」

ラマートが答えます。

「でもラマート。最近力をつけてきているのはタリバンではないかしら」

ビビがタリバンという名前を聞いたのは、そのときが最初でした。

「タリバンてなあに？」

ビビの質問に答えたのはロビーナです。

「アラビア語で『学生たち』という意味。コーランの中にある言葉よ。でもあの人たちはもう学生ではなくて、兵士。自分たちが言う正しい戦いの最中に戦死したら、どんな罪深い人間でも、まっすぐ天国に行けると教えこまれている。だから、他の兵士たちよりも死に物狂いで戦う。南のカンダハールや、西のヘラート地方は、タリバンが支配しているの」

「お母さん、戦いで死ねば、どんな人間でも天国に行けるの?」

アミンがレザにたずねます。レザはかわりに答えてくれというように、ロビーナを見ました。

「戦いでも病気でも、アッラーは人が死ぬのを喜ばない。アッラーが望んでいるのは、人々がコーランの教えに従って、一生懸命に生きることよ。貧しい人、苦しんでいる人を助け、みんなから感謝されてこそ、天国でアッラーに会えるの」

ロビーナがにっこりしながらアミンに答えます。ビビもわかった気持ちになりました。カシムもうなずきます。

その日の朝も、いつものようにレザだけ残して、五人で家を出ました。ラマートのスクーターにアミンが乗り、ロビーナとカシム、ビビの三人は、手をつないで歩きます。

「ビビ、気をつけてな」

学校の前でカシムが手をふり、ロビーナはビビのほおに口づけをしてくれました。ちょうどそこに、ザミラがお母さんに連れられてきました。ビビはザミラとふたりで学校の中にはいります。ロビーナとザミラのお母さんは、しばらく校門の外で立ち話をしていました。

授業が始まります。バラ先生が少し悲しい声で、みんなに言いました。

「今日から、お隣のクラスのアイシャ先生が、学校に来られなくなりました。昨日の昼、兵士たちの撃ち合いで、橋が爆破されたのです。近くにあったアイシャ先生の家も、半分がこわされてしまいました。ですから今日からは、隣のクラスのお友だちと一緒に勉強することになりました。みんな仲良くしましょうね」

そこへ校長先生が、隣のクラスのみんなを連れてはいってきました。そのころビビたちのクラスも、生徒は十一人くらいに減っていました。隣のクラスの子は十人だったので、机といすが足りないことはありません。

隣のクラスの子にひとり、頭に包帯を巻いている子がいました。お母さんと買い物に出かけているとき、すぐそばの建物に砲弾が撃ちこまれて、窓ガラスが降りかかってきたのだそうです。けがにもめげずに、学校に来るところがえらいなと、ビビは思いました。

最初の授業は算数でした。ビビはもう、小さな数の足し算と引き算はできるようになっていました。たとえば、ザクロ１個が３アフガニのとき、２個買ったらいくらになるか。そのとき10アフガニの硬貨を出したら、おつりはいくらか。すぐに答えを出せます。

「それでは今日から一週間、もっと大きな足し算の勉強をします。いいですか。手の指や足の指、何を使ってもいいですから、答えを出してくださいね」

バラ先生はそのころ、もう教科書を使わなくなっていました。どうせ足りないのだから、いっそのことなくしたほうがいいと思ったのでしょう。ビビも、教科書に書いてある絵や数字を見るよりも、バラ先生の顔と黒板を見るほうが好きでした。一生懸命見ていると、先生の言うこと、黒板に書かれたことが、そのまま頭の中にはいってくるのです。

「ザクロ5個と8個では何個？」

「9個と3個では？」

バラ先生は、ひとりずつ聞いていきます。

答えるのが遅い生徒の前でも、先生は急ぎません。

「いっぺんに数えなくても、ひとつずつ加えていけばいいのですよ」

正しい答えが出るのを待って、最後には「よくできました」とほめてくれます。ときにはまちがう子もいますが、そんなときは、にっこり笑って一緒に計算しなおします。

バラ先生が、ビビのほうに近づいてきます。間もなく質問がとんでくるのです。まずザミラが先生から聞かれました。

「左のほうから羊が10頭、右からは羊が12頭やってきて、一緒になりました。さあ、何頭いるでしょう」

クラスの中から笑い声が起こります。今までザクロだったのが、突然羊に変わったからです。でもザミラはあわてず、少し顔を赤らめながら、両手の指を少し広げて答えました。

「22頭です」

「正解」

先生が手をたたきます。

「さあ今度はビビの番ですよ」

バラ先生が、黒板にチョークで円を描きます。

「ここに広場があって、東西南北から4本の道が集まっています。さて、山羊(やぎ)さんが東の道から5匹、西の道から6匹、北のほうから3匹、南のほうからは4匹やってきて、広場で合流しました。全部で何匹になったでしょう」

バラ先生はわざわざ山羊の絵も、それぞれの道に書きそえました。四つも数が出てくる新しい問題だったので、みんなおどろいてざわざわしながらビビのほうを見ます。落ちつけ、とビビは自分に言いきかせました。そして頭の中で、西から来た山羊6匹と、南から来た山羊を足して、10匹、さらに東の5匹と北の3匹を足して8匹、合計18匹だと計算しました。

「18匹です」

ビビは大きな声で答えます。

バラ先生がにっこりし、他のみんなも、すごいなというような顔をしました。

そのときでした。ビビは遠くのほうでシュルシュルという音を聞きました。次の瞬間、耳をつんざくような音がして、教室の床がグラグラと揺れたのです。

「キャーッ!!」

みんながさわぎだします。バラ先生が叫びます。

「机の下にかくれなさい!」

ビビは言われたとおり、身をかがめようとしました。ところが、机の下にはいりこむ前に、大きな音があたりを包みこみ、机と一緒に黒板のほうに投げだされたのです。

初めは何が起こったのかわかりません。教室の中は、土ぼこりが煙のように立ちこめています。周囲がよく見えません。ビビはふと右足に痛みを感じました。見ると、くるぶしの上のほうから血が流れています。

ビビは泣きだしました。他の生徒も泣いています。

「みんな、だいじょうぶ?」

バラ先生が立ちあがりました。先生の額からも血が出ていて、白いスカーフが赤く染まっています。

「ビビ、ビビ」

すぐ近くでザミラの声がしました。

「ザミラ」

ビビは泣くのをやめ、声のするほうを見ました。ザミラは机の下で身体を伏せていますが、泣いてなんかいません。でも、顔もスカーフもほこりでまっ白です。長いまつげも白くなっています。ビビは自分が足をけがしているのも忘れて、急におかしくなりました。他の子がどうしているか、見回すゆとりも出ました。

「スナイ、スナイ！」

バラ先生が教室の後ろのほうで叫んでいます。

もう爆発音もなく、建物も揺れていません。ビビは立ちあがりました。他の生徒たちも、そろそろと机の下から出てきます。大声を出しているバラ先生のようすをうかがいます。

「スナイ、しっかりしなさい！」

先生は床に座りこんで、スナイの身体を抱き、耳元に呼びかけています。でもスナイは身体をぐったりさせたまま、声も出しません。顔は、スナイがかぶっている白いスカーフと同じように、まっ白です。ビビは、スナイの細い首に横に走っている赤い傷に気がつきます。そこから出た血が、スナイの着ているセーターをまっ赤に染め、床にも赤い血が流れています。

「だれか、他の先生を呼んできてちょうだい！」

バラ先生が厳しい顔をして叫びます。そのとき先生と目が合ったようにビビは思いました。

「ザミラ、行こう」

ビビはザミラと一緒に教室を出て、中庭のほうに走りました。

建物の外に立ったとき、ビビは足が動かなくなりました。中庭の向こうに建っていたはずのもうひとつの建物が、ぺしゃんこにつぶれてしまっているのです。その手前に、ふたりの先生と、七、八人くらいの上級生が、ぼんやりと立っていました。

校長先生の姿を見つけて、ビビは叫びました。

「バラ先生が、だれか先生を呼んできてと言ってます！」

「先生はここにふたり、この建物の中にもまだ三人いるのよ！　生徒も十人以上」

校長先生は、どこから手をつけていいかわからないようすでした。

「でも」

ザミラが不満そうな顔をします。

「いったいどうしたの？」

校長先生がビビとザミラに目を向けます。

「スナイが血を流してぐったりしているんです」

「スナイが？　こっちも手が離せないのよ。バラ先生にそう言いなさい」

校長先生は、ビビとザミラに早くもどれというしぐさをしました。そして他の先生や生徒たちと一緒に、押しつぶされた建物の破片を手で取りのぞきはじめました。

でもビビはそのとき思ったのです。こわれた建物など、人の力ではとうてい動かせるはずがありません。

ザミラと一緒に教室にもどったビビは、中がみょうに静かなのに気づきました。ついさっきまでは、泣きさけぶ声や悲鳴、「こわいよう」「お母さん」「助けて」という生徒たちの声で満ちていたのです。

バラ先生は床に座りこんだまま、スナイを抱きかかえています。涙がほおを伝っています。その周囲で、ある生徒は声も出さずに泣いています。また別の生徒は目を丸くしたまま、床に流れた血を見つめるだけです。額から血が出ている子は、あまりの恐ろしさのためか、身体をふるわせています。

「先生、向こうの建物もこわれています」

ザミラが報告します。ビビも続けて言いました。

「先生や生徒も、建物の下敷きになっています」

バラ先生はこちらをちらりと見ただけでした。何か夢でも見ているかのように、スナイをさらに抱きしめます。涙が先生の目からひとしずく落ちていきました。

外がさわがしくなってきました。学校にロケット弾が落ちたことが知れわたって、みんながかけつけてくれたのです。

ビビはレザが来てくれるといいと思いました。でも、たぶん無理です。家が学校から遠いので、ビビたちがこんなふうになっているなんて、知るはずがありません。

「みんな、だいじょうぶか」

五、六人の男の人たちが教室にどやどやとはいってきました。そして、壁際に座りこんでいるバラ先生を見つけます。

「先生、だいじょうぶですか」

ひとりがバラ先生に呼びかけますが、返事がありません。もうひとりの大人が、スナイの顔を揺さぶります。まぶたを押しあげて、目の中をのぞきこみます。

「先生、この子はもう死んでいます」

男の人が大声で言います。バラ先生は、わかっているとでもいうように、宙を見つめたままです。

大人たちは、教室の中を見渡します。大けがをしている子がいないのを確かめて、中庭のほうに出ていきました。向こうの建物のほうがひどいと思ったのでしょう。

入れかわりに男の人や女の人が教室にかけこんできました。それぞれ自分の娘の名前を呼び、無事なのを確かめて、抱きしめます。そのあと、バラ先生とスナイに気がつき、近寄って声をかけるのです。

うながされて、バラ先生はようやくスナイの身体を放しました。もうスナイの顔も手足もまっ白です。まぶたも閉じられて、あの青い瞳を見ることはできません。床の上に横にされ、女の人が自分のスカーフを脱いで、顔にかぶせました。

そのときでした。「スナイ、スナイ」と叫びながら、背の高い男の人がかけこんできました。

バラ先生は、その男の人を見てゆっくり首をふります。男の人は、床に横たわっているスナイに目を落とします。

「スナイ」と言いながら、顔をおおったスカーフを取りさり、顔を確かめます。

「スナイ、どうしてこんなになってしまったんだ。スナイ、目を開けなさい。立ちあがりなさい。お父さんがここにいる。さあ返事をしておくれ」

お父さんが、スナイのほおをたたきます。でもスナイが目を開けるはずはありません。お父さんは娘の身体にすがりついて泣きはじめます。スナイの胸から、コーランの言葉を赤い糸でぬったお守りがだらりとたれました。

「こんなことになるくらいなら、学校なんかに行かせるのではなかった。字を習っても、計算を覚えても、死んでしまっては何にもならないじゃないか」

スナイのお父さんは、怒鳴りながらバラ先生をにらみつけます。バラ先生は何も答えず、目を床にはわせるだけです。ビビはその姿がかわいそうで、先生をなぐさめてあげたい気がしました。

「こんなに血を流してしまって」

スナイのお父さんは、床に流れているまっ赤な血に気がつき、両手でかきあつめようとします。まるで、そこにまだスナイのたましいが生きていて、それをいとおしむようなしぐさです。でもすぐに思いなおし、頭に巻いていた白いターバンで、床に流れた血をぬぐいはじめます。ビビもザミラも、他の生徒たちも、それをじっと見つめます。

「さあ、みんな教室から出て」

かけつけた大人のひとりが言いました。いつまでも、死んだスナイのそばに生徒を置いてはいけないと思ったのでしょう。ビビたちは、追いたてられるように教室を出ました。

中庭のすみに集められ、そこで親が迎えにくるまで待つように言われました。もう泣いている生徒はいません。口もきけず、涙も出ないくらい、みんなショックを受けていました。

つぶれた建物には、大人たちが三、四十人取りついて、レンガやコンクリートのかたまりを取りのぞいています。穴になったところにもぐりこんで、中のほうに呼びかけている人もいます。生き埋めになっているだけで、まだ死んではいない生徒がいるのにちがいありません。

「生きているぞ」

穴の中からひとりの少女が助けだされました。

「まだあと何人かいる」

男の人が叫びます。

でもあとから引きだされた少女は、スナイと同じように動きません。胸に耳をつけ、まぶたを押しあけた人が、首をふります。

それを見てザミラがしくしく泣きだします。今まで泣かなかったザミラがです。ビビはもう泣くことも忘れていました。頭の中で考えたのは、もうこれで学校がなくなってしまうということでした。バラ先生とも会えなくなります。

そうすると、自分はどこで勉強すればいいのでしょう。ビビはそう考え、あらためて泣きたい気持ちになりました。

第5章　タリバン

ビビが心配していたとおりでした。学校にロケット弾が落ちた日を境に、ビビたちの小学校は閉鎖されてしまいました。

あの日、スナイを含めて女生徒が二十四人、先生も三人、建物の下敷きになって命を落としたのです。

もうひとつビビが気になったのは、バラ先生です。あんなに明るくて元気な先生が、スナイを抱きかかえているときは、まるで人が変わったようになっていたからです。ロビーナの話では、先生をやめ、カブールの南にある出身地のロガール州に帰ったとのことでした。

それからひと月の間に、カブールの学校はつぎつぎと閉鎖されました。ビビだけではなく、ロビーナも、カシムもアミンも、朝家を出ることができなくなりました。カブールの町のあちこちで戦闘があり、トラックに乗った兵士たちが行きかうようになったのです。兵士たちが市内で銃の撃ち合いを始めると、何の関係もない市民が巻きぞえをくいます。ロケット弾は、いつどこに落ちてくるかわかりません。

しかし、ラマートだけはいつものようにスクーターに乗って出かけていきます。ロビーナもレザもラマートを引きとめました。でもラマートの返事はいつも同じでした。

「今シャフトを動かさないでいると、発電所は死んでしまう。新しく発電所を建設するには、大変な費用がかかる。修理なら、小さな金額ですむ。バザールの店も閉められない。閉めると客が困る。家庭用の発電機がこわれたら、その日から生活ができなくなる。だから、店は開けておくんだ」

夕方、ヘルメットをかぶったラマートが、スクーターを押して門からはいってきます。ビビたちはほっと胸をなでおろして、出迎えます。

「カブール川にかかる橋がまたひとつ、こわされてしまった。もう車もスクーターもバイクも渡れない。人間だけが、鉄骨の上をサーカスのように渡っている。しかし橋は見通しがいいので、もう五、六人ねらい撃ちにあっているそうだ」

「ふつうの市民をどうして撃つのかしら」

ロビーナが聞きます。

「若い兵士がためし撃ちをするらしい。心がすさんでしまっている」

バザールへの買い物は、ヤーナとサファルが行き、ときどきカシムがついていきます。買い物の荷物が多いときなど、ヤーナとサファルだけでは運べないからです。

学校がなくなったはずのロビーナですが、ときどきひとりで出かけていきました。出かける前に、必ずビビを抱きしめてくれます。

「お母さん、どこに行くの？」

ビビが聞いても、ロビーナは教えてくれません。

「行かなくてはならないところがあるの。だいじょうぶ。すぐに帰ってくる。勉強しながら待っているのよ」

学校に行かなくていいのを、うれしがっているのはアミンです。近くに住む友だちが呼びにくると、外に遊びにいきます。レザが家から出るなと注意しても、耳を貸しません。

ビビはレザに、ロビーナがどこに行っているのか聞いてみました。

「学校は閉鎖されているけれど、どうしても勉強したい生徒たちがいるの。そんな生徒たちがふつうの家に集まって、そこにロビーナが教えにいくのよ。勉強は続けないと、すぐ忘れるでしょう。やめたところでとまるのならいいけれど、覚えたものまで忘れてしまうからね」

レザが言うことは、確かに本当だとビビは思いました。算数だって、ダリ語だって、毎日勉強していないと次から次に忘れてしまいます。

だから、ひとり部屋に残ったビビは、すぐに机につきます。ダリ語を書いてみたり、ロビーナが買ってくれた童話を読んだりして過ごします。足し算の他に、引き算もロビーナが教えてくれました。ビビは自分で問題も作ってみました。たとえば、20アフガニで、13アフガニのメロンを買ったら、おつりはいくらでしょう。そう、７アフガニです。

でも、ときどき窓の外で爆発音が聞こえるので、気になって仕方ありません。ビビは二階の自分の部屋の窓を少し開けて、町のほうをながめやります。

火と煙があがっているのは、バザールの向こうにある住宅地でした。こっちのほうではなくてよかったと、ビビはほっとします。でも考えてみると、あの建物にも自分たちと同じような家族が住んでいるはずです。家が焼けてしまったら、今日からどこで暮らせばいいのでしょう。ビビは、考えれば考えるほど胸が苦しくなってきます。

ずっと遠くには、ビビが小さいときから見慣れているヒンズークシの山々が、ながながと横たわっています。あの山の奥のほうにラピスラズリのとれるところがあると教えてくれたのは、ロビーナでした。山があんなに静かなのに、町はどうして平和でないのでしょう。あちこちで銃弾やロケット弾の音がし、火の手があがり、煙に包まれています。

学校にも行けないような毎日が、ずっと続いたらどうなるのか、ビビは心配になります。バラ先生が言っていたことを、思いだします。学校にロケット弾が落ちる何日か前のことです。

「ひとりが5アフガニを持って、8人集まるとしたら、何アフガニになるでしょう」

ビビはひとりずつ足し算をしてみました。隣の机のザミラも同じでした。ようやくみんなが40アフガニという答えを出しはじめたのを確かめて、バラ先生は言いました。

「こういうときは、かけ算があるの」

バラ先生は、黒板に、いくつもの式を書きました。

5×8＝40　5×6＝30　6×7＝42　9×9＝81　……

その後、バラ先生はもっとむずかしいかけ算を、つぎつぎに書いていきました。

11×11＝121　12×12＝144　13×13＝169　14×14＝196

15×15＝225　25×25＝625　35×35＝1225　45×45＝2025

55×55＝3025　65×65＝4225　75×75＝5625　85×85＝7225

95×95＝9025　23×27＝621　38×32＝1216　……

ビビにしてみれば、まるで魔法のようです。

「これは全部かけ算です。みなさんには、いずれ暗記してもらいますよ。みなさんは若いから、どんなものでも暗記ができるのですよ。先生くらいの年齢になると、もう暗記できる量には限りがあります」

今、ビビは九歳です。そのかけ算も、とうとうバラ先生から教わらないままです。

カブール市内の戦いは、どんどんひどくなっています。幸いにビビの家の近くは、まだロケット弾の被害はありません。家の前の道を、兵士が乗ったトラックが速度をあげて通ります。兵士は、同じような黒いターバンをかぶり、長いあごひげをはやしています。

その年一九九六年は、一月の二十一日にラマダンが始まりました。ひと月の間、日の出から日没まで、食べ物をとってはいけない月です。ただし、病人や子どもなどは例外です。ビビも一日五回のお祈りを始める前は、ラマダン中であっても、おなかがすけば、台所に行ってクッキーをつまんでもよかったのです。

ラマダンの間、ヤーナとサファルが作る朝食と夕食の量が増えます。ビビも、昼間何も食べられないと思うと、朝は腹いっぱい食べようとします。でも起きたばかりなので、そんなにおなかにはいりません。逆に、日が沈んでからの夕食は、もう腹ぺこなので、どんなものでも食べられそうです。それはみんなも同じようでした。

「ラマダンになると、かえって体重が増えるというのは、ふしぎね」

レザが首をかしげます。

育ち盛りのカシムは、食べる量がラマートよりも多くなります。カシムの本当の好物は、コルマゴーシュという牛肉の煮こみですが、今は牛肉が手にはいりにくくなっていて、ヤーナは作りません。その次にカシムが好きなのは、米に肉やニンジン、干しぶどうを入れたパラオという炊きこみご飯です。ヤーナはそれを知っていて、肉のあまりはいっていないパラオをよく夕食に出します。

ビビはパラオは好きなもののひとつですが、コルマゴーシュより、コフタという肉団子の煮こみのほうが気に入っています。このコフタをパラオの上にのせて食べると、もうほおが落ちそうになります。でも今は、コフタもあまり食べられません。

ショロワもときどき出ます。トマトとタマネギをいためたあとに、肉とジャガイモを加えて煮こんだ料理です。ビビはトマトの味が苦手でした。でも、ラマダンの間は、そうはいっていられません。空腹を満たすためには、何の味がついていようと、おなかにたまるものを口にしなければなりません。がまんして食べているうちに、トマト味も気にならなくなりました。

町中の砲撃の音やロケット弾の爆発音が聞こえなくなったのは、ようやく春が来て、夏も過ぎてからでした。

「どうやら、タリバンがこのカブールを占領するようだ」

ある日、ラマートが夕食の席で言いました。

「お父さん、それはいいことなの？」

カシムが聞きます。

「タリバンがカブールを支配するようになれば、もう撃ち合いはなくなる」

「ありがたいわ」

レザがほっとした顔をしました。

「そうすると、また学校が始まるね」

アミンが言います。

「アミンは、学校なんかないほうがいいんだろう」

カシムが弟をひやかします。

「ビビも、学校に行けるようになるの？」

ビビはみんなの顔を見回して聞きました。

「もう撃ち合いがなくなるんだから、ビビも行けるさ。ビビはアミンとちがって、学校に行きたくて、うずうずしているからな」

カシムが言います。

レザもにっこりします。

「よかったね、ビビ。ロビーナの中学校も再開だわね」

「さあ、どうなるのか、みんなも心配しているけど」

ロビーナが首をひねりました。

「タリバンがどういう考えをもっているかで、決まるだろうな」

ラマートが顔をくもらせます。

「それはどういうことなの？」

「仲間の話では、彼らの信じるイスラム教は、ちょっと変わっているらしい」

「でも同じムスリムでしょう？」

「ムスリムでも、決して同じ考えばかりではないからね」

「わたしは悪い予感がするの」

「ロビーナ、どうして？」

「タリバンの兵士を見ていると、何かしらそう感じてしまうの。若いのにみんな同じかっこうでしょう。黒いターバンにあごひげ、そして手には銃」

「そう言われると、わたしも首をかしげてしまう。あんなに肌身離さず銃を持っていて、お祈りのときはどうするのかしら。モスクの中まで銃は持ちこめないでしょう。外でのお祈りのときも、わきに銃を置くのかしら」

「タリバンがカブールを支配したら、国外に脱出する覚悟の友人もいる」

ラマートが言います。

「どこに逃げるの？」

「隣のパキスタン、あるいは、アメリカにいる親類を頼っていったり、ヨーロッパだったり」

「ぼくはいやだ」

アミンが突然言います。

「あたりまえだろう。カブールはぼくらの町だよ。逃げる必要なんかない。ねえお父さん」

「どんなことがあっても、お父さんはカブールに残らなくてはならない。いよいよのときは、お父さんだけ残って、みんなはどこかに避難する方法もある」

ビビはそれを聞いてびっくりします。ラマートのいない家族なんて考えられないからです。レザ、ロビーナ、カシムとアミン、それにビビを加えた五人で、いったいどうやって暮らしていけばいいのでしょう。

「お父さんがカブールの町に残るのだったら、ぼくも残る」

カシムが言います。

「ぼくもカブールがいい」

アミンも言います。

ビビはロビーナとレザの顔をうかがいます。どんな考えなのか知りたかったからです。レザはだまって食事を続けています。まるで、ラマートが決めたことには従うしかないと思っているような表情です。

ロビーナが、ビビの目を見たあと口を開きました。

「一番大切なのは、カシムやアミン、ビビたちなのよ。このカブールの町が、あなたたちにとって、危険な町になってしまったら、どこか安全な場所に移るしかない。それはアフガニスタンの中の他の町かもしれない。パキスタンやアメリカ、ヨーロッパかもしれない。今から二十年くらい前、ソ連軍がアフガニスタンに侵入したときも、そうやって、たくさんのアフガニスタン人が、国を脱出したの。レザやわたしの親類にも、そういう人たちがいる。今もアメリカやヨーロッパに住んでいる。だから今は、心のすみに、さっきラマートが言ったことをとどめておいたほうがいいと思うわ」

このロビーナのひと言で、すべてが決まったのも同じでした。

その日、ラマートは勤めに出ていました。ビビはロビーナとレザ、カシムとアミンの五人で、バザールの近くにあるモスクに礼拝に出かけていました。

通りにはいつもの倍くらいの人が出ています。やっと戦いが終わったので、みんなひと安心したのでしょう。モスクの中も、すみからすみまでお祈りの人たちでいっぱいでした。

お祈りの言葉を口にしながら、ビビは心の奥のほうで、ついついアッラーに願いごとをしてしまいます。カブールの町をこわすような戦いは、もう二度と起こりませんように……。明日からでも、学校が始まりますように……。

お祈りが終わると、三人はモスクの外でカシムとアミンを待ちます。男性がお祈りする側は、女性の祈りの場所より広いはずですが、カシムによるとそこも満員だったそうです。はいれなかった大勢の人たちは、外でお祈りをしたといいます。

「これでようやく平和が来る、と大人たちが言っていたけど、本当？」

カシムがレザとロビーナに聞きます。レザが首をひねったので、ロビーナが答えました。

「まだしばらくたってからでないとわからないわ」

ロビーナの顔は、平和が来るのを疑っているようでした。

バザールの入り口にある広場で、盛んな拍手が起こっていました。トラックが十台くらい連なって通りすぎます。どのトラックにも、二十人くらいの若者が乗っています。みんな黒いターバンを頭に巻き、あごひげをはやして、肩には銃をさげています。

トラックの列が速度をゆるめたとき、道路わきにいた人たちが、叫びだします。

「タリバン、タリバン」

トラックの若者はそれにこたえるように、手にした銃をつきあげます。カブールの町に平和をもたらしたタリバンの兵士たちに、大人たちが感謝をし、兵士もそれにこたえているのです。

「やっぱりこれで平和になるんだね」

「さあ」

ロビーナもレザも首をかしげます。ふたりとも、広場に集まった人たちのように、「ばんざい、ばんざい」と叫ぶ気にはなれないようでした。

第6章　禁止令

ロビーナとレザの心配は適中しました。九月二十七日、カブールの町の人々をおどろかすような事件が起こりました。

夕食の席でラマートが言ったのです。

「タリバンが、元大統領のナジブッラーとその弟を処刑した。ふたりは道路わきに逆さづりにされた」

「本当？」

「友だちが撮った写真に写っていた。あそこまでしなくてもいいと思ったよ。別な友人は、サッカー場での集団処刑も見たそうだ。タリバンと争って捕らえられた兵士たちを二、三十人、ずらりと並べておいて、機関銃でいっせいに撃ったらしい」

「裁判もせずに？」

「裁判などない。司令官が有罪と宣言すれば、有罪になる」

レザがため息をつきました。

「あちこちでの戦いは終わったけど、何だか大変な世の中になりそう」

ラマートたちの話を聞きながら、ビビは思いました。これでもう戦いが終わったのだから、ロケット弾は飛んでこない。こわされた学校も建てかえられる。すぐに学校に行けるようになる。またあのバラ先生とも会える……。

そう考えると、ビビの期待はどんどんふくらんでいきます。バラ先生からまず習いたいのは、あのふしぎなかけ算です。

2×3＝6、5×7＝35など、ひとけたのかけ算は、アミンから本を借りて何度も何度も口に出して言って、覚えました。カシムもときどきやってきて、8×8は何？ 9×7は？ と、ビビに質問をしてくれました。ビビが得意になったことがあります。カシムもアミンも、11×11＝121、12×12＝144、13×13＝169、14×14＝196、15×15＝225までは暗記していません。

でも、バラ先生が黒板に書いた、25×25、35×35、45×45、55×55などは、どうしたらすぐに答えが出せるのか、ビビにもわかりません。その他にも、23×27や38×32、58×52などもあったような気がします。一度カシムとアミンにも聞いたのですが、知りませんでした。あとは、ラマートやロビーナに聞くしかありません。ふたりとも知らないような気がして、聞くのは気がひけます。今度バラ先生に会ったら、勇気を出して聞いてみようと思います。

十月になりました。カブール市内に、タリバン政府の命令が張りだされました。トラックに乗った黒いターバンの若者たちが、町中をかけめぐって、スピーカーで呼びかけました。アフガニスタン人すべてに対する命令でした。

男性は全員が、タリバンの若者と同じように、あごひげをはやすというものです。女性の大人は、全員ブルカをかぶらないといけません。外出するときは、家族か親類の男性と一緒でなければいけません。

あごひげがはえるまでには時間がかかります。ひと月半は待ってくれるそうです。

それまでラマートは、鼻ひげもあごひげもありませんでした。毎朝、カミソリでそっていたのです。でもこの命令で、鼻ひげとあごひげをはやすように決めたようでした。親族のブルカを着用しなければならないという命令に怒ったのは、ロビーナでした。

男性のつきそいがなければ外出ができないという命令にも、ロビーナは大反対でした。

しかし、うわさがすぐに広まりました。ブルカをかぶらないで外出していた女性が、タリバンの兵士に銃で撃たれて死んだ。ブルカを着ていても、ひとり歩きをしていた女性が警察に逮捕され、何日間も家に帰れなかったというのです。

殺されたり、警察に捕まったりしたのでは、どうしようもありません。ロビーナもレザも、ラマートに頼んでブルカを買ってきてもらいました。

それまでも、ビビはブルカをかぶった女性を見かけたことはありました。色は白や青、紫や薄茶色、緑とさまざまですが、形はどれも同じです。頭からすっぽりかぶって、すそは足首まであります。顔の前だけが網目になっていて、そこから外が見えます。でもこちらからは、その人が年をとっているのか若いのかはわかりません。もちろん、どんな顔なのかも見分けがつきません。

久しぶりにバザールの近くにあるモスクに、家族六人そろって礼拝に出かけました。町に出てビビは本当にびっくりしました。スカーフをかぶっているのはビビのような子どもばかりで、大人たちはみんなブルカをかぶっているのです。ビビにとっては、見たこともないようなふしぎな光景でした。人間というより、お化けが町の中を動いている感じがします。ロビーナやレザの顔を見あげても、家族という気持ちが遠のいてしまいます。

大人の男性たちも、ラマートと同じように、あごひげをのばしはじめていました。まだ一センチものびていないので、あごのあたりがうっすらと黒いだけの人もいます。

モスクの女性用の礼拝所の前まで来たとき、ビビはさらにおどろかされました。スカーフの子どもは五人もおらず、ほとんどがブルカです。首筋や耳、手首を洗うときでさえも、ブルカを脱ぐことはできません。ぬらした手をブルカの中に入れて、首筋や耳の中を清めるのです。ロビーナやレザもそうやって身体を清めました。

礼拝所の中もブルカばかりでした。ロビーナとレザがその中にまぎれこんでしまうと、見分けがつかなくなります。ビビは迷子にならないように、ロビーナとレザの間にいました。

礼拝を終えて、再びラマートやカシム、アミンと合流したとき、ロビーナが言いました。

「目の前にある網の目のせいで、みんなぼやけてしまう。青い空も、緑の葉も、赤いバラの花も、みんな灰色」

「ロビーナ、わたしはブルカがこんなに歩きにくいものとは思わなかった。道に少しでも段差があるとつまずきそうになる」

「レザ、本当にそうね。風もはいってこないから、汗びっしょり」

ふたりのぼやきも、ビビたちにはどんな表情で言っているのか見えないのです。

家に帰りついて、ようやくロビーナとレザはブルカを脱ぎます。額や首に、汗が玉のように光っていました。

でも、ロビーナがさらに不便に感じたのは、いくらブルカを身につけていても、女性ひとりでは外出できないことでした。家族か親せきの男性が一緒でないと、どこにも行けないのです。バザールで買い物もできないし、モスクにも行けません。もちろん、女子中学生が集まって勉強を続けている場所にも、行くことができないのです。

ロビーナは頭をかかえます。

「何が一番不自由かといえば、本屋にもひとりで行けないことよ。カブール大学の図書館にも行けない。かといって休みのたびに、ラマートに本屋や図書館に一緒に行ってもらうのは申しわけないし」

ラマートにはカティブという名前の兄さんがいて、ひと月に一度は家に顔を出していました。カティブおじさんは、カブールの町中に映画館を二軒とレストランを三軒もっていて、いつも大きな車を運転していました。そのカティブおじさんとなら、ロビーナも一緒に外出できるのです。でも、ことあるごとにカティブおじさんを呼びつけるわけにはいきません。

そのうち、レザが思いついたことがあります。カシムと一緒に、バザールまで外出してみたのです。カシムはまだ大人ではないので、あごひげをはやしていません。バザールの手前で、タリバンの警官に呼びとめられ、カシムは身分証明書の提示を求められました。警官は規則違反でだめだというように、首を横にふりました。そこでレザが言いました。

「夫が病気で寝ているので、一緒に外出できません。それで仕方なく長男を連れてきました」

すると警官は許してくれたそうです。

それ以後、ロビーナもその手を使うようになりました。カシムが学校から帰ると、一緒に出かけていくのです。カシムは胸を張り、いかにも自分は大人だといわんばかりにどうどうと歩きます。ときどきタリバンの警官から呼びとめられて、身分証の提示を求められます。「夫が病気で動けない」と、ロビーナがわけを話すと見逃してくれるのです。

いつの間にか、カブールの町が変わってしまったのは確かでした。もう砲弾の音や爆発の音はしません。町中は静かになり、通りに出る人々の数が増えました。しかし女性は子どもをのぞいて、すべての人がブルカです。男性の大人たちも、全員があごひげです。頭にターバンを巻くかしないと、つり合いがとれないのでしょう。ラマートは、まだ帽子もターバンもかぶっていません。

十月の半ば、バザールの果物屋の店先に、りんごやザクロやぶどうが並ぶようになりました。ある日、ラマートがビラを手にして勤めから帰ってきました。タリバンがまた新しい命令を出したというのです。夕食の席で、ラマートがビラを読みあげます。それは次のとおりでした。

一　一日五回のお祈りをすること。祈りの時間に他のことをすれば、ムチ打ちの刑にする。

二　すべての成人男性は、あごひげをはやすこと。長さは少なくともあご下、にぎりこぶしの長さとする。違反すればムチ打ちの刑にする。

三　男の子はすべてターバンを頭に巻くこと。低学年は黒のターバン、高学年は白いターバン。すべてイスラム教徒の服装をし、シャツのえりはボタンでとめなければならない。

四　歌うことは禁止。

五　踊りも禁止。

六　トランプやチェス、ギャンブル、凧(たこ)あげも禁止。

七　本を書くこと、映画を見ること、絵を描(か)くことも禁止。

八　インコのたぐいも飼ってはいけない。飼っている鳥は処分すること。

九　盗みを働けば、手首から先を切りおとす。再び盗めば、足を切りおとす。

一〇　もしムスリムでなければ、ムスリムから見られるところで祈りをしてはならない。これを守らなければ、ムチ打ち刑として、投獄する。また、ムスリムを他の宗教に改宗させようとするならば、死刑に処す。

ラマートが読みあげたとき、ビビは大部分理解できました。

カシムが言います。

「そうすると、ぼくたちは白いターバンをかぶり、上着とズボンを組みあわせた民族衣装のペロン・トンボンを着なくてはいけないんだ」

「ふつうのジャンパーやジーンズではいけないの？」

アミンが聞きます。

レザがあきらめたように言います。

「どういう罰則かは書いてないけど、もう決められたのだろうね」

「でも、歌も踊りも絵を描くのも禁止するというのは、ちょっと正気だとは思えない」

ロビーナが首をひねりました。

カシムががっかりしたように言いました。

「凧あげも禁止なんだね」

凧あげは、最近ではあまり見かけなくなっていましたが、ビビも、凧あげの風景は思い出に残っています。何年か前にカシムとアミンが、ラマートの手助けで凧を作ったのです。糸には細工がしてありました。ビビは三人について、原っぱに出かけました。まっ青に澄みきった空に、色とりどりの凧が舞っていました。その数は、今から思うと百近くはありました。お互いの凧が糸を切りあいはじめて、凧の数は少しずつ減っていきます。糸を切られて落ちていく凧は、ひろった人の持ち物になるので、男の子たちは、風下に走りだします。

二時間か三時間もすると、もう空に残っている凧の数は十個くらいに減ってしまいました。カシムの凧はその中に残っていました。ラマートがそばについていて、風の具合や糸のゆるめ方をカシムに教えています。

そのときのカシムの凧は青でした。ビビは今でも覚えています。青い凧が青い空に高々と舞い、赤い凧に戦いをいどんだのです。

ラマートが叫びます。

「カシム、今だ。糸をゆるめろ」

カシムがそのとおりにすると、青い凧は風の勢いを得てさっと上昇します。そのときです。赤い凧と糸がこすれあったのです。一直線に落ちていったのは、赤い凧のほうでした。

アミンが手をたたきます。

「やった、やった」

空に残った凧は四個です。

「あと二回、試合に勝てば、優勝だね」

カシムがラマートと顔を見合わせてにっこり笑ったとき、黄色い凧が風に乗ってすっと近づいてきました。

ビビは思わず叫んでいました。

「カシム、気をつけて！」

ビビが見ても、何だかカシムのほうが危ない気がしました。

「カシム、ここは逃げたほうがいい」

ラマートが注意します。カシムが糸をぐっと引きさげ、向きを変えようとしたのですが、うまくいきません。そこに黄色い凧が近寄ってきて、下のほうから力強くあがってきたのです。糸がからまったと思った瞬間、カシムの青い凧は風に流されて、向こうのほうに飛びさっていきました。それを追いかけて、男の子たちが走りだします。

「残念。もう少しだったのにな」

切れた糸をたぐりながら、カシムがくやしそうに言います。ラマートがなぐさめます。

「よくここまで勝ってこられたと思うよ」

「来年、がんばればいいよ」

アミンがはげまします。ビビも手をたたきました。

ラマートは、血がにじんでいるカシムの手のひらをハンカチでぬぐいます。凧の糸には、のりで細かいガラスの粉をぬりつけてあるので、糸をくりだすときに、どうしても手のひらを傷つけるのです。

次の年がんばればいいと言っていたアミンの期待は、かないませんでした。その後カブールの町での戦いが激しくなって、町のどの地区でも凧あげはされなくなったのです。

そして今度のタリバンの命令で、凧あげは禁止されたのです。

レザがラマートに聞きます。

「映画も禁止されるとなると、カティブ兄さんが大変なんじゃないの」

「たぶん、町中にある四、五十の映画館は、すべて廃業だろうな。兄さんは、映画館をつぶしても、レストランをもっているから暮らしには困らないと思うが」

「音楽もいけない、踊りもだめ、映画もいけないとなると、いったいどうやって生活を楽しめばいいの？」

ロビーナが反発します。

「タリバンの本性が出ているのは、この先の通達だよ。これは女性に対しての禁止事項だ」

ラマートはそう言って、ビラに書かれている文の続きを読みあげました。

一　女性は常に自宅の中にいなければならない。目的なく町の中を歩いてはいけない。外出の際は、男性の親族と一緒でなければいけない。ひとりで外出すれば、ムチ打ちのあと家に連れもどされる。

二　どんなときでも、顔を見せてはならない。外出する際はブルカをかぶらなければならない。破れば、重いムチ打ちの刑にする。

三　化粧は禁止。

四　宝石類も身につけてはならない。

五　美しい装いをしてはならない。

六　話しかけられたとき以外は、男性と口をきいてはならない。

七　男性と視線を合わせてはならない。

八　公共の場で笑ってはいけない。笑ったら、ムチ打ちの刑にする。

九　つめにマニキュアをしてはならない。つけたら、つめをはがす。

一〇　女の子は学校に行ってはいけない。女生徒用の学校はただちに閉鎖する。

一一　女性は働いてはいけない。

一二　不貞を働いたときは、石投げによる死罪とする。

「ラマート、これは本当なの？」

最後まで辛抱強く耳を傾けていたロビーナが、とうとう声をあげます。レザもあきれたというように首をふります。ラマートはあきらめ顔でした。

「こうやって公示されたとなると、もうこれは法律と同じと考えていい」

ロビーナは怒りをおさえきれない、というように言います。

「女性に対して、働くな、学校に行くな、外出もするな、自分からは口もきくな、化粧もアクセサリーもだめ、というのは、女性に生きていくなというのに等しい。奴隷以下の生活をしろというのと同じだわ。コーランのどこにも、こんなことは書いていない。タリバンは、コーランの教えに従った政治をすると言いながら、まったく逆のことを国民に強いているのよ。たとえばペルシャ語のコーランとも呼ばれる『マスナヴィー』にはこう書いてある。――預言者は言った。『女性は知者として男たちを、心をもつ者たちを、余すところなく支配する』」

「お母さん、ビビはこれから先も学校には行けないんだね」

「ビビ、もう女の子の学校は全部廃止になるんだ」

カシムが気の毒そうに言います。

「ビビはもう学校に行かなくていいんだ。いいなあ」

アミンがのんきに言います。

「ばかだなアミン。学校がなくなるというのは、勉強するなということだぞ。ビビは少しだけでも学校に行ったからましだけど、今五、六歳の女の子は、これから先、ずっと学校に行けないから、読み書きも計算もできないまま大きくなってしまう」

カシムが念を押すようにレザとロビーナの顔を見ます。

ロビーナが言います。

「女性から、教育を受ける権利を奪うなんて、これはもう世界でも例のない暴挙だと思うわ。こんなやり方を、他のアラブ諸国がだまって見過ごすとは思えないけど」

レザがため息をつきます。

「大変な時代になったわ。こんな法律なんていやだと言っても、もうタリバンにたてつくことはできない。ロビーナ、学校はどうするの」

「勉強したいという女の子がいる限り、生徒がいる限り、学校をなくすことはできないわ。倉庫の中でも、地下室でも、屋根裏部屋でも、生徒がいる限りわたしは授業を続けます。たとえ、生徒がひとりになっても。わたしひとりでは外出ができないから、カシムの力を借りなければならないけれど」

「ぼくはいいよ。学校から帰ったあとはひまだから、どこへでもロビーナを連れていくし、授業が終わったら、また迎えにいく」

「休みの日には、わたしが一緒に行く」

ラマートも言います。ロビーナの決心が固いのを知って、反対してもむだだと思っているようです。

「ありがとう」

「ビビも、そんな秘密の学校に行きたいかい？」

カシムに突然聞かれて、ビビはどう答えていいかわかりません。

ロビーナが言います。

「ビビ、これからは、この家がビビの秘密の学校になるの。みんなに先生になってもらう。ラマートやレザ、カシムにアミン、もちろんお母さんも教えるわ。いいわね」

「うん」

ビビはこっくりとうなずきます。今まで先生といえばバラ先生だけだったのが、これから先、家族全員が先生になってくれるなんて、思いがけないことです。

「ぼくもビビの先生になるの？」

アミンはびっくり顔です。

カシムが言います。

「そりゃそうだ。アミンが学校で習ってきたことを、そのままビビに教えてやればいいのさ。理科だって社会だって、算数だって」

「カティブ兄さんにもときどき来てもらおう」

ラマートが思いついたように言いました。

「兄さんは英語には不自由しないから、ビビが今から教えてもらえば、きっと将来役に立つ。ビビどうだい？」

「うん。勉強する」

ビビはすぐに答えます。バラ先生が、ダリ語の他に大切なのは、アラビア語と英語のふたつだと言ったのを思いだしたからです。アラビア語はロビーナに教わり、英語はカティブおじさんから習うことができるのです。

今までは、いつ学校が建てなおされて、勉強が始まるかばかりを気にしていました。でもこれからは、この家が学校になって、家族とカティブおじさんが先生になって、生徒は自分ひとりです。あのバラ先生の言いつけを守って、一生懸命勉強して、またいつかバラ先生に会ったとき、先生がびっくりするような生徒になろうと、ビビは思いました。

第7章　コーラン

日の出前のお祈りファジルは、いつもロビーナとレザ、ビビの三人で行います。階下では、ラマートとカシム、アミンが同じようにお祈りをしているはずです。

お祈りが終わると、コーランの中の一節を、三人一緒にアラビア語で読みあげます。終わると、ロビーナが、前の日に唱えた一節をビビに言わせます。短い文章ですから、ビビはその日一日、何度も読みかえして、暗記します。そんなにむずかしいことではありません。

ビビがもっているコーランは、ラマートが買ってくれました。革の表紙がついて、金色で文字が刻まれています。コーランを包む紫色の布には、レザが金色の糸で刺繍（ししゅう）をしてくれました。そのアラビア文字は、ロビーナが選んだものです。飾り文字なので、ビビには何と書いてあるか、まだ読めません。いつか、ロビーナに聞いてみたい気はしますが、自分の力で読めるようになりたいと思っています。

コーランを置く棚は、ラマートがビビの部屋の中に作ってくれました。高すぎて、いすに乗らないと手が届きません。

「ビビ、大きくなったら手をのばせば届くようになるから、辛抱するんだよ」

ラマートが言った言葉は、今もビビの耳に残っています。このコーランは一生の持ち物になるのです。

祈りを終えたあと、レザが言いました。

「ビビ、タリバンはまるで女性を人間ではないように扱っているけど、最初のムスリムは女性なんだよ。預言者ムハンマドの最初の夫人は、ハディシャという名前で、ムハンマドより十五歳も年上だった。ムハンマドと一緒に苦しい時代を過ごしたから、イスラムの母といわれている。何番目かの夫人だったアーイシャも、頭がよかった。コーランをすみからすみまで知りつくしていて、信仰者たちの母と呼ばれている。だからタリバンのやり方は、イスラム教でも何でもない。ロビーナ、そうでしょう」

「レザの言うとおり。ムハンマドは、女性の権利を世界で一番早く認めた人だわ。女性の教育も大切だと言ったし、コーランも、女性が男性と対等に財産をもつことを認めている。イスラム教の最初の困難な時期、ムハンマドを救った女性闘士エウマラの名前も忘れてはいけない。その他にも、インドに平和をもたらした女王のチャンド・ビビやノーア・イエハンという女性もいる。タリバンのやり方は、イスラムの歴史もコーランも知らない証拠よ」

ロビーナはそう言い、ビビの顔を見つめます。

「だからしっかり勉強するのよ」

そのころ、ビビはダリ語をラマート、パシュトゥ語をレザ、アラビア語とコーランをロビーナ、算数をカシムから教えてもらっていました。アミンも、学校から帰ってくると、どんなことを勉強したか、ノートを取りだして教えてくれるのです。

アミンが言います。

「ビビのせいで、こんなにノートをとるようになってしまった。前は全部、頭の中に入れていたのに」

「アミン、それはうそだろう。先生の言ったことをノートにもとらず、頭の中にも入れないで、学校に行く前と同じ頭で帰ってきていたはずだ」

カシムがアミンをひやかします。

ラマートの兄さんのカティブおじさんは、一度家に来ただけです。やはりみんなが心配していたとおり、映画館にタリバン兵が来て、入り口のシャッターを降ろさせて、「閉鎖」とペンキで書いて帰ったそうです。

カティブおじさんは言いました。

「間もなく、タリバンが家捜しにきて、カセットテープやレコードを運びだすらしい。持っていかれるよりは、地面に穴を掘ってかくしておいたほうがいいよ。その一方で、タリバン政府が火力発電所を復活させるといううわさもたっている」

「音楽や踊り、映画を禁止する一方で、電気だけは使えるようにするなんて筋が通らないわ」

ロビーナが言います。

カティブおじさんがラマートに顔を向けます。

「一種の人気とりだろうがね。そうなるとラマート、古い職員に、お呼びがかかるのじゃないかい」

「どうするの?」

レザも心配そうに聞きます。

「今さら働いてくれといったって、十分な人数の職員がいるわけがない。何年も続いた内戦で、国外に脱出した者もいるし、どこにいるかわからなくなった者もいる」

「もしタリバンから協力してくれと言われたら、ラマートはどうする?」

カティブおじさんが聞きます。

ロビーナもレザも、ラマートの返事をじっと待っています。

「あの発電所がロケット弾攻撃にさらされたとき、わたしたち職員は誓ったんだ。カブールに平和なときがやってくるまで、発電所は閉鎖すると。今タリバンの時代になったけど、はたしてこれで本当に平和が訪れたかどうか、まだわからない。見きわめるまでは、おいそれとは協力できない。これはわたしだけでなく、他の仲間もそう思っているはずだよ」

「そうだわ」

ロビーナがほっとしたように応じます。

「今まで不便な発電機で何年もやってこられたのだから、これから先もだいじょうぶよ。タリバンに協力する必要などない」

「まして音楽も踊りもない時代が来るのだし」

レザも言います。

「確かにね」

カティブおじさんもどこかあきらめ顔です。

「もうこんな国には住んでいられないと言って、国外脱出の準備をしている友人もいる。ダンスホールや劇場をもっていた友人だがね。このままでは商売もできないので、とりあえずパキスタンに出て、そこから、ヨーロッパなり、アメリカをめざすそうだ。わたしはとてもそんな気にはなれないがね」

そのあとラマートは、カティブおじさんに英語をビビに教えてくれるように頼みました。

「そうだった。女の子の学校はもうこの国から消えたのだ」

カティブおじさんは気の毒そうにビビの顔を見ます。おじさんには女の子どもがなく、男の子ばかり三人なので、それまであまり考えたことがなかったのでしょう。

「ビビ、それじゃおじさんが月に二回来る。都合がつけば毎週来るからね。古本屋で、いい参考書も見つけておこう。宿題も出すよ」

カティブおじさんが笑顔を向けたので、ビビはこっくりうなずきました。

それから十日ほどあとのことでした。いつものように、スクーターの後ろにアミンを乗せて家を出たラマートが、夕方になっても帰ってこなかったのです。電話などないので連絡もできません。

「ぼくが発電機の店まで行ってみようか」

カシムが言います。

でもカシムが行くにしても乗り物がないので、歩くしかありません。歩くとなれば一時間以上はかかるはずです。

レザが言います。

「もう少し待ってみよう」

「その前にマグリブのお祈りだけはすませておこうね」

ロビーナも言います。

いつもだったら、ラマートは日が沈む前に帰ってきて、家族六人で日没のマグリブのお祈りをすませるのです。夕食はそれからとっていました。

お祈りの途中で、ロビーナがアラビア語で唱えるコーランの短い章句も、ビビは理解できるようになっていました。

――正しさとは、顔を東や西に向けることではない。正しさとは神を恐れ、神に従うことだ。

ビビは〈神〉がどういうものか、まだよくわかりません。お祈りのとき、立ったり座ったりし、最後に顔を右や左に向けたりします。そんなしぐさよりも、心の中でアッラーを信じる気持ちのほうが、何倍も大切だということはわかるような気がします。祈りながら、ビビはラマートがスクーターに乗って帰ってくる姿を思いうかべます。今日はお客さんに頼まれて、その家まで出向いて発電機の修理をしたので、少し手間どっただけなのです。

祈りを終えたとき、玄関の戸をたたく音が聞こえました。ラマートであればそんなことはしないので、みんな顔を見合わせます。カシムが立っていき、もどってきました。

「お父さんの店の人が来てくれた。お父さんはタリバンに連れさられたそうだよ」

ロビーナもレザもおどろきます。家の中ではブルカをかぶっていないので、玄関までは出ていけません。

「もっとくわしく聞いてきてちょうだい。どこに連れていかれたのか。連れていかれた理由も」

カシムとアミンについて、ビビも玄関まで出ました。ラマートの店で会った男の人が、まだ荒い息をして玄関に立っていました。

「わたしたちも心配している。ラマートはもうひとりの仲間と店番をしていたんだ。タリバンの男が五、六人小型トラックで乗りつけて、連れさった。わたしが外回りから店にもどるとすぐ、真向かいの薬屋の主人が知らせてくれた」

男の人が言っている間に、ロビーナとレザがブルカをかぶって、玄関口まで出てきました。

「ラマートたちがどこに連れされたか、まったくわかりません。わたしも捕まえられるおそれがあるので、友人のところにしばらく身をかくします。家族には、ジャララバードに行っていると、言わせることにしています。店は閉めます」

「タリバンが連れさった理由は何でしょうか」

ロビーナが聞きます。

「発電所の再開に協力してくれということだと思います。そのためには、材料がいるのです。それがない限り、発電は無理です。新しくそろえるには、大変なお金がかかります」

「協力しなければ、どうなるのですか」

レザが心配げな声を出します。

男の人はすまなさそうに答えます。

「わかりません。相手はタリバンですから。しかし、ラマートのことですからうまく切りぬけるはずです」

「わざわざ知らせてくださって、ありがとうございました」

ロビーナとレザはお礼を言いました。

その夜、ビビはなかなか寝つけませんでした。明日にでも、タリバンがやってくるような気がします。ラマートが何かかくし物をしていないかと、ひとりひとりに問いただすかもしれません。

ビビはあれこれと考えます。ベンチの下にかくし物があることをロビーナに話しておいたほうがいいのか。でもラマートとの約束ですから、ふたりだけの秘密です。

翌日、カシムは学校の帰りに、レザの伝言をもってカティブおじさんのところに行きました。

カティブおじさんは、カシムを車の助手席に乗せて家に来ました。おじさんは大変な怒りようです。

「家族にも知らせずに、どこかに連行するなど、とんでもないやり方だ」

しかし怒っているばかりでは何にもならないので、ロビーナとレザを車に乗せて再び出かけていきました。

家の中に残っているのは、カティブおじさんが一緒なら、ロビーナもレザも外出ができます。カシムとアミン、ビビの三人だけでした。子どもだけが家にいるなんて、今までほとんどなかったことです。

カシムは何か考えているようで、だまりこくっています。アミンも、いつものように遊びに出ることもなく、おとなしくしています。

ビビもどうしていいかわかりません。台所にヤーナとサファルがやってきたとき、手伝いにいきました。ふたりとも、ラマートがどこかに連れさられたのは知っていました。

タマネギの皮をむきながらヤーナが言います。

「ビビ、心配しなくてもいい。お父さんはきっともどってくる」

サファルも小麦粉をこねながら言います。

「ビビのお父さんは、何も悪いことはしていないのだから、いくらタリバンでも、ひどいことはできない」

「ビビ、このトマトを切ってくれるかい」

ヤーナから言われて、ビビは包丁を手にします。以前、タマネギを切るのを手伝ったとき、目がしみて涙が出ました。手でこすったので、顔が泣きはらしたようになったことがありました。それ以来、タマネギを切るのは苦手です。でもトマトなら大丈夫です。サファルのほうは肉を取りだして、適当な大きさに切りはじめます。ビビはたずねます。

「今日の夕食は何なの？」

「さあ何かな」

ヤーナが卵をボウルの中に割りいれながら答えます。ガスコンロの上に大きなフライパンがかかっています。

肉を串に刺したサファルは、その横のコンロで焼く準備をしています。ビビには想像がつきました。

「カライ」

「そのとおり」

カライは、焼いた肉とトマト、タマネギを油でいため、卵でとじる料理です。ビビは卵料理なら何でも好きです。

「ビビは、大きくなったらいいお母さんになるね。小さいときから、わしたちの料理をよく手伝ってくれているからね」

言われてみると本当にそうでした。台所で音がしたり、いいにおいがしはじめると、いつの間にかヤーナとサファルのそばに寄って、じっと見ていたのです。そのうち包丁を持たされ、野菜を切るのを手伝ったりするようになりました。今では、ジャガイモやニンジンの皮もむけるし、小麦粉やトウモロコシの粉をこねることもできます。ふしぎなことに、こうやって台所を手伝っていると、心配事が小さくなるのです。ヤーナとサファルが言うように、ラマートは明日にでも元気な姿で帰ってくると思えてきます。

夕食の準備ができたころに、カティブおじさんとロビーナ、レザが帰ってきました。家の中にはいると、ロビーナとレザはブルカを脱ぎます。ふたりの顔色から、うまくいかなかったのだとビビは思いました。

「また明日、三人でさがしにいこう。一日かけてさがせば、ラマートがどこに捕らえられているかわかるさ」

カティブおじさんはそう言いのこして帰っていきました。

夕食のカライは、五人で食べました。二日続けて夕食の席にラマートがいないのは、ビビにとって初めてでした。それまでは、どんなに遅くなっても、ラマートが仕事からもどるのを待って夕食をとっていたのです。

「お父さんは、ひもじい思いをしていないだろうか」

アミンがぽつりと言い、レザが答えます。

「どこかに閉じこめられているとしても、食事は与えられているはずだよ」

「でも、こんなにおいしいものじゃないだろうね」

「ナンとスープだけよ、きっと」

ロビーナが悲しげな顔をします。

「だから早く居場所を見つけて、食べ物を持っていってやらないといけないの」

「タリバンて、ひどいやつらだ」

「カシム、タリバンの悪口は外で言わないように。目をつけられるよ」

レザが注意します。

「わかっている。ぼくが好きな先生が、タリバンの悪口を言っていたんだけど、先週から学校に来なくなった」

「それは、だれかが告げ口をして、タリバンに捕まえられたか、先生の職を奪われたからじゃないかしら」

ロビーナがレザと顔を見合わせます。

ビビはそんな会話を聞きながら心配になります。ひそひそ話もできないような生活が、あとどのくらい続くのでしょうか。確かにタリバンが来て、砲弾もロケット弾も飛ばなくなり、爆発音も聞かれなくなりました。でもそれと引きかえに、みんな身を縮こめ、ひっそりと暮らさなくてはいけなくなったのです。

翌日の朝、カティブおじさんが来て、ロビーナとレザを乗せて出かけていきました。カシムとアミンも学校に行ってしまったので、家の中にはビビひとりが残されてしまいました。

ひとりで留守番をするなど、ビビは初めてです。ビビが家にいるときは、レザが必ず一緒にいてくれたからです。

午前中、ビビは自分の部屋でダリ語とパシュトゥ語で文章を書きました。コーランのアラビア語を大きな声で読みあげ、算数の計算もしました。昼近くになるとヤーナが、家の中のそうじにやってきました。サファルのほうは、庭の落ち葉をかきあつめています。

そうじを終えたヤーナが聞きます。

「ビビ、今日のお昼は、何が食べたいかい。ロビーナから、ビビが好きなものを食べさせてくれと頼まれているからね」

「マウトゥ（蒸しギョウザ）がいい」

洗濯を始めたヤーナに言います。ビビの家族の洗濯物は、いつもヤーナが手で洗って、家の中の干し場で乾かします。スカーフやハンカチなどは、炭火を入れたアイロンでしわをのばします。

「マウトゥね。おやすい御用」

「ここでひとりで食べるのはいやだから、ヤーナの家で一緒に食べたい」

「あたしたちの家でかい？」

ヤーナは少し考えましたが、こっくりとうなずきました。

「そしたらマウトゥは、あたしたちの家で作っておくから、できたら呼びにくるよ」

「お昼のズフルのお祈りも、ヤーナの家で一緒にしたい」

「お祈りも一緒に？」

ヤーナがふりむきます。

「はいわかりました。ビビのお祈りの言葉、聞かせてもらうよ」

洗濯物を干しおえたヤーナは、自分の小屋にもどりました。一時間くらいして、ビビを呼びにきたのはサファルでした。

「ビビが来るので、むさ苦しい家の中を片づけるのに苦労したよ」

サファルが笑います。

「壁にはってあったあの写真、まだある？」

それは雑誌にのっていた写真で、ラマートが切りぬいてサファルにやったのだそうです。

「ああ、バーミヤンの写真だね。あれは大切にはっているよ。わしたちのふるさとだからね」

小屋に近づくと、マウトゥのいいにおいが漂ってきました。

ヤーナとサファルの小屋は、部屋がひとつに、台所とトイレがあるのみです。

「ようこそ来てくれました」

ヤーナが両手を広げてビビを迎えいれます。サファルが言います。

「食事の前にズフルのお祈りをしようね」

ヤーナが台所の水を少しだけ出しっぱなしにして、まずビビが身体を清めます。それをじっと見ていたサファルがびっくりします。

「ビビももう一人前になったね」

三人とも身体を清めていよいよお祈りです。

ビビはロビーナに教えられたとおりの言葉を、大きな声で口にします。もう自然に手足、首が動きます。でも、ヤーナとサファルの間にはさまれて祈るのは初めてです。

コーランの一節を唱えるところで、ヤーナがにっこり笑います。ビビ、おまえがやりなさい、と言っている顔です。ビビは暗記していたところを、アラビア語で唱えます。

——人間は、わたしが恵みをさずけてやると、知らぬ顔でそっぽを向く。そのくせ不幸にみまわれると、今度はうって変わって祈りばかりする。

ロビーナから教えられた一節でした。ちょうど、あれもしてください、これもしてくださいとアッラーに頼んでいたときでした。ビビはびっくりして、何度も唱えて暗記したのです。コーランのどこにある章句かは、まだ知りません。

すべての祈りを終えたとき、ヤーナとサファルは目を丸くしました。ビビが大人以上に、アラビア語を正しく口にできたからです。

「ビビもきっとロビーナのような賢い女性になるよ」

「あたしたちふたりだけのお祈りのときより、十倍もありがたかった」

ビビのおなかはもうぺこぺこでした。ヤーナがマウトゥを鍋から取りだしたとき、おなかの虫がなりました。

マウトゥに、ヨーグルトを薄く汁にしたものをかけ、口に入れます。

「おいしい」

ビビが言うとヤーナがにっこりします。ヤーナは本当に料理上手です。料理だけでなく、そうじもアイロンかけも、ロビーナやレザが感心するほど、立派にこなします。

マウトゥを四個ばかり食べたところで、腹の中がおさまりました。ビビは部屋の壁をぐるりと見回します。ビビの好きな写真は、コーランを置いてある棚の下に額入りで飾られていました。以前見たときはそのまま壁にはられていたので、サファルがあとで額を買ったのでしょう。

畑と林の奥のほうに高い崖があり、そこにいくつもの穴があいています。ひときわ大きなくぼみはふたつあり、それぞれに石像が彫られているのです。その石像がどれくらい大きいかは、その前にある林より何倍も高いので想像がつきます。

「ビビも、いつかあそこに行ってみたい。カブールから遠いの？」

「バーミヤンは、そうだね、カブールから車で行けば、朝出発して昼過ぎにはつく。ビビがもう少し大きくなったら、わしが連れていってやる。何しろ、わしは子どものころ、この石像の前を何度も通ったからな」

「ヤーナは？」

「あたしはこの近くに住んでいたんだよ。お父さんに連れられて、石像の頭の近くまで登ったこともある。カブールにあるどの建物よりも高かったよ」

「いいなあ」

「こちらの西の像のほうが大きいだろう。仏さまが立ってお祈りをしている姿だよ。東のほうは少し小さいので、西が男の仏さま、東が女の仏さまだと、村人たちはいっている」

「仏さまってなあに？」

「大昔にバーミヤンに住んでいた人々が信仰していた宗教だよ。今はイスラム教になっているけど、大昔はこんな仏さまを拝んでいたのさ。今でも仏さまを信仰している仏教徒の国はたくさんある」

「日本がそうでしょう？」

　ビビはいつかラマートが教えてくれたことを思いだして言います。

「インドもそうだったかな」

「インドは仏教じゃなくて、ヒンズー教ではなかったかしら」

　ヤーナが答えます。

　ビビがバーミヤンについてヤーナとサファルから話を聞いている間に、アミンとカシムが学校から帰ってきました。ビビは家にもどります。

　夕方、カティブおじさんの車が玄関先に横づけになりました。ロビーナもレザも家の中にはいってブルカを脱ぎ、ため息をつきます。疲れた顔から、ラマートのいるところがつきとめられなかったことがわかります。

　その後も、毎朝カティブおじさんがやってきました。ロビーナとレザが一緒に出かけることはなくなり、どちらか一方が交代で家に残ってくれたので、ビビはひと安心でした。

　四日くらいして、ラマートがいるところがわかりました。カブールの町の北にある刑務所にいるそうです。

「お父さん、やせていなかった？」

カシムが心配げに聞きます。

「やせて、ひげものびほうだい」

レザが答えます。

「でも、めげてはいなかったそうよ」

ロビーナが言いそえます。

「刑務所ってどんなところなの？」

ビビは質問します。

「鉄格子のはまった部屋が、廊下の両側にずらりと並んでいる。ラマートがいる部屋には、三人が入れられていた」

「トイレやシャワーはないの？」

「トイレは部屋のすみに低い仕切りがあって、その向こうに穴が掘られているそうだよ。シャワーなんかない」

「お祈りはどうするの？」

「水なしでお祈りしているのだと思う」

レザが答えます。

「けがはしていなかった？」

アミンがたずねます。

「目の下が黒くなっていた」

レザが顔をくもらせます。

「でもだいじょうぶよ。声もしっかりしていたそうだから」

ロビーナが言ったので、ビビは少し安心しました。

翌日、ロビーナとレザは食べ物を持って、ラマートのいる刑務所に出かけていきました。もちろんカティブおじさんが一緒です。

ラマートが帰ってきたのは、それから三日くらいしてからです。

「ビビにも心配かけたね」

ラマートはビビを抱きあげて、ほおずりをしました。のびたひげが、ほおにジャリジャリと当たります。

ラマートの右目の下は、少しはれて黒くなっていました。

その日の夕食はヤーナが、ラマートの好物の山羊の焼肉とオクラ料理を作りました。いつもラマートが座る場所に、ラマートの姿があるので、ビビは心の底からほっとしました。

焼肉をほおばりながら、ラマートがしんみりした口調で言います。

「こうやって出られたのも、カティブ兄さんのおかげだろうね」

「カティブ兄さんがいなかったら、わたしたちもどこにも出られなかった。この家でずっと待つしかなかった」

レザが言います。

「タリバンの役人に聞くたびに、カティブ兄さんはこっそりお金をにぎらせていたの」

ロビーナも言いそえます。

「やっぱりそうか。あそこを早く出られたのも、金がものをいったのだろうな。家族に金がない者は、ひと月でもふた月でも入れられたままだ」

「あなたのお友だちは一緒だったの？」

ロビーナがたずねます。

「いや、別々に収監されたから、どこにいるかわからない。明日からさがしに出かける」

「あなたたちふたりが捕まったことを、知らせにきたお友だちもいた。名前は……」

「アブドゥルだ。彼とも連絡をとってみる。しばらくこのまま身をかくしていたほうがいいだろうね」

「発電機のお店は？」

「ひとりでもやっていく。あの店を開けないと、客が困るんだ」

話を聞いていてビビが心配になったのは、発電所のシャフトのことです。もう十日間も休んでいるのです。もしシャフトが動かなくなっていたら、これまで毎日ラマートが出かけていたのが水の泡になります。

翌朝、ラマートは夜明け前のファジルのお祈りが終わるとすぐ、朝食もとらずに出かけていきました。帰ってきたのは、お昼少し前で、手も顔も油で黒く汚れていました。

「お父さん、うまく回った？」

ビビは手を洗っているラマートの横に行って、そっと聞きます。

「あっ、そうか。ビビは心配していてくれたんだ。一緒に連れていけばよかった。最初は回らなかったけど、ハンマーでたたいたり、油をさしたりして修理ができた。あと一日か二日遅れていたら、もうだめだったかもしれない。これもアッラーのおぼしめしだ。またいつかビビを発電所に連れていこう」

ラマートから言われて、ビビはこっくりうなずきました。

第8章　葬式

ラマートの友だちは、それから二、三日して釈放されました。発電機の店も無事に再開です。ラマートは以前どおり、朝アミンをスクーターの後ろに乗せて学校まで送ります。そのあと発電所に行ってシャフトを回し、バザールにある自分の店で働くのです。ロビーナとレザとビビの三人は、カシムやアミンが学校からもどってくるまで、家に残っていました。ビビはロビーナからアラビア語を習ったり、自分で算数の勉強をしたりしていました。かけ算も、ひとけたの計算なら、すらすら言えます。ふたけたでも、11×11＝121、12×12＝144、13×13＝169、14×14＝196、15×15＝225は覚えました。わからないのが、バラ先生が黒板に書いた、25×25、35×35、45×45、55×55などです。これはカシムに聞いても、ロビーナにたずねても、計算をすれば答えが出るのだから暗記の必要なんかないというのです。ビビはためしにラマートに質問してみました。

「ビビ、この計算には秘密があるんだよ」

ラマートは少し得意そうな顔をして、ビビの持っていた鉛筆を取りあげ、ノートを開きました。そしてさっと次のように書いたのです。

75 × 75 = 5625　　85 × 85 = 7225　　95 × 95 = 9025　　23 × 27 = 621

32 × 38 = 1216　　41 × 49 = 2009　　54 × 56 = 3024　　……

そんな計算をどんどんラマートがするので、ビビは目を丸くします。ラマートが鉛筆を渡しました。

「ビビ、何でもいいから、ここにふたけたの数字を書いてごらん」

ビビは68と書きます。するとラマートがその横に62という数字を書きたして、

68 × 62 = 4216

と答えを出したのです。ビビはまたびっくりです。ラマートが説明しはじめます。

「ビビ、今から計算の秘密を教えるからね。よく聞いておくんだよ。この秘密はカシムもアミンも知らない。もちろんロビーナとレザも知らないと思う。このかけ算は、十の位が同じで、一の位を足して10になるときにできる。たとえば52 × 58や、63 × 67などだよ。どうするかというと、まず十の位の一方をひとつ多くして、かけ算をする。5と5であれば、5 × 6 = 30、6と6なら、6と7をかけて42、これが千の位と百の位の答え。そして十の位と一の位の答えは、一の位の数をそのままかければいい。たとえば8と2なら、8 × 2 = 16となる。さっきの例だと、52 × 58 = 3016、63 × 67 = 4221

になる。暗記をしていなくても、あっという間に答えが出る」

「なあんだ」

「そしたらビビ、91×99はどうなる」

「えーと、9と10をかけて90、1と9をかけて9だから、9009」

「正解。わかったね」

「わかった」

バラ先生もラマートと同じように、この計算の秘密を知っていたのにちがいありません。

「お父さんにこれを教えてくれたのは、カティブ兄さんで、ビビくらいの年齢だったかな。カティブ兄さんは、算数の先生から学校で教えてもらったと言っていた」

ビビもいつかこの計算をして、カシムやアミンをおどろかしてやろうと思います。

そのころカシムは毎日いそがしくしていました。学校から帰ってくると、ロビーナと一緒に外出します。夕方になると、またロビーナを迎えにいきます。

ロビーナは以前どおり、どこかで、中学生の女生徒たちに教えているのです。その秘密の学校がどこにあるかは、カシムもロビーナも教えてくれません。学校はいつも同じところではなく、何週かごとに変わるらしいのです。そこに集まる先生は、ロビーナだけでなく他にも三人くらいはいるということでした。

ラマートとレザの心配は、カシムがまだ大人でないのに、ロビーナと一緒に外出していることです。歩いていると、取り締まりの警官に呼びとめられます。身分証明書を見せろと言われるのですが、そのつどロビーナは言いわけをします。夫が病気で動けないので、息子のつきそいで薬や食べ物を買いにいっていると言うのです。しかし、いつもそういう言いわけが通るはずもありません。ですからタリバンの警官がいるようなところは、通らないようにしているのです。

ラマートが休みの日や、店から早く帰ってきたときは安心です。ロビーナはラマートのスクーターの後ろに乗って、秘密の学校に行きます。

カシムと一緒に出かけるときと、スクーターの後ろに乗るときとで、ロビーナはブルカの色を変えています。警官に目をつけられると、うそがばれてしまうからです。

「ロビーナが学校に行く日は、わたしも店を早く終わるようにしたいんだがね。店の客は増えるばかりなんだ」

ラマートが残念そうな顔をします。店に勤めていた友人のうちのひとりは、まだどこかに姿をかくしたままだそうです。

その日、ロビーナがカシムと一緒に家を出たのは三時ごろでした。カシムはいったん帰ってきて、五時近くなって、今度はレザと一緒に外出をする仕度をします。買い物をして帰りがけに、ロビーナが教えているところに行き、三人で帰ってくる予定でした。

学校から帰ったアミンは、友だちが呼びにきたので、遊びに出かけました。ビビはまたひとりで留守番です。

五時ごろ、ヤーナとサファルが夕食の仕度をしに台所に来ました。ビビも手伝います。やがてアミンが遊びから帰ってきました。ズボンのしりが泥だらけで、ヤーナがさっそく着がえるように言います。汚れた衣類は、洗剤を入れた水につけます。翌朝手洗いするのが、ヤーナのやり方です。

六時ごろ、ラマートがスクーターで帰ってきました。町はずれの家まで、修理にいっていたので遅くなったのだそうです。ロビーナたち三人は、まだ帰ってきません。

ラマートの顔がくもります。

「おかしいな。ひょっとしたら、モスクに寄って、マグリブのお祈りをしているのかもしれない」

夕食の仕度を終えたヤーナとサファルが帰ったあと、ビビたちは三人だけでお祈りを始めました。そのときです。玄関でカシムの声がしました。走ってきたのか、肩で息をして泣いています。

「お父さん、ロビーナが」

「ロビーナがどうした」

「ロビーナが、バイクに乗った男に撃たれた。ちくしょう」

「どこでだ？」

「バザールの近く」

「アミンとビビはここにいなさい」

ラマートは一度脱いだジャンパーを着て、スクーターのキィを手にします。

カシムをスクーターの後ろに乗せて出ていきました。ビビの胸は早鐘（はやがね）のようでした。息をするのも苦しくなります。

もうお祈りをする気持ちもなくなっています。さっきまで空腹を感じていたのに、食べたいとも思いません。

「ピストルで撃たれたからといって、死なないよ。病院に運ばれて、きっと元気にしている」

アミンが言ってくれるのですが、ビビの目には静かに涙がたまっていきます。こらえようとしても涙が出てくるのです。

ビビの頭の中に浮かんでくるのは、病院のベッドに横たわっているロビーナではありません。道ばたに倒れているロビーナです。レザが取りすがって泣きさけんでいます。大勢の人が取りかこんでいますが、だれも助ける人はいません。ロビーナの身体のどこからか流れだしたのでしょう。道には赤い血が広がっています。

「ビビ、泣かなくていい。ロビーナは、お父さんが連れてかえってくるよ」

アミンのなぐさめの言葉で、ロビーナの笑顔が頭に浮かびます。白いスカーフをかぶり、ピンクのブラウスを着て笑っている姿です。化粧をして、にっこり笑うロビーナは、どんな女性よりもきれいです。

「ビビ、おなかはすかないか」

アミンが聞きます。ビビはかぶりをふり、窓の外をながめます。外はもう暗くなりはじめています。前の家には、ほんのりとランプの明かりがともっています。

このまま何もしないで待っているより、マグリブのお祈りをしたほうが気持ちが落ちつくとビビは思いました。水道の水をほんの少し流しながら、手を洗い、口をすすぎ、鼻や顔、耳を洗います。アミンもビビのあとに続きます。

アミンとふたりだけでお祈りをするのは初めてです。アミンは、祈りの言葉をビビに言わせます。「アッラーは偉大なり」とアラビア語で何度も唱えていると、ふしぎに気持ちが落ちついてきます。ラマートが発電所の中でぽつりと言った言葉も思いだされます。

「お父さんの命はアッラーの手の中にあって、他のだれの手の中にもないのだよ」

他にも、ラマートはこんなふうに言いました。

「お父さんの身体は木でできているわけではないので、そんなにたやすくは燃えないよ」

人間はそんなに簡単には死なないという意味です。ロビーナもきっと元気なはずです。ビビが立ちあがって両手を前で組み、コーランの一節を唱えようとしたとき、玄関で音がしました。ビビはアミンと顔を見合わせます。ふたりで玄関に走っていきます。

白い布に包まれた人の身体を、ラマートとカシム、そしてふたりの男の人が運びいれました。レザはまだブルカをかぶったままです。ビビとアミンをしっかり両腕で引きよせました。

白い布に包まれているのがロビーナであることは、ビビにもわかりました。ロビーナは死んだのだ……。ビビはそう感じました。生きているのであれば、顔まですっぽり布に包まれているはずはないのです。

ラマートやカシムの顔はまっ青でした。男の人たちが、ロビーナの遺体を居間に横たえます。

アミンがレザに聞きます。

「お母さん、ロビーナは死んだの？」

ブルカをかぶったままのレザが、静かにうなずきました。

ビビの目に涙があふれてきます。でも、声をあげて泣いてはいけないと思い、しっかりと歯をかみしめます。レザがビビを抱きしめます。

「ビビ、亡くなったお母さんのそばにいてくれ。お父さんとカシムは、みんなに知らせにいかなくてはいけない」

ラマートの目は、まっ赤でした。そしてカシムを連れ、ふたりの男の人と一緒に出ていきました。

いつもロビーナが座る場所に、ロビーナの身体が横たわっています。レザがやっとブルカを脱ぎ、ビビにほおずりをします。レザの目から涙があふれます。

「あのバイクの男たち、まちがえてわたしを撃ったほうがよかったよ」

しばらく泣いてから、ビビに顔を向けます。

「ビビ、もうロビーナのブルカを脱がせてあげよう。死んでからまでも、ブルカなんか着ていたくないはずだから」

レザは、ロビーナの身体を包んでいた白い布をはがします。ビビの見慣れた赤いブルカが現れました。レザがまた泣きだします。

「ロビーナはブルカが大きらいだった。これを着るくらいなら、タリバンに撃たれて死んだほうがましだとも言っていた」

ビビの目は、ブルカの腹の部分にくぎづけになります。赤黒くなっていたからです。そっと手をのばして指先でふれます。指先が少し赤くなりました。

これがお母さんの血だと思うと、胸が熱くなります。声を出すまいと思っても、肩がふるえるのです。レザがビビの肩を抱きました。

「ロビーナはわたしによく言っていたよ――ブルカを着ると、人間でも動物でもなくなってしまう。名前や顔立ちや、瞳の色や唇の形もすてさられてしまう。女性が影になってしまう。いや影以下で、衣ずれの音だけになってしまう。ロビーナ、そのいまわしいブルカを、わたしとビビで脱がせてやるからね」

アミンが見つめている前で、レザがブルカを脱がせます。ビビも、ブルカのすそをまくりあげます。ロビーナの細い足が、血の気を失い、まっ白になっていました。鉄砲で撃たれてさぞ苦しかったはずなのですが、ロビーナの顔は眠ったように安らかです。ブルカを脱いだからだと、ビビは思います。

「ビビ、ロビーナにお別れしようね」

レザが泣きはらした目で言い、ロビーナの顔に自分の唇を静かに当てました。ビビもそれにならいます。ロビーナの肌は、まるで石のような冷たさでした。

お母さん、どうしてこんなになってしまったの。もう一度目を開けて、ビビを見て、にっこり笑って……。

ビビはこれが最後だと思い、ロビーナのほおに自分のほおを押しつけます。ほおずりは、ビビが眠りにつく前に、ロビーナがいつもしてくれたのです。今はそれが反対になっていました。しかも、もう二度とできないのです。

顔を離したとき、かすかにジャスミンの香りがしました。ロビーナはジャスミンの香水が好きでした。ビビにとっては、ジャスミンこそ母親のにおいでした。

ビビが身体を離すと、今度はアミンがロビーナに別れのほおずりをします。アミンがレザに聞きます。

「どうしてロビーナは死んだの？」

「バザールで買い物をしおえて、カシムと一緒にロビーナを迎えにいったのよ。ロビーナが女の子たちにアラビア語を教えている秘密の学校だよ。生徒は十人くらいだと、ロビーナは言っていた」

ビビはレザの話をひと言も聞きもらすまいとして、耳を澄まします。

「授業を終えて建物から出てきたロビーナと一緒に、またバザールの中を通って家のほうに向かったの。カシムと三人でね。バザールのはずれにさしかかったとき、バイクに乗ったふたり組が後ろから近づいてきた。後ろに乗っていた男が、通りぬけざまにカシムを押したおしたんだよ。ひどいことをする若者だと思ったとたん、二台目のバイクが近づいてきた。そして通りすぎざまに、後ろに乗っていた若者が銃でロビーナを撃った。銃声は続けざまに四回か五回した。ロビーナが倒れ、カシムもまだ歩道に倒れたままだった。わたしは一瞬何が起こったのか、わからなかった。バザールの店の人たちや通行人が集まってきて、ロビーナを介抱してくれたけど、出血がひどくて手の施しようがなかった」

レザはそこで言いやみ、大きく息をつきました。

「バイクの若者四人は、最初からロビーナをねらっていたのだと思う。女生徒にこっそり教える教師は、タリバンの方針に反しているという理由で調べていたのよ。それでたぶん、先生の中では一番有名なロビーナが最初にねらわれた。こんなふうに殺してしまえば、他の女の先生たちはおじ気づいて、もう女生徒に教えなくなる。それがタリバンのねらいよ」

レザは白い布で再びロビーナの顔と身体をおおいます。玄関のほうで、人声がしました。レザは静かにブルカをかぶりました。

最初に姿を見せたのはカティブおじさんの家族五人でした。近所の人たちもやってきました。女の人はやはりブルカをかぶっています。ラマートの店で会った友人も来て、ビビの手をそっとにぎりしめました。

ロビーナには弟と妹がいるのですが、住んでいるのはカブールではなく、ジャララバードなので、今夜はもう間に合いません。

一時間ほどして、ラマートとカシムも帰ってきました。黒い服を着た見知らぬ老人と一緒でした。

部屋の中はもう人でいっぱいです。黒い服の老人は一番前に出て、コーランを取りだします。その人が、コーラン読みのムッラーでした。

ビビはラマートとレザの間に座って、コーランの朗読を聞きます。全部は理解できませんが、ところどころ意味がわかります。でもすぐに、悲しみが頭の中を占めるようになり、コーランの朗読も耳にはいらなくなりました。

いつかラマートが発電所で言った言葉が思いうかびます。

――自分の命はアッラーの手の中にあって、他のだれの手の中にもない。

そうすると、ロビーナが撃たれて死んだのも、アッラーの望みによるものなのでしょうか。何も悪いことをしているはずはありません。それどころか、女生徒に授業をしていたロビーナの行いは、だれが見ても立派なはずです。それとも、アッラーはタリバンと同じように、女の子が勉強してはいけないと考えているのでしょうか。

そんなはずはないと、ビビは心の中で首をふります。いつかロビーナが言っていたように、コーランには逆のことが書いてあるはずです。

なぜアッラーは、ロビーナの命を助けてくれなかったのでしょう。アッラーには何の力もないのでしょうか。いえ、そんなことはないはずです。ロビーナもラマートもレザも、それからヤーナもサファルも、アッラーは偉大だと、何度も何度も語ってくれたのです。

ムッラーについてコーランの章句を唱えている間、ビビはそのことばかり考えていました。しかし答えは出ません。

ムッラーが帰ったあと、親類の人たちや近所の人たちも帰り仕度をします。母親を失ったビビをかわいそうに思って、だれもがビビに声をかけてくれます。ビビはもう泣くまいと決めていました。泣いてはいけないと、ロビーナが言っているような気がしたからです。カシムがまっ赤な目を向けてあやまります。

「ビビ、ごめん。ぼくが悪かった。一緒にいながらロビーナを守ってやれなかった。あのときぼくが倒れていなければ、ロビーナは撃たれなかったんだ」

「カシム、そんなに自分を責めないでいい。悪いのはあいつらなのだから」

ラマートがカシムの肩を抱きます。ビビもそう思います。もしカシムが倒れていなければ、カシムとレザの身体にも、弾丸がくいこんでいたはずです。

その夜、ビビとレザ、ラマートはロビーナのそばで眠りました。自分たちの部屋で寝たのはカシムとアミンだけです。しかし明け方になって、二階の自分の部屋に行くようにと、ラマートに言われました。

ラマートとレザ、ヤーナの三人で、ロビーナの身体を洗うのだそうです。ビビも手伝いたかったのですが、子どもはいけないとさとされました。

朝になってから、居間に降りていくと、白い布で身体を包まれたロビーナは、お棺の中に入れられていました。

「ビビ、今日でロビーナとお別れだよ」

ラマートが言い、白い布をめくってロビーナの顔を見せてくれます。レザがお化粧をしてくれたのか、ロビーナはいつものように美しい顔をしていました。ビビはロビーナの顔をじっと見つめます。もう一生ロビーナの顔は忘れません。

外が明るくなって、カティブおじさんたちや近所の人たちがやってきました。お棺を車に積みこみます。車は人の歩くくらいの速さで走り、ビビたちはそのあとについてモスクまで行きました。モスクでは、お棺は女性の側に置かれ、ラマートやカシム、アミンとは別々になりました。ビビはレザと一緒にお棺のすぐわきで、お祈りの言葉を唱えます。

礼拝堂は信者でいっぱいでした。その全員がロビーナを知っているはずはないのですが、死んだ人を悼む祈りの言葉は、モスク内に響きわたります。祈りが終わると、信者たちはつぎつぎとビビやレザに言葉をかけて、出口のほうに向かいます。ブルカをかぶった女の人が言いました。

「あなたがビビね。わたしは、ロビーナの授業を受けていた娘の母親です。こちらが、娘のラエラ」

ラエラはカシムくらいの年齢で、ブルカではなく、黄色いスカーフで頭を包んでいました。お祈りの最中に泣いたのか、目が赤くなっています。

「ロビーナ先生は、わたしたちのために死んだの。本当にごめんなさい」

ラエラとその母親は、ビビをしっかりと抱きました。そのあとも、ブルカをかぶった母親とスカーフの娘が、つぎつぎとビビに話しかけてきました。

「ロビーナ先生のためにも、これから一生懸命に勉強する」

「ロビーナ先生から教わったことは、わたしの宝物」

「ロビーナ先生のたましいは、これからもわたしの中に生きつづけます」

「ロビーナ先生の死は、決してむだにはしない」

生徒たちはそんなふうに口々に言って、別れを告げました。ビビはふと考えました。生徒がいなかったら、ロビーナも教えにいかずにすんだのです。タリバンからも撃たれずにすんだはずです。

でもビビは、そんなふうに考えるのはまちがいだと思いなおします。ロビーナは、生徒たちにどんなことを教えたのでしょう。それを知りたい気がしました。

ビビ自身、ロビーナからどんなことを教えてもらったか、考えてみます。するとあまり浮かんでこないのです。ビビを見つめるロビーナの笑顔、ビビの顔を包んでくれたロビーナのやわらかな手、ロビーナに抱きしめられたときにおったジャスミンの香り。それは覚えているのですが、何か教えられたものはというと、何もないような気がします。

そもそも、黒板の前に立っているロビーナの姿さえ、見たことがないのです。女生徒たちがうらやましくなり、ビビは後ろ姿をながめやります。女の子たちがみんな母親と連れそっているのも、ビビの目にはまぶしく映ります。

礼拝堂の外に出て、ようやく男の人たちと一緒になりました。

ロビーナの棺(ひつぎ)は、ラマートやカティブおじさん、ラマートの友だちがかついでいました。そうやってモスクの裏のほうにある墓地まで、ゆるい坂を登っていくのです。

ビビはレザに手をつながれて、お棺のすぐ後ろを歩きます。両側にはカシムとアミンがつきそっています。

お墓に来るのは初めてでした。土が地面より少し高くなったところがあちこちにあり、小さな石がいくつか並べられています。でも、それだけなので、だれのお墓かはまったくわかりません。

行列は、丘の中腹あたりでとまります。そこは墓地のはずれでした。

ビビは四方を見渡して、この場所をしっかり忘れないでおこうと心に決めます。

ロビーナが入れられる穴は、すでに掘られていました。サファルも待ちうけていました。横に張ったロープの上にお棺が置かれます。

そういえば、ヤーナの姿が見えません。まさか、家で留守番なんかしていないはずです。

ムッラーのお祈りが始まりました。ラマートたちがロープの端を持って、お棺を穴の上に移動させます。そして静かにお棺を穴の底に降ろしていきます。

ビビはレザのそばで、じっと見つめます。お棺が底に降りてしまうと、ロープが引きあげられました。

サファルからシャベルを手に渡されたラマートが、少し土をかけます。サファルがビビの肩にそっと手を置きました。さあビビ、ロビーナと最後のお別れをしなさい、と言っているような表情でした。

ビビはしゃがんで、ひとすくいふたすくい、シャベルの土をお棺の上にかけます。終わるとビビは、シャベルをカシムに渡しました。

一、二歩後ろに退いたとき、そっと肩を抱かれました。後ろを見あげて、それがヤーナであることに気がつきます。いつもの灰色のブルカを着ていたからです。ヤーナのごつごつした手がビビの手をにぎりしめます。その手は、ビビ、悲しいだろうけど、めげてはだめよ、と言っているようでした。

そう思うと、今までこらえていた涙が、せきを切ったように、目にあふれてきて、もう穴の中も、まわりの人たちの姿も見えなくなりました。

第9章　一万時間の法則

ロビーナがいなくなっても、まだ家の中にいるような気がします。

夜、夢を見て目が覚めます。ロビーナに話してみよう、ロビーナも「ふしぎな夢ね」と言ってくれるかもしれない、と思います。ところがはっと気がつくのです。ロビーナはもうこの世にいないのです。

夕方、カシムが「ただいま」と帰ってきたとき、ビビはロビーナも一緒だと思って玄関に出ます。でもカシムの横にロビーナはいません。

そんなさみしさをまぎらわせてくれたのは、レザでした。ビビを部屋に入れて、自分が作ったいろんなものを見せてくれました。刺繍や、小さな布きれをぬいあわせて作ったパッチワークです。レザの作品です。居間にあるクッションの刺繍や、玄関の壁にかけてある花園のパッチワークも、レザの作品です。レザの部屋の壁は、もっと大きなパッチワークで埋めつくされています。クッションにも、美しい刺繍が施されていました。

「レザ、これはどうやって作るの？」

「それはね」

レザは、ビビが興味をもったのがうれしいようすでした。カーテンの奥から、刺繡の道具を取りだして見せてくれます。布と針と糸、そして布を広げる枠があればできるのです。

レザは部屋のすみにあった刺繡の布を取りのぞきます。現れたのはミシンでした。ミシンを踏んでいるレザは見かけたことはありますが、そばに寄って見るのは初めてでした。

「このミシン、わたしがラマートと結婚したとき、お母さんがゆずってくれたの。お母さんが長年使っていたものだから、そうね、五十年はたっているかしら。でもまだ動くのよ。ビビがミシンの使い方を覚えたら、お嫁に行くとき、わたしが新しいミシンを贈ってあげる。そうするとパッチワークだけでなく、子どもが着るものも、ビビがぬってあげられるようになる」

レザはカーテンの奥のたんすも見せてくれます。引き出しの中には、布きれがいっぱいつまっていました。

「これはみんなバザールで買ってきたの。古い布や、切れ端の布だから値段も安い。だけど、パッチワークにすれば、安い布も美しい布に変わってくれるのよ」

なるほどそうだなとビビは思います。たんすの中にある布きれと、レザの部屋の壁を飾っている厚い布とは大ちがいです。

「まず簡単な刺繍からしてみようか」

「うん」

ビビは何だかうれしくなります。

ザミラがひとりでビビの家にやってきたのも、そのころでした。

ザミラはロビーナが亡くなったことは、何日かあとになって知ったそうです。これまでビビの家に来たことがなかったので、どうやって道を知ったのかふしぎでした。

「ビビのところに、召使いのおじいさんがいるでしょう?」

ザミラが聞きます。

「サファルのこと?」

「そのおじいさんが、お父さんの店にくつの修理を頼みにきたの。それがビビのお父さんのくつだとわかって、ビビの家の地図をお父さんが書いてくれた」

その日以来、ザミラはひとりでビビの家に遊びにきてくれるようになりました。そのときは、ふたりでレザに刺繍を習うのです。ザミラはビビよりも手先が器用でした。それを見てレザは、「やっぱりお父さんの血を引いているのね」と感心します。皮のくつをぬうのと、刺繍は似ているにちがいありません。

でもミシンかけはビビのほうが上手でした。腰かけの上に何枚かクッションを敷いて、高さを調節します。足は踏み板に届かないので、レザが自分の足で動かしてくれました。

布を動かすと、針がひとりでにぬってくれます。きれいなぬい目です。レザは笑いながら言います。

「手でぬうのはザミラ、ミシンかけはビビ。ふたりで分業すると、仕事がはかどるかもしれないね」

お昼過ぎに遊びにくるザミラは、午後四時ごろになると帰っていきます。お母さんと一緒に夕食の用意をしないといけないのだそうです。そういう日は、ビビも台所に行って、ヤーナの手伝いをします。もう今では、ニンジンの皮をむくのも、タマネギを切るのも上手になっていました。

毎週カティブおじさんが車で来てくれるようになったのも、そのころです。おじさんが持ってきてくれたのは、古い教科書と真新しいノートでした。

英語の文字を見てビビがおどろいたのは、ダリ語やアラビア語とはちがう字の形でした。しかも大文字と小文字では、形が全然ちがうものもあります。

ＡＢＣＤＥＦＧ……

ａｂｃｄｅｆｇ……

カティブおじさんがひとつひとつのアルファベットを発音し、ビビもあとをつけます。

Fとfでは、下唇を上の歯でほんの少しかむのだそうです。同じような発音の仕方はVとvでもありました。

ビビが大まかに覚えたところで、カティブおじさんは急に歌うような口調になりました。

ABCDEFG、HIJKLMN……

なるほど、歌にしたほうが何倍もたやすく覚えられます。勉強が終わるころには、二十六文字全部が言えるようになりました。

「ビビ、あとはそうやって歌いながら、ノートに何度も書いてみるといい。来週はテストをするからね」

カティブおじさんは言いのこして、帰っていきました。

そのあとの一週間、ビビが一生懸命アルファベットを書きつづけたのはもちろんです。ノートには線が引いてあり、左端にお手本の文字が書いてあるので、それをまねするだけなのです。

ABCDEFG……と歌いながら、ビビはふとタリバンの命令を思いだします。ラマートが教えてくれたタリバンの禁止令の中には、歌も踊りもだめだというところがあったはずです。テレビやラジオからも、歌や踊りは完全になくなっていました。こうやって、家の中で歌うのも、本当はいけないことにちがいありません。

しかし、とビビはまた考えます。タリバンは、女の子が学校に行くのを禁止しています。カティブおじさんから英語を習うのは許されるのでしょうか。生徒がひとりで先生がひとりだから、ここは学校ではありません。ロビーナが教えにいっていたような学校とはちがうのです。

ビビはもうひとつ、タリバンが女性に禁止したことを思いだします。女性は、きれいな服を着てはいけないというのです。ビビとザミラが刺繍をしているのは、スカーフです。白い布や黄色い布の縁に、花や草のもようを、緑や赤の糸で描くのです。スカーフを美しくするためなのですが、やはりタリバンの教えにはそぐわないのでしょうか。レザは、子どもがかぶるのだから平気だと言います。ザミラはスカーフができあがったら、みんなに見せびらかすのだそうです。

アルファベットを覚えたあとの英語の勉強は、単語の暗記でした。カティブおじさんが買ってくれた古い教科書は、絵と英単語で占められています。最初のページは寝室、その次が居間です。その次は浴室、そして台所、玄関、庭といった具合です。家の中と家の周囲が終わると、町の道路、乗り物、バザール、公園、モスクです。ひとつのページに、二十くらいの単語が出てきます。カティブおじさんは、一週間に一ページを教えてくれるのです。絵にのっていない物も、ビビに書きこむように言います。たとえば台所の絵には、砂糖や塩、こしょうの絵はありません。カティブおじさんはそれもついでに覚えさせます。そしてカティブおじさんが発音するのを、何度も何度もまねをします。おじさんが翌週来るまでに、すべて暗記しておくのが一週間の宿題です。でもビビはそれをむずかしいとは思いません。絵の中にある単語と、カティブおじさんがつけくわえる単語を合計すると、五百くらい暗記することになります。

ロビーナがいなくなって勉強がとまってしまったのは、アラビア語でした。コーランにしても、ロビーナが読んでくれることはもうありません。そのため、ラマートが買ってきてくれたのは、コーランのカセットテープでした。ラマートのカセットデッキは、電池で動くようになっています。それを自分の部屋に持ってきて、カセットをかけるのです。コーランを読んでいるのは男の人の声なので、初めは慣れませんでした。今まではロビーナの声で、コーランの内容を理解していたのです。しかし、カセットを何度も聞いているうちに耳も慣れてきました。

ダリ語とパシュトゥ語、算数を教えてくれるのはラマートでした。社会や理科はカシムとアミンが使った教科書を読むのです。

ひとりで勉強しているとき、そばにロビーナがいてくれたらどんなにいいだろうとビビは思います。ビビがようやく勉強が好きになった年ごろに、ロビーナはこの世からいなくなってしまったのです。もっともっと、ロビーナから教えてもらうことがあったはずです。

あるときラマートがふと口にした言葉を、ビビの耳がとらえました。

「ロビーナがよく言っていたのは、一万時間の法則だよ」

「一万時間の法則？」

「そう。これは、ロビーナのお父さんがロビーナに教えたらしいよ。ロビーナのお父さんは教育が専門で、小学校から高校まで、学校を視察して回る仕事をしていたんだ。それで、イスラム諸国だけでなく、ヨーロッパなどの偉大な人たちの伝記を調べて、ある法則を発見した。それが一万時間の法則。科学者やスポーツ選手、画家や音楽家、職人や技術者など、五百人くらいを細かく調査した結果だからね。信じていい。ビビも知りたいかい？」

「知りたい」

ロビーナが言っていたことですから、知りたくないはずはないのに、わざわざ聞くなんて、ラマートも思わせぶりです。

「それはね、一週間に二十一時間、同じことに打ちこむのを十年間続けることさ。そうすれば、必ずその道では一流になれる」

「本当に？」

「お父さんも本当だと思うよ。一週間に二十一時間だから、一日に三時間、それを十年間続けると、おおよそ一万時間になる。ちょっと計算してみようか。これは算数の問題だ」

ラマートはそう言って、ビビのノートに書きつけます。

3×365×10＝10950
「実のところは、十年の間に一年が三百六十六日になるうるう年が二回か三回はいるから、これよりは多くなるけどね」

「そうかあ」

ビビは納得します。一日に三時間を十年間です。

「ロビーナはそれをお父さんから聞いて、さっそく、アラビア語を勉強しはじめたらしい。アラビア語とコーランをね」

「いくつのときだったの？」

「十歳のときだと言っていた。ちょうどビビと同じ年齢のとき」

「ふーん」

ビビは感心します。だからロビーナはえらかったのだと、あらためて思います。

「十歳で始めて十年だから、ロビーナは大学生のとき、もうアラビア語はペラペラだった。一万時間の法則はまちがっていないと思うよ」

ラマートはビビの顔をのぞきこみながら、しみじみとした表情になります。

「お父さんだって、一万時間の法則をもう少し早く聞いていればよかった。何しろロビーナからそれを教えてもらったのは、結婚したあとだからね」

「結婚してからでは、もう遅いの？」

「いや、遅くはないけど」

ラマートは一本取られたというように笑います。

「一万時間の法則は、年齢には関係ないはずだよ。三十歳になってからでも、五十歳になってからでも、たぶん通用すると思うよ。お父さんはなまけ者だったから、やらなかっただけだね」

「お父さんは、なまけ者なんかじゃない」

ビビは首をふります。毎日毎日、発電所に行って、シャフトを動かしているラマートが、なまけ者であるはずはありません。

「ありがとう、ビビ」

ラマートはビビを抱きしめて、ほおずりをしてくれます。

「ビビ、勉強することで、ビビは望むものになれる。男か女かは関係ない。ビビが大人になったとき、アフガニスタンが必ずビビを必要とする」

そのときです。自分もロビーナと同じように、一万時間の法則が正しいかどうか、明日から始めてみようと決心したのは。

ロビーナがアラビア語の勉強を心に決めたのが、ビビと同じ十歳のときです。ビビはそれを英語にしてみようと思います。一週間に二十一時間、それを十年間です。

十年後には二十歳になっています。二十歳の自分なんて、想像もつきません。でもふしぎなことに、せっせと英語を勉強している自分の姿は思いえがくことができます。一日に三時間です。そのくらいの時間は、今のビビにはたっぷりあります。もしかぜをひいたりして、一日三時間の英語の勉強ができなければ、病気が治ったときに、一日中勉強して、取りもどせばいいのです。

しかし、この決心はだれにも言うまいとビビは心に誓います。ラマートにもレザにも、カシムにもアミンにも言いません。こっそり自分だけの秘密にしておくのです。確かに一万時間が過ぎたとき、それを教えてくれたラマートには白状してもいい、とビビは思いました。

第10章　サッカー場

金曜日の休みの朝、ラマートが言いました。

「今日はサッカー場で、久しぶりに試合があるけど、カシムとアミン行ってみるか」

「行きまーす」

アミンが手をあげます。

「どことどこの対戦なの？」

カシムが聞きました。

「カブールとジャララバード」

「ぼくも行く。サッカーの試合なんて、何年ぶりかな」

「ビビはどうする？」

ラマートからたずねられて、ビビはためらいます。サッカーがどういうスポーツなのか、くわしくは知らないのです。

「ビビ、たまには外に出るのもいいよ」

カシムがすすめてくれます。

「行ってみる」

ビビは答えます。

「レザはどうする？」

「わたしはいつものように留守番。ブルカを着て外に出ても、暑いばかりだもの。男の人にはわからないわ。そのかわり、ヤーナと一緒に、お昼のお弁当を作っておくからね」

「わーい。遠足とサッカーだ」

アミンが喜びます。

四人連れだって家を出たのは、十時ごろでした。サッカー場は町はずれにあるので、四十分くらいかかるそうです。お弁当のはいったバスケットは、ラマートが手にしています。

空は青く澄み、少し暑くなりはじめています。風がすずしいので、ビビはときおり風上のほうを向いて、スカーフの中に風を入れます。白いスカーフには、自分で刺繍をした銀色のチューリップのもようを入れています。白いスカーフですから、本当は赤い糸で刺繍をしたかったのですが、レザが心配したのです。あんまり派手にすると、タリバンの兵士からにらまれるというのです。レザが選んでくれた刺繍糸は銀色でした。白に銀ですから、近くに寄らないと花柄は見えません。

一緒に刺繡をしていたザミラは、黄色いスカーフでした。だいだい色の糸で、何と犬の足跡のもようを描いたのです。レザもびっくりしていました。ザミラは犬が大好きで、家で飼っているそうです。スカーフに犬の刺繡をしていると、いつもその犬と一緒にいられる気がするといいます。犬の足跡の刺繡なら、いくら華やかにしても、タリバンから取り締まられることはないのかもしれません。

サッカー場が近づくにつれて、人の数が増えていきます。男性ばかりでなく、ブルカをかぶった女の人も、ちらほらまじっています。みんなお弁当を入れた紙包みやバスケットを持ち、水筒をぶらさげています。ピクニック気分でいるのです。ビビと同じようにスカーフをかぶった女の子も、何人かいました。

入場料は、十五歳以上が五アフガニでした。ラマートとカシムだけが払えばいいので、アミンもビビも何か得をした気持ちになりました。カシムがラマートに聞きます。

「上のほうがいい？　それとも下のほうの席？」

「真ん中の席がいいかもしれない。下のほうだと選手の顔は見られるけど、全体が見えない。上の席だと全体ばかり見ることになる」

ほとんどの客は、争うようにして下のほうの席に座ります。だからカシムが中ほどの席を見つけるのはむずかしくありません。

ラマートとカシムが両端に座り、ラマートのすぐ横にビビ、ビビの右側にアミンが座ります。コンクリートの席なので、長い時間座っているとおしりが痛くなりそうです。ビビにはそれを知っていたのか、中にはクッションを持ってきている観客もいました。ビビには少し席が高すぎて、足がぶらぶらと宙に浮いてしまいます。それでもビビは、こうやってラマートのそばにじっとしていられるのがうれしくてなりません。ここにロビーナがいたらどんなにいいだろうと、ふと思いました。

ラマートが広いグラウンドを指さします。

「やっぱり競技場にもロケット弾が落ちたんだよ」

白い線が引かれた広いグラウンドの右のほうの土の色が、周囲とは少しちがっています。大きく穴があいたところに、外から土を運んできて埋めたのです。

「お父さん、あそこにも爆弾の跡がある」

カシムが左のほうの席を見ます。ネットの向こう側の席が、大きくこわれたままになっていました。下のほうの席から中ほどの席まで届くような穴ですから、よほど大きな爆弾だったのでしょう。

ビビは学校にロケット弾が落ちたときのことを思いだします。あのときも、大きな爆弾がひとつではなく何個も落ちたのです。そのとき亡くなったのが、青い目をしたスナイでした。

爆弾の音が聞かれなくなったのは、タリバンがカブールにやってきてからです。あれから約二年、ロケット弾がカブールの町を飛びかう日は完全になくなりました。それはタリバンのおかげかもしれません。こんなふうにサッカー場を修理して、試合ができるようにしたのも、タリバンの計画なのでしょう。

向こう側の観客席は、上のほうの席はあいています。ビビは、ふりむいて後ろを見ます。やはり上方の席には、ぱらぱらとしか観客はいません。それでも、全部で二、三千人の観客がいます。

アミンが叫びました。

「出てきたぞ」

観客席の下からユニホームを着た選手たちが出てきました。赤と黄色のユニホームに分かれています。

「赤がカブールだね」

「そう、ザクロの実の色がカブールさ」

そうかとビビは思いました。笛が鳴りました。

赤いユニホームを着た選手と、黄色いユニホームを身につけた選手が入りみだれます。

ビビにはサッカーのルールはわかりませんが、赤と黄の動きが美しく感じられます。赤と黄のもようはいつも動いています。見つめているうちに十分や十五分はあっという間に過ぎていきました。

そのうちビビの周囲で歓声があがりだします。カシムが叫び、アミンが手をたたきます。ラマートも感心しています。

「やったぞ」

「カブールのあのフォワードは、なかなかいい」

「この調子なら、五、六点はとれるぞ」

フォワードが何なのか、ビビには理解できません。でもボールがネットの中にはいれば一点のようです。

選手たちがさっとコートの中に散っていきます。コートの端のほうからけりあげられたボールが、コートの中央付近に落ちます。そこに赤や黄色の選手たちが集まってきて、ひとりの頭にボールが当たり、はじきかえされます。そのボールを赤の選手が今度は胸で受け、けりだします。横のほうにまっすぐ走ったボールは、赤の選手が足で受けて、斜め前にけります。待ってましたとばかり、そこには赤の選手がいました。ボールを小刻みにけりながら走りだします。

「いいぞ、行け行け」

カシムが口に両手を当てて叫びます。

「それ、二点目だ」

赤いユニホームの他の選手たちも、ゴールめがけて走ります。まるで赤い波が押しよせてくるようです。黄色の選手たちは、その波を受けとめる岩です。

ボールをけっていた赤い選手めがけて、黄色の選手が走ってきてすべりこみます。その瞬間、ボールがはじきだされました。

すると、横にこぼれたボールを、黄色の選手が前にはじきかえし、ものすごい速さで走りだします。赤の選手がふたり、それをとめようとして走りよってきました。黄色の選手はジグザグの動きをして、その間を抜けだします。もう目の前に赤の選手はいません。後ろから追いすがるだけです。ゴール前にいた黒いユニホームの選手が身構えます。何とかゴールを守ろうとする姿勢です。

弾丸のようにゴールめがけてつきすすんだ黄色の選手は、突然直角に向きを変えます。そこからだとゴールはがらあきです。赤を応援していた観客は、だれもがしまったと思ったにちがいありません。ビビは一瞬、場内が静まりかえったような気がしました。

黄色の選手がけったボールは、一直線にゴールの枠内にはいり、ネットを揺らして地面に落ちました。

「いいプレーだった。敵ながらあっぱれ」

「油断したね。カブールは」

「でもまだ一対一だよ」

アミンが自分をなぐさめるように言いました。

ビビは、ザクロの実の色をしたカブールの選手も好きですが、声援の少ない黄色のジャララバードの選手も応援したい気がしました。それでも、「黄色がんばれ、ジャララバードがんばれ」とは叫べないので、胸のうちで応援するだけです。

そのあとの試合は、赤が優勢になりました。黄色は疲れたようです。赤が何度も何度も相手ゴールにつめよります。しかし、けられたボールがわずかに枠をはずれたり、はじきかえされたりして、得点に結びつきません。

「ジャララバードは守りにはいったな」

「相手はカウンターねらいだよ」

ようやく赤の攻撃で一点がはいったのは、だいぶ時間がたってからです。観客の間に、ほっとしたため息がもれました。

「二対一だとひっくり返されるおそれがある。カブールは攻撃ばかりして、体力を使いきっているからね」

ラマートは心配げです。

「疲れているのは、おたがいさまだよ。だいじょうぶ、だいじょうぶ」

カシムは上機嫌です。

ビビはそれまで気がつかなかったのですが、空はどこまでも青く澄みわたり、太陽がじりじりと照りつけるようになっていました。風があるのが、せめてもの救いです。

赤と黄の波の動きを見るのにあきてきたビビは、しばらく観客席の向こうに見えるヒンズークシの山々をながめていました。

ラマートが言います。

「さあビビ、中休みだよ」

コートから、選手たちが引きあげていきます。

「サッカーは、見ているだけでもおなかがすくね」

ラマートが開けるバスケットの中を、カシムがのぞきこみます。

紙に包まれているのは、子羊の串焼きカバブでした。ポットの中身は、ヨーグルトを水で溶いたドーグです。カバブのにおいをかいだとたん、ビビのおなかがなりました。

まわりの観客もそれぞれに、お弁当を取りだしています。ビビたちの下に座っている親子は、桑の実を固めたタラハーンと干し肉をおいしそうに食べだします。その横の男性三人連れは、ポテトチップスにチャイだけです。

ビビはラマートがくれたカバブを口にし、カシムがついでくれたドーグを飲みます。

下のほうの席では、ブルカをかぶった女の人が、サンドイッチのようなものを横の男の人からもらっています。女の人はそのサンドイッチを、ブルカの中に入れて食べています。いかにも食べにくそうです。

そのとき、アミンがグラウンドのほうを指さしました。

「お父さん、あれは何？」

左側のゴールネットの後方に、小型トラックがはいりこんできたからです。荷台には、黒いターバンを巻いた四人の男性が乗っています。そして荷台にあった袋を地面に投げおとします。

助手席から降りてきた男性が、布袋の口を締めていたロープをほどきます。出てきたのは、大人のこぶしの大きさをした石でした。

カシムが首をひねります。

「工事でもするのかな」

ビビは工事なんかではないような気がしました。工事をする人たちなら、黒いターバンなんかしません。

「工事ではないよ」

ラマートが低い声で答えます。

観客の目のほとんどがそこに向けられていました。見やすいように、わざわざ席を移動する観客もいます。

石の袋を降ろした小型トラックは、いったん引っこみ、すぐにもどってきました。今度は荷台に、青いブルカを着た女の人を乗せていました。横に黒ターバンの青年三人と、白ターバンの男の人ふたりが座っています。

「タリバンの兵士だね」

ラマートが言いました。

黒ターバンの青年三人は、肩から銃をつりさげています。やはり工事なんかではないのです。

トラックが停止しました。白いターバンの男性が、持っていたハンドマイクを口に当てて、何かしゃべりはじめます。パシュトゥ語ですが、ビビにはよく聞きとれません。言いおわると、次にはダリ語で話しだします。むずかしい言葉のうえに、音が小さいので、ビビには何のことか理解できません。

ラマートは険しい表情で、ゴールネットのほうを見つめています。

ブルカの女性が、荷台から降ろされました。黒ターバンの青年ふたりに銃をつきつけられたまま、ゴールネットの横まで歩きます。銃の男に命令されて、ひざまずきます。

ブルカをかぶっているので、女性が若いのか年をとっているのかはわかりません。

白ターバンの男たちがトラックにもどるのと入れかわりに、三十人ほどの観客がグラウンドに降りていきました。

いったい何が始まるのか、ビビにはさっぱりわかりません。ラマートもカシムもアミンも、口をつぐんだままです。まだお弁当は食べおわってはいないのですが、食べる気持ちは消えていました。

そのあと始まった光景に、ビビは声をあげそうになりました。ブルカの女の人に向かって投げだしたのです。黒ターバンの青年たちが、山積みになった石をひろい、ブルカの女の人に向かって投げだしたのです。グラウンドに降りた観客たちもそれをまねます。遠くて音は聞こえませんが、石がつぎつぎとブルカの女性に当たります。頭や肩、胸、腹に当たった石は、足元に落ちます。

ビビは、ガツン、ドスン、という音が聞こえるような気がしました。思わず、目をつぶりました。

目を開けたとき、ネットの裏に降りた観客の数が増えていました。ブルカの女の人はしゃがんでいられず、後ろ向きに倒れます。横倒しになった身体にも、石はどんどん投げられます。石を投げている観客は、百人くらいにふくれあがっていました。黒ターバンの青年たちは、もう見ているだけです。

ビビは目をこらして、ブルカの女性が息をしているかどうか確かめます。しかし、あまりに遠くて見えません。投げられたたくさんの石が、倒れた女性の周囲に散らばっています。

「お父さん、あの女の人、死んだの？」

アミンが聞き、ラマートがうなずきます。

「あれだけ石が身体に当たれば、だれだって死んじゃうよ」

カシムが怒ったように言いました。

黒ターバンの青年たちは、トラックの荷台から毛布のようなものを取りだして、ブルカの女性の上に広げます。倒れた身体を包みこみ、両端をつかんでかかえあげます。そして荷台に放りあげると、トラックに乗って競技場を出ていきました。

ブルカの女の人が横たわっていた地面には、赤いしみのようなものが残っていました。

ラマートがにがにがしい口調で言います。

「よりによって、こういうところで処刑をしなくてもよかろうに。アミンやビビに悪いものを見せてしまった」

「お父さん、あの女の人、何か悪いことをしたの？」

アミンが聞きます。

「どんな罪かは、アミンも大きくなったらわかる」

ラマートが答えます。

「アミン、これは見せしめさ」

カシムがぽつりと言いました。

「大勢の見ている前で処刑すると、みんなおそろしくなって悪いことをしなくなる」

「ふーん」

アミンがうなずきます。

ビビは三人のやりとりを聞きながら、ゴールネットの近くに転がっている石をぼんやりながめます。

あの女の人に、子どもはいないのでしょうか。もしいたら、その子どもたちも、お母さんが少しずつ死んでいくのを見ていたのでしょうか。

ブルカをかぶった女性は、どんな気持ちであそこにしゃがんでいたのでしょう。ブルカの中から、このサッカー場や、観客席は見えます。ぼんやり見渡しているうちに、最初の石が肩に当たります。ずしりと響く痛みです。肩の骨が折れたのかもしれません。

しかし痛みを感じる間もなく、次の石がにぶい音をたてて頭に当たります。一瞬くらくらとします。次の石は腹です。そして次の石は顔です。もう前が見えなくなります。今度はあごに当たります。気が遠くなり、身体が後ろに倒れます。それでも石はつぎつぎと飛んできて、頭といわず肩といわず、足といわず当たります。もう何も考えられません。痛みも感じなくなります。あと少しで死んでいくような気がします。見えるのは空だけです。

カシムがビビの顔をのぞきこみます。

「ビビ、だいじょうぶか。顔がまっ青だぞ」

「ビビ、これを飲みなさい」

ラマートがドーグをさしだします。いつの間にか、のどがからからになっていました。ヨーグルトの味が口の中いっぱいに広がります。

「まだカバブが残っているけどな」

ラマートが子羊の串焼きを見せますが、もう空腹は感じません。

「処刑があるとわかっていたら、こんなところには来なかった」

ラマートがお弁当を包みながら言います。ラマートも、もう食べる気はしないのでしょう。

グラウンドに、赤と黄のユニホームを着た選手たちが姿を見せました。観客席から拍手が起こりますが、試合の始まる前の大きな拍手とはどこかちがいます。

「もうたくさんだ。帰ろう」

ラマートが怒ったように立ちあがりました。

朝、ビビは階下の物音で目が覚めました。カシムが二階にあがってきて、レザとビビに告げます。

「ヤーナが亡くなったらしい。今サファルが知らせにきて、お父さんが見にいった」

「ヤーナが？」

レザは大急ぎでブルカをかぶります。

「ヤーナが？　どうして？」

ビビは信じられません。

前の日、ビビはヤーナとサファルに連れられて、バザールに行ったばかりでした。庭でザミラと遊んでいたとき、ちょうどヤーナとサファルが出かけるところでした。ザミラが帰る時間だったので、一緒に家を出たのです。

ヤーナは大きな籐のかごを手に持ち、サファルは空っぽの布袋を背中にかついでいました。

ビビがおどろいたのは、歩いていると、いろんな人がサファルとヤーナに声をかけてくることでした。荷車を引く人や、大きな荷を自転車に積んだ人、屋台で物を売っている人たちです。

話される言葉はダリ語ばかりで、パシュトゥ語ではありません。しかもそのダリ語にはくせがあって、ビビの耳ではよく聞きとれないところもあります。

家でのサファルは無口ですが、バザールではよくしゃべります。ブルカをかぶったヤーナも、だまってはいません。ブルカから手を出して、しぐさをしながら男の人と会話をします。

話しかける人たちは、連れているかわいらしい女の子は、だんなさんの娘さんかと必ず聞いてきます。

孫娘かと聞かれないのは、やっぱり顔立ちがちがうからでしょう。サファルとヤーナに話しかける人たちの顔も、サファルの顔立ちに似ています。鼻はそんなに高くなく、目も細くて、ひとえまぶたです。

「アッサラーム・アレイコム（あなたの上にイスラムの平和がありますように）。サファル元気か、ヤーナも元気かい。身体も動いているかい。腹はすかせていないか」

会話の始まりが、決まってそうなのにも、ビビはおどろきます。それに対してサファルも、「ワ・アレイクム・サラーム（あなたにもイスラムの平和がありますように）」のあと答えるのです。

「元気にしている。あんたも元気かい。腹をすかせていないか」

そのやりとりをビビはおもしろいと思い、ヤーナに聞きました。

「おなかがすいていないかどうか、どうしていつもたずねるの？」

「ビビ、そんなことまでよく気がついたね」

ヤーナはサファルと顔を見合わせてにっこりします。

「それはね、あたしたちハザラ人がいつもおなかをすかせていたからかもしれないよ。もしおなかをすかせていたら、おなかいっぱいの相手が、何か食べる物を与えていたのだろうね」

「ビビ、それくらい、ハザラ人は貧しかったんだよ。今でも貧しいけれどね。幸いわしたちは、ビビのお父さんの家に雇われて二十年近くなる。その前も二十年ばかり、だんなさまのお父さんの家にいたからね。おなかをすかすこともなかった。運がよかったんだよ。

わしたちには子どもができなかったので、自分たちが食べていければよかった。ハザラ人の子どもで学校に行っている者は、本当に少ない。学校に行くにはお金がかかるし、それよりは家の仕事を手伝わなくてはいけないからね。鉄くずひろい、道路づくり、工事現場での石積み。乾燥させたラクダのふん売り、水売りやくつみがき、荷物運び、荷車の後押しなど、どんな仕事でもしなくてはいけない。わしもそうだった。わしの父親は荷車引きだったので、わしはビビくらいの年からずっと荷車を押していた。

荷車を押して、ジャララバードまで行ったこともある。夜は荷車の下で寝たさ。父親はいつも言っていた。自分は小さいときからずっと荷車を押したり引いたりして、一生を終える。けれどもサファル、おまえはできるならちがう道を歩いていくがいい、とね。三十歳を少し過ぎたころ、ビビのおじいさんにひろわれて、とうとう荷車引きから解放された。それというのも、ヤーナが料理上手だったからだよ」

サファルはヤーナに笑いかけました。

「あたしは、バザールでいろんな食べ物を売っていてね。みんな自分で作ったものばかり。カバブやヤクニ（チキンスープ）、ナンやサラダ、ボーラニ（ジャガイモやニラ入りのパン)。たまたま通りがかったビビのおじいさんがそれを買ってくれて、気に入ってくれたんだよ。

それからとんとん拍子に話が進んで、サファルとふたりでビビのおじいさんの家に雇われた。そして、ビビのお父さんがレザと結婚して、今の家に移ったとき、あたしたちも一緒に引っこした。ビビのおじいさん、おばあさんと別れるのはつらかったけれど、あたしたちのあとに、やっぱり若いハザラ人の夫婦が雇われた。その家は、今はカティブおじさんが守っていて、ハザラ人の召使い夫婦も、元気で働いている」

そうだったのかと、ビビは思います。こんな話は、家の中ではあまりできそうもありません。ビビのおじいさんとおばあさんは、ビビが三、四歳のころ亡くなったので、あまり覚えていないのです。

バザールでは、サファルとヤーナがだまっていても、向こうから値段をまけてくれます。またたく間に、ヤーナのかごとサファルの布袋はいっぱいになります。重い荷物をかかえても、サファルとヤーナは平気です。ヤーナは右腕にかごをさげ、左手でビビの手をにぎって歩きます。家に帰りつくまで、途中で休むこともありませんでした。

そのヤーナが次の日に亡くなるなんて、ビビにはすぐには信じられません。小屋からもどってきたラマートが言いました。

「ヤーナの遺体は、明日バーミヤンに運んで、先祖代々のお墓に埋葬するらしい」

ブルカを脱いでレザも言います。

「安らかな顔だった。ほほえんでいるようにも見えたわ。でもこれからヤーナの分、わたしがやっていかないといけない。ヤーナのようにはとてもできないけどね」

「レザ、わたしも手伝う」

「ありがとう」

「ビビも手伝う。タマネギを切ったり、ジャガイモの皮をむいたり、小麦粉をこねたりするのは、ヤーナから教えてもらった」

「本当にこの何年か、ヤーナのそばに一番いたのはビビだったわね。ヤーナもまるで孫娘のようにかわいがっていたわ。ビビがそばにいてくれて、うれしかったと思う」

ビビの本当の気持ちをいえば、まだヤーナが死んだとは思えないのです。だって、昨日までは元気にしていたのですから。

去年はロビーナが死に、今年はヤーナが亡くなってしまった。どうしてこんなに自分の身のまわりで、大切な人が死んでいくのでしょうか。悲しみはもうたくさんだ、とビビは心の中で唇をかみしめます。

その夜、サファルの小さな小屋には、つぎつぎと客が訪れました。ラマートは、その家では狭すぎるので、自分たちの居間にヤーナの棺を置いてもいいと言ったそうです。

でもサファルは、「ヤーナも、長年住んだところで最後の夜を迎えたいはずです」と遠慮したそうです。「そのかわり、知人たちがたくさんお別れにくるのを許してください」とラマートに頼みました。ラマートが反対するはずはありません。夜遅くまで門を開けていました。

ビビは夜のアシャーアの祈りを終えてベッドにはいるまで、二階の自分の部屋の窓から門のほうをながめていました。三人四人と連れだった客が、ひっきりなしに門からはいってきます。庭を抜け、裏にあるサファルの小屋に向かいます。

ヤーナに別れを告げにきた客の半分は、ブルカをかぶった女性でした。年齢はわかりませんが、ゆっくりした足どりの人や、杖をついている人もいて、やはりヤーナくらいのお年寄りだとは想像がつきます。

ヤーナにこんなにも知り合いがいたとは、ビビも知りませんでした。

ビビは思います。この二年くらい、台所でヤーナの料理作りを手伝ったのは何にもかえられない幸運だったのです。包丁の持ち方や、いろんなものの切り方も習いました。小麦粉のこね方や米の炊き方も、教えてもらいました。肉をいためたり、野菜を煮こむときも、ヤーナの味つけの仕方や、手つきを思いだします。

「ビビ、料理をするときはね、目と耳、鼻、舌、手を全部使うんだよ。目で見て、耳で焼ける音を聞き、鼻でかぎ、舌で味わい、手も動かさなくちゃいけない。でもね、ビビ、一番大切なものは、心だよ」

ヤーナはそう言って、右手を胸に当てたのです。

「自分が作った料理を食べてもらう人の健康と幸せを願う。そうすると、いつの間にか、おいしい料理になる」

ヤーナの料理はいつもおいしかったし、ロビーナもカブール一だとほめていました。

でもそこにヤーナの願いがこめられていたなんて、ビビは知りませんでした。

ビビが窓の外を見ているとき、ノックの音がしてレザがはいってきます。ビビの後ろで、そっと両手をビビの肩に置きました。

「ヤーナは、あんなにみんなに好かれていたんだね。生きているとき、だれひとりとして、ヤーナたちの家に来なかったけど、あれはふたりがそうさせていたんだね。かわいそうなことをした。わたしとラマートが気づいてやれば、友人たちも遊びにきやすかったろうに」

でもビビは思うのです。たとえラマートとレザが許しても、サファルとヤーナは遠慮したにちがいありません。ふたりは、自分たちがラマートに雇われて、小屋に住まわせてもらっているのだということを、十分に知っているからです。

「ヤーナがいなくなったから、明日から、わたしが料理を作るけど、ビビ、手伝ってくれる？」

「うん」

ビビはうなずきます。レザの料理は、月に一度か二度しか食べたことはありませんが、ヤーナの料理とは少しちがって、色がきれいでした。子羊のカバブの下に、バラの花びらが敷いてあったり、ナンの上に、ザクロの実が散らしてあったりします。

これからは、ヤーナの料理の仕方に加えて、レザからも料理を教えてもらえるのです。

翌朝、玄関の前に小さなトラックがとまりました。中から男の人たちが出てきて、庭の奥のサファルの小屋に向かいます。サファルが姿を見せたのはすぐあとです。サファルがラマートにおうかがいをたてます。

「だんなさま、三日間だけ休みをとらせてもらえるでしょうか」

「そんなに早くもどってこなくてもいい。ふるさとに帰るのも久しぶりなんだし、会わなければいけない親類もたくさんいるだろう。心配はいらない。一週間でも十日でもいいから、ゆっくりしてきなさい」

ラマートが答えると、サファルは何度も礼を言います。

ヤーナの棺を男の人たちが運びだします。ビビはレザやカシム、アミンと一緒に見送ります。

棺はトラックの荷台に横たえられ、その横にサファルが座ります。

「それではだんなさま」

サファルがラマートにあいさつし、トラックが走りだします。ビビたちはトラックが角を曲がるまで手をふりつづけました。

第11章　輪っか回し

ヤーナの棺をバーミヤンに運んでいってから三日たちましたが、サファルはまだカブールにもどってきません。ラマートが、ふるさとでゆっくりするといいと言ったので、その言葉どおりにしているのでしょう。食事の用意はレザがして、ビビも少し手伝います。洗濯やトイレ、浴室のそうじもレザがします。レザはいっぺんに仕事が増えて、これまでどおり刺繍やパッチワークをする時間はなくなりました。カシムやアミン、ビビも、自分の部屋のそうじはするようになりました。

ラマートは、バザールの発電機の店に行く日を週四日に減らしていました。勤めの帰りに、レザが書いたメモどおりの食料を買ってかえります。

ビビの家には、ザミラがよく遊びにきてくれるようになりました。ビビと一緒に、レザの料理を手伝ってくれたりもします。ビビの部屋で、本を読むこともあります。ザミラが帰るとき、ときどきビビも一緒に家を出ます。バザールにあるザミラのお父さんのくつ屋で、しばらく過ごします。

ビビは、ザミラのお父さんの手の動きを見つめるのが好きでした。ひざの上に置いた革の寄せ集めが、またたく間にくつの形になっていきます。まるで魔法のようです。ビビが目を見張るのは、ザミラのお父さんの手の大きさです。指はまるで木の根のように太くてごつごつしていて、くつの革のように厚くなっています。それなのに、指先の動きは、レザが刺繡をするときのようにすばしっこいのです。

今、ザミラのお父さんがぬっているくつは、いつもより小さく、どうやら子ども用のようです。もうだいぶできかかっていて、今は厚い底をぬいつけています。

「この前、ビビのお母さんがザミラにくれたパッチワークは、すばらしいものだった。お母さんにありがとうと言っといておくれ。居間の壁にかけて飾っているんだよ。まるでヒンズークシの山を部屋の中に呼びこんだようだ」

ザミラのお父さんがくつから顔をあげて、ビビに言います。そのパッチワークは、レザが作るのをビビもずっと見ていました。それはそれは、根気のいる仕事でした。白い雲をいただいたヒンズークシの山も、青い空も、広い一枚の布ではなく、小さな布をぬいつけたものです。山はいろいろな白い布からできています。青い空も、たくさんの青い布の寄せ集めです。

「お母さんに、よくよくお礼を言っといておくれ」

ビビが店を出るとき、ザミラのお父さんはわざわざ立ちあがり、ザミラと一緒に見送ってくれました。ビビも後ろをふりかえって手をふりました。

バザールを通りぬけて、はずれまで来ると、いつものように、歩道に新しい絨毯が敷いてありました。ビビはためらわずにその上を踏んで歩きます。ロビーナが以前それを教えてくれたからです。歩きながらロビーナを思いだして、胸が締めつけられます。

ふと近くにある小さな公園に寄ってみる気になります。そこには、つるバラがからまったトンネルのような通路がありました。半月前、ザミラと一緒に来たときは、まだバラはつぼみが多く、バラの香りもしていませんでした。

公園に続く道は少し上り坂になっています。歩道を歩きながら、ビビはアミンの声を聞いたように思いました。声は、行き止まりになっている路地から聞こえてきます。

塀の陰からそっとのぞくと、やはりアミンがいました。アミンともうひとりの友だちが、同じくらいの年齢の男の子に何か言っています。その男の子は塀を背にしてうつむいていて、顔をあげません。

けんかだとビビは思いました。でも、一対一のなぐり合いのけんかではなく、ふたりでひとりをいじめているのです。

ビビはどうしたらいいのか迷います。知らないふりをして公園に行く気にもなりません。かといってアミンに声をかける決心もつきません。アミンは日ごろのアミンとちがって、きたない言葉づかいで男の子の額を指先でこづいています。

「おまえはハザラだろう。ここでは遊べないんだよ」

アミンが言い、アミンの友だちの声が重なります。

「ここはおれたちの土地だから、ようく頭に入れておけよ」

ハザラという言葉を聞いて、ビビもそうかと思います。下を向いている男の子の顔は、どこかサファルと似ています。ハザラ族の男の子なのでしょう。男の子は泣きだしました。アミンの声が届きます。

「何だ、ハザラはすぐ泣く。泣けばすむものじゃないんだ」

ビビはそんなアミンの声は聞きたくありません。耳をふさぎたい気持ちです。そのまま立ちされればいいと思うのですが、足が動きません。最後まで見届けるべきだと、ビビは思いました。道ばたにしゃがみこんで、地面に絵を描くふりをしました。小石をひろって、人の顔を描きはじめます。

「ビビ、こんなところで何をしている」

頭の上でカシムの声がしました。学校からの帰りがけで、かばんを手にしています。

「アミンが……」

答えようとして、ビビは口を閉ざします。何と言っていいか、わからなくなったからです。

でもカシムは、それだけですべてを理解したようでした。路地をのぞきこんで、声を張りあげました。

「アミン、おまえこんなところで何をしている」

ビビは初めて気がついたのですが、塀のわきに、ぐにゃりと曲がった金属の輪が転がっていました。自転車の車輪からタイヤを取りはずした輪っかです。

たぶん、泣いている男の子は、輪っか遊びをしていたのでしょう。アミンと友だちが見かけて、いじめはじめたのにちがいありません。

「この輪っかは、きみのだね」

カシムから聞かれて、男の子はべそをかきながらうなずきます。カシムがアミンを問いつめます。

「こわしたのは、アミンか」

「ぼくとダウド」

アミンが小声で答えます。

「ようし、それならふたりで元どおりにしてやりなさい」

厳しい口調で言われて、アミンと友だちのダウドは輪っかをひろいあげました。ふたりがかりで、曲がったところを直そうとするのですが、力が足りません。

「こわしてしまったな。そしたら弁償するしかない。アミン、自分のこづかいで修理するか、新しいのを買うかだ。このバトンを折ったのもアミンか」

カシムは地面から細い棒をひろいあげます。みごとにふたつに折れていました。

「これも新しく作るしかない。アミンわかったな」

アミンはうなずきます。横にいるダウドも今は首をたれたままです。

「本当にすまなかった。あさってまでに、きみの家まで、輪っかとバトンを持っていく。名前と家を教えてくれないかな」

カシムは男の子の肩に手を置いて、やさしく問いかけます。男の子はもう泣きやんでいました。自分の名前はモサだと答え、住んでいるところをカシムに言います。

「きみの大切な遊び道具をこわしたのはアミン。ぼくは兄のカシム。父親の名はラマート。ぼくたちの家の住所を書いておくから、もし約束を破ったら、いつでも来ていい」

カシムは、かばんからノートを取りだして住所を書き、破ってモサという男の子に手渡しました。

「それじゃ、明日かあさっての今ごろの時間に、きみの家までバトンと輪っかを持っていくからね。ごめん、本当にすまなかった。もう帰ってもいいよ」

男の子はうなずいて、涙を手でぬぐいます。顔が汚れて黒くなっていました。

男の子を見送ってから、カシムはアミンをしかりました。

「おまえは、あの子がハザラだからいじめたのだろう。それとも、あの子が何か悪いことでもしたのか」

カシムから問いつめられて、アミンは首をふります。

「たぶん、あの子はここで輪っか回しをしていただけだ。そこにアミンたちが言いがかりをつけたんだ。そうだろう？」

アミンがまたうなずきます。カシムはアミンの友だちのダウドにはかまわず、アミンだけに言いつづけます。

「アミン、ハザラ族だとこのあたりで遊んではいけないのか。ここはカブールじゃないのか。どう思う？」

「カブール」

小声でアミンが答えます。

「アフガニスタンじゃないのか」

「アフガニスタンです」

またアミンがかしこまって返事をします。

「さっきの子はアフガニスタン人ではないのか」

さらにカシムが問いつめます。

「アフガニスタン人です」

「だったら、アミンと同じだろう。ハザラ族だからいじめていいと思うなら、もうアミンはアフガニスタン人ではない。アミン、どこかに行ってしまえ。お父さんもきっと賛成するよ。ハザラ族をいじめる子どもなんか、家にいなくてもいいと思うはずだ」

下を向いていたアミンが、しくしく泣きだします。カシムはそれまでの厳しい口調をやわらげました。

「アミンが赤ん坊のころから世話してもらったヤーナやサファルも、ハザラ族だよ。ハザラというだけでいじめるなど、お父さんが聞いたら悲しむぞ。いいな、これから先、絶対こういうことをしてはいけない」

そこでカシムは初めて、アミンの友だちのダウドやビビのほうにも目を向けました。

「ひとつの国の中で、自分はパシュトゥン人、あいつはハザラ人、あいつはタジク人、あいつはウズベク人とか言いあうのは、情けないことだよ。ましてや、パシュトゥン人がハザラ人より優秀だとか、タジク人は劣っているとか言うのは、自分のおろかさをひけらかしているのと同じだ。ぼくたちはみんな、アフガニスタン人なんだ。大切なのはそれだけ。いいね。わかったらダウド、もう行きなさい。輪っかの修理は、アミンがやっておくから」

カシムに言われ、ダウドは今にも泣きそうな顔でゆっくり歩きだします。カシムの言葉が、よほど胸にこたえたのでしょう。重たい足どりでした。

でも、胸に響いたのは、ビビも同じでした。カシムはえらいと思いました。

「この輪っかがまっすぐにならなかったら、自転車屋に買いにいこう。アミンのこづかいで足りない分は、ぼくが足してやる。バトンは、小刀で削って新しいのを作ればいい」

カシムは、地面に倒れていた輪っかをひろいあげ、肩にかつぎます。家に帰ってから、カシムとアミンは納屋の外で輪っかを元どおりにしようとやっきになっていました。

「だめだ。曲げるのはやさしいけど、元にもどすのはむずかしい」

カシムが首をひねり、アミンはすまなさそうにしています。

「こんなとき、サファルがいたら助けてもらえるんだけどな」

「サファルがもどってくるまで待とうか」

「お父さんも心配しているけど、いつ帰ってくるか、まだわからない」

輪っかの修理はあきらめ、カシムとアミンは、納屋の中にあった棒を削ってきれいなバトンを作りあげます。

そのあと、ふたりで出かけていき、もどってきたのは少し暗くなってからです。カシムとアミンがそれぞれ輪っかをかついでいました。

ひと足先に帰っていたラマートが、どうしたのか聞きます。

「アミンの友だちが輪っか遊びをやっていたから、ぼくたちもほしくなって買いにいったんだ。自転車屋のおじさん、まけてくれた」

カシムが答えます。ラマートには、けんかのことは内緒にしておくつもりのようです。輪っかを見て、ビビも遊んでみたくなりました。

翌日の午後、学校から帰ってきたカシムとアミンは、輪っかひとつとバトンを持って出かけていきました。

ビビは納屋の外に置いてあった、もうひとつの輪っかを動かしてみます。バトンがないので、庭にあった棒きれをバトンのかわりにすることにしました。

どんなふうにして遊ぶのかは、カシムとアミンが輪っかを転がすのをそばで見ていてわかっていました。自分もやりたいとは、どうしても言えなかったのです。女の子がするものではないと、カシムから怒られそうでした。

しかし実際にやってみると、うまくいきません。輪っかは転がらずに、すぐ横倒しになります。本当なら、倒れる前に走りだすとよいのですが、ビビはそんなに速く走れません。

何度やってもうまくいかないので、ビビはくやしくなります。これは男の子の遊びなのだから、女の子には向かないのかもしれません。でもアミンたちが軽々と回していたのだから、自分にもできるはずです。途中であきらめるのは、何としても心残りです。

ふと思いつきます。塀のわきの少し高いところから納屋に向けて転がすと、うまくいくかもしれません。輪っかをまっすぐに立て、みぞにバトンを入れ、少し押します。すると輪っかはひとりでに転がりだしました。バトンには力を入れる必要もありません。輪っかが倒れないように、軽くそえて走るだけです。そんな具合に、三回、四回とやっているうちに、十メートルくらいは進むようになりました。

進む距離が長くなるにつれて、ますますおもしろくなります。途中であきらめてやめなくてよかった、とビビは思います。

今度は塀から納屋の前まで降りてきて、右に曲がって花だんまで行ってみる気になります。そのためには、今まで以上に速く走らなければなりません。高くなったところに輪っかを置き、息を整えます。思いきり速く走るつもりです。ヤオ（いち）、ドゥワ（に）、ドレ（さん）で輪っかを前に押し、走りだします。

うまくいきそうな予感がして、ビビは必死で走ります。これまでにはなかった速さです。あとは納屋の少し前で、右に曲がるだけです。いったん曲がってしまえば、花だんまでは、そのまま走っていけばいいのです。

ところが、バトンを使って輪っかを右に向けようとしたのですが、うまくいきません。

「あーっ」とビビは声をあげます。

納屋にぶつかりそうになったので、ビビは走りやめます。バトンから離れた輪っかはそのままつきすすんで、納屋の戸に勢いよくぶち当たりました。

ドーン。思った以上の音にびっくりです。かけよって調べましたが、輪っかにゆがみはありません。

おどろいた顔でレザが外に出てきました。

「ビビ、ここにいたの。何か大きな音がしたけど」

レザはビビが手にしたバトンと、納屋の前に倒れている輪っかを交互に見つめます。

「カシムとアミンが遊んでいたので、ビビもやりたかったの」

「ビビもできるの？」

「できる」

「本当に？」

ビビは得意げにうなずき、輪っかをかかえて塀のところまで行きます。レザの前だから失敗はできません。ビビは輪っかをそっと押すだけにします。あとは、ゆるやかに下っていく輪っかに、軽くバトンをそえるだけです。納屋の手前で、バトンを使って輪っかを右に傾けます。今度はうまく曲がりました。そのまま走って玄関まで送ります。

「ビビ、上手ね」

あとからついてきたレザが手をたたきます。

「お母さんもしてみる？」

ビビは言ってから、はっとしました。

それまでレザのことは、レザおばさんと言っていたからです。お母さんと呼んでいたのは、ロビーナだけだったのです。

「お母さんもやってみようかしら」

　レザはすぐに答えました。

　ビビからバトンを受けとって、左手で輪っかを転がし、すかさず右手のバトンを押して少し走ります。レザが走るのを見るのはビビも初めてです。

「お母さん、上手上手」

　輪っかは倒れずに庭の奥まで転がり、バラの茂みのところでレザが回転をとめます。今度はビビのほうに向かって転がしてきます。本当に上手で、カシムよりも上手だとビビは思います。

「ビビ、お母さんは、小さいときから、これを一度してみたかったんだよ。でもあのころは、男の子がしているのを遠くから見るのがせいぜいだった。やっぱりおもしろいものね」

　レザはうれしそうに言い、塀までまた一往復します。

　そこに帰ってきたのがラマートです。門の扉を開け、スクーターを押してきます。いつもならもう少し遅い時間に帰ってくるのですが、今日は仕事が早く終わったのでしょう。

「ふたりともここで何をしている？」

ラマートから聞かれて、レザは笑いながら輪っかを見せます。

「ビビと一緒に、男の子の遊びをしていたの。ビビ、お父さんにやってみせるといい」

レザから言われて、ビビはバトンと輪っかを手に持ちます。少し緊張しますが、さっき見たレザのやり方で走りだします。今度はうまく転がりました。納屋につきあたる手前で、輪っかを少し斜めにして曲がります。あとは一直線です。ラマートとレザに向かって走ります。

「ビビ、上手だね」

ラマートが感心します。

次はレザの番です。さっきと同じように塀まで一往復です。

「レザまでもがね」

ラマートはますます感心します。

「ここでわたしができないとなると、笑い者になるな」

そう言ってレザから輪っかとバトンを受けとって構えます。

「何年ぶりかな。三十年ぶりくらいかもしれん」

ラマートは祈るように天を仰いでから深呼吸をし、走りだします。でもレザのようにうまくいかず、輪っかはひょろひょろと左右に揺れて倒れてしまいました。

「いかん。こんなはずではなかった」

気を取りなおして、ラマートがゆっくり走りだします。今度は大丈夫です。塀まで行き、ふりむいて方向を変えます。そのときの笑い顔がどこかカシムと似ていると、ビビは思いました。

「おっとととっと。どいてくれ」

ラマートがビビとレザの前を、そのままつっきって納屋のほうに走りさります。左にうまく曲がり、坂のほうに登っていき、いったん姿を消します。そのあとすぐ、かけくだってきましたが、本当に全速力でふたりの前を走りぬけます。そのときです。アミンの声がしました。

「お父さんたち、ずるいぞ」

門のところにカシムとアミンが立っていました。バトンも輪っかも持っていないので、あの子の家を見つけて返してきたのにちがいありません。

「ごめんごめん。持ち主の許可をもらわずに遊んでしまった。みんな上手になったぞ。ビビもお母さんも」

「本当に？」

カシムが信じられないという顔をします。

そこでビビは、ラマートから輪っかとバトンを受けとって、カシムとアミンの目の前で転がしてみせます。次はレザです。

レザはビビよりもずっと上手です。庭の端から端までを走りぬけます。カシムとアミンは顔を見合わせて、びっくりです。

ラマートが突然言います。

「明日の金曜日は、みんなでサファルに会いにいくぞ。カティブおじさんが車で連れていってくれるそうだ」

「サファルはどこにいるの？」

「バーミヤンだよ」

「わーい」

ビビは叫びます。バーミヤンの写真は、ヤーナとサファルの家で見たことがあります。崖の岩肌にいくつもの穴が掘られていて、穴の中に石の像がありました。

「ビビはバーミヤンを知っているの？」

レザから聞かれ、ビビは胸を張ってうなずきました。

第12章　遠出

　金曜日の朝は四時ごろに起きていました。カティブおじさんが、暗いうちに迎えにくることになっていたからです。簡単に朝食をすませたあと、日の出前のファジルの祈りもいつもよりは早く終えました。

　ビビはこの日のために、自分で刺繍をした白いスカーフをかぶることにしていました。縁どりに、青い糸でいくつもの星を刺繍しています。自分でも気に入った図柄です。ワンピースとズボンは、レザがぬってくれた黄色い民族衣装のシャルワール・カミーズです。

　くつは、ひと月くらい前にザミラのお父さんが持ってきてくれたものです。茶色のやわらかい皮でできていて、少し大きめです。ソックスをはけばぴったりでした。

「うちのザミラがいつもお世話になっているし、この間いただいた刺繍の壁かけのお礼です。こんなものしかできませんが」

　ザミラのお父さんはそう言って、紙包みの中から二足のくつを取りだしました。一足はビビ用、もう一足の黒いくつはレザ用でした。それでビビは、ザミラが遊びにきたとき、レザに足の大きさを聞いていた理由がわかりました。くつはレザにぴったりでした。ビビのが少し大きいのは、成長を見こんでのことで、たぶんあと二、三年ははけるはずです。

レザも今日はその新しいくつをはいています。ブルカは、ビビのスカーフと同じ白を用意しています。カシムとアミンも、新しいシャツにズボンです。ラマートだけは、いつものスーツとターバンです。足元も、もうビビが物心ついたときから見慣れている黒くつでした。こうやって家族が一緒に遠出するのは、ビビが思いだす限り初めてです。

カシムが聞きます。

「お父さん、バーミヤンまで、どのくらいかかるの」

「たぶん北回りの道を行くだろうから、四時間くらいかな。南回りだと六時間はかかる」

北回りや南回りといわれても、ビビはぴんときません。アフガニスタンの地理は本で見て知っていても、記憶にあるのはマザーリシャリフやヘラート、カンダハールなどの大きな町の名前だけです。しかしそれはカシムやアミンも同じらしく、ふーんとうなずいただけでした。

お弁当や水筒を大きなバッグに入れおわったころ、外でクラクションが鳴りました。

ビビはカシムとアミンと一緒に、門まで走ります。カティブおじさんのバンがとまっていました。

「ハロー、ガイズ」

カティブおじさんは右手をあげて、英語で言います。ビビに英語を教えにくるようになって、おじさんの口からはよく英語がとびだすのです。

ビビはカシムたちとひと足先にバンに乗りこみます。座席は三列で、後ろの二列は向かい合わせになっていました。座席の破れたところにはつぎが当てられていましたが、そんなことは気になりません。車に乗ること自体がうれしいのです。

ラマートが助手席に座ります。レザはビビの横に席をとり、カシムとアミンと向かい合わせになりました。

「アーユーレディ？　レッツ・ゲット・スターティド」

またもやカティブおじさんは英語です。週一度ビビに教えにくるときも、パシュトゥ語よりも、英語を使うことが多くなっていました。〈さあ本の何ページを開いて〉とか〈読んでみなさい〉〈わたしのあとをつけて〉とかは、みんな英語です。

ビビがたいていの物の英単語を覚えてしまったあと、教えてもらったのは動詞でした。〈ザクロの木に登る〉〈ザクロの実をとる〉〈ザクロの実を割る〉〈ザクロの実を食べる〉という具合です。そこに人称がついて、〈わたしは食べる〉〈あなたは食べる〉〈彼女は食べる〉〈わたしたちは食べる〉など、つぎつぎと言わされます。おじさんが翌週来るまで、ビビは、教わったことを何度も口で言いながら、ノートに書きうつします。ロビーナが言っていたという、一万時間の法則を実行するつもりだからです。

今では、動詞を二百くらいは言えます。〈走る〉〈歩く〉〈とまる〉〈出発する〉〈到着する〉なども知っています。そして今習っているのが、形容詞でした。〈ザクロの実は赤い〉〈ザクロの実は美しい〉〈ザクロの実はおいしい〉〈ザクロの木は高い〉〈ザクロの葉は緑だ〉というような文章です。

この前カティブおじさんはこう言いました。

「ビビ、十五歳になったら英語で日記をつけはじめなさい」

まだパシュトゥ語やダリ語でさえも、日記をつけたことがありません。十五歳といえば、あと四年後です。

「おじさんが英語で日記をつけはじめたのは、大学生のときだった。今も続けているよ。英語で日記を書いていると、少なくともひとついいことがある。だれかがこっそりその日記を読もうとしても、内容がわからない。だから何でも書ける。タリバンの悪口もね」

おじさんは片目をつぶってみせました。

ビビは車の窓からカブールの町をながめながら、十五歳になるまではダリ語で日記をつけてみようかなと思います。日記をつける習慣ができれば、四年後に英語に切りかえるのも簡単なはずです。

ビビはそこまで考え、さらに欲張ったことを思いつきます。二年間ダリ語の日記をつけたら、あとの二年間はアラビア語で書くという手もあります。アラビア語とコーランの勉強も、毎日一時間くらいはしていました。このごろでは、読むのも平気です。ともかく、バーミヤンから帰ってきたら、ラマートに日記用のノートをねだってみるつもりです。

車はカブール大学のわきを通っていました。ロビーナとラマートと三人で来た日のことが思いうかびます。あの日と同じように、空は澄みわたり、ずっと遠くにヒンズークシの高い連山が見えます。

大学を通りすぎたところで車は右に曲がり、コーテサンギ地区を通りぬけ、そのあとはヒンズークシの山に向かって進みます。

レザが窓から身を乗りだして教えます。

「あの山の峠を越えていくのよ」

「あんな高い山を車で登るの？」

アミンがびっくりします。

「そう。バーミヤンは、山と山との間にあるからね」

「峠はどのくらいの高さなんだろう？」

カシムが聞きます。レザは知らないらしく、ラマートに確かめます。約三千三百メートルという答えが返ってきます。

「そうすると、カブールの町が標高千八百メートルだから、車で千五百メートル登るんだ」

カシムが言います。

ビビはうれしさで胸がふくらみます。どんな景色が目にはいるのか楽しみです。

「これからまっすぐチャリカールの町に向かうぞ」

ラマートがふりかえって教えてくれます。

やがてカブールの町の家並みはまばらになって、畑や草原が見えだします。まだ朝は早いのに、日差しは強くなっていました。家の垣根に咲いたバラが、赤と黄色の花をつけています。その手前にあるのはマリーゴールドです。

遠くに羊の群れも見えます。日差しの下で、羊の背中が白く光っています。

「あれは何だろう」

窓の反対側をながめていたアミンが首をかしげます。

「戦車だ」

カシムが答えます。

「ソ連軍の戦車」

ラマートも言います。

「カシム、近くまで行ってみようか」

カティブおじさんが速度を落として、ゆっくり小道にはいっていきます。

車から降りると、すぐそばに戦車が三台、野ざらしになっていました。こんな近くから見るのは、ビビも初めてです。あちこちさびに包まれ、下のほうには雑草がからみついています。

「ソ連軍は、この戦車でアフガニスタンにやってきたんだ」

ラマートが言い、カティブおじさんがつけたします。

「一九七九年の暮れだったから、今から二十年前だ」

「カシムもアミンもビビも、ソ連がアフガニスタンにいたときに生まれたんだよ」

「ぼくは覚えている。この戦車がカブールの町をうろうろしていた」

「ぼくも知っている。この戦車だった」

アミンが戦車の横腹を足でけります。

「ソ連が逃げだしたのは一九八九年、九年前。動かない戦車は、こうやって置き去りにした」

ラマートも、アミンにならって足で戦車をドンとけります。カティブおじさんが言います。

「十年間、ソ連軍と戦って、百五十万人のアフガニスタン人が死んだ。ソ連軍の死者は三万人。えらいちがいだった」

「ソ連はこんな戦車もあるし、飛行機もあったからね」

「それでもアフガニスタンが勝ったんだね」

「最後にはソ連が逃げていった」

「そりゃそうだけど」

ラマートが続けます。

「そのあとがいけなかった。ソ連軍と戦うときは協力していた各部族が、また仲間割れして、おたがいにけんかをしはじめた。七年間続いて、とうとうタリバンがアフガニスタンの主になった。それが三年前だ」

ラマートはだれかに聞かれていないか心配するように、周囲を見渡しました。

「部族の中には、タリバンに抵抗している者もいるけどね。まだタリバンのほうが強い」

「タリバンと戦っているアフガニスタン人がいるの？」

おどろいたようにカシムが聞きなおします。

「そりゃいるさ」

答えたのはカティブおじさんです。

「大きな町に出てくればタリバンの勢力にかなわないから、あの山の中を陣地にして、ときどき攻撃するくらいだ」

カティブおじさんは、頂上に雪が残っている、ヒンズークシの山の上の高いところを指さします。

「あの山の向こうに、パンシール峡谷という山に囲まれた盆地がある。険しいから、タリバンもそこは攻撃できない。反タリバンの兵士たちを率いているのはマスード司令官で、まだ若い。一九五二年生まれといわれているから四十六歳だ。カブール大学で建築と土木を学んだ優秀な男だよ」

「ふーん」

カシムは感心した顔をします。

ビビも心の中で感心します。ロビーナを殺したのはタリバンだし、女の子の学校をなくしたのもタリバンです。そのタリバンと戦っているアフガニスタン人がいるなんて、ビビは初耳でした。

「さあもどろうか。まだ先は長いし」

ラマートのひと言で車にもどりました。

道はまっすぐのびています。後方に、ロバの行列がゆっくりカブールのほうに向かっているのが見えます。十頭くらいの行列です。どれも荷物を高々と積んでいます。

道の両側には原っぱが続いていました。遠くにぽつりぽつりと村が見えます。隣に座っているレザは、眠っているのか、ブルカをかぶった頭がこっくりこっくり前に傾きます。それを見ているとビビも眠気を感じます。いつもより早く起こされていたからです。どのくらい、うとうとしていたのかわかりませんが、車がとまったとき、ようやく目が覚めました。

「検問所だよ」

小声でカシムが教えてくれました。

レザはもう目を覚ましていて、バッグの中からビビたち四人の身分証明書を取りだします。

道のそばには簡単なつくりの家が四軒並び、小型トラックや乗用車がとめられています。銃を背にかついだ黒いターバンの若者が五、六人腰かけて、こちらをながめています。

ビビは道ばたに変なものがあるのに気がつきます。棒の先から茶色いひもがつりさげられて、ひらひらとなびいています。まるでカールをした髪の毛のようです。

ビビの前に座ったカシムもそれを見ていましたが、何も言いません。銃を手にしたタリバン兵が、車の中をのぞきこんだからです。

レザが四人分の身分証明書をさしだします。タリバン兵はさすがに、レザにブルカを脱げとは言いません。カシム、アミン、ビビの順に、鋭い目つきで顔と証明書の写真を見比べます。そして最後に、ブルカの中のレザの顔をうかがうように、何秒間かにらみつけました。

もうひとりのタリバン兵は、ラマートとカティブおじさんの身分証明書を点検しています。

「どこに行くんだ」

「チャリカールの親類の家で結婚式があるので行くところです」

カティブおじさんが答えます。

バーミヤンに行くのだと言わないのは、やはり理由があるのでしょう。ふたりのタリバン兵はもう一度車の中をのぞきこみ、一番後ろに置いていた布のバッグを開けるように言います。カシムが開けると、中には弁当と水筒しかはいっていないのを見届け、ようやく行けというように首を傾けました。

反対側の車線にも十数台、車がとめられていました。カブールから出るよりも、カブールに向かうほうが検問が厳しいようです。

「やっぱりうわさは本当なのかもしれん」

車を出発させてから、カティブおじさんが重々しく口を開きます。

「タリバンが、バーミヤンで、多数のハザラ人を虐殺したといううわさが流れているんだ。検問がきびしいのもそのためだろう」

「そうすると、サファルからの連絡がないのも、事件のためかもしれない。無事でいてくれるといいが」

ラマートが心配そうに言います。

「タリバンはどうしてハザラ族を殺すの？」

後ろの座席からアミンが聞きます。答えたのはカティブおじさんです。

「タリバン兵は、ほとんどがわれわれと同じパシュトゥン人だよ。タリバンは、アフガニスタンがパシュトゥン人だけの国になればいいと思っている」

「それだったら、タジク族やウズベク族も殺すつもりなの？」

今度はカシムが納得がいかない顔で聞きかえします。答えたのはラマートでした。

「タジク族もウズベク族も、パシュトゥン族と同じスンニ派だよ。ところがハザラ族はシーア派だからね。同じイスラム教徒でも、スンニ派とシーア派はいがみあっている。ハザラ族がおしなべて貧しいという点も、その理由だろうね」

「カシムはナチス・ドイツとヒトラーについてもう習ったろう」

カティブおじさんが言います。

「第二次世界大戦のとき、ヒトラーはユダヤ民族を皆殺しにしようとした。それと似たようなものだろうね。アフガニスタンで、ナチスの歴史がくりかえされるとは思わなかった」

「スンニとシーアはどうちがうの？」

聞いたのはアミンです。

レザが答えました。

「本当はたいしてちがわないのよ。預言者ムハンマドが死んだあと、だれをその後継者とみなすかで、意見が分かれた。スンニ派は、預言者の優れた友人でイスラム教徒を指導したアブ・バクルをうやまい、シーア派は預言者の親族だったアリ・イビン・アビ・タリブとその子孫をあがめた。たったそれだけのちがいなの」

「レザの言うとおりだ」

ラマートが言いたします。

「世界中で見れば、スンニ派が大部分で、シーア派はイラン、イラクの一部、そしてアフガニスタンのハザラ族くらいしかいない。サファルも、亡くなったヤーナもシーア派だったはずだけど、わたしたちとちがうところはなかろう？」

「うん」

アミンがうなずきます。

「シーア派かスンニ派かは、見ただけではわからないけど、祈りのときのしぐさが少しちがう」

「本当に？」

アミンがカティブおじさんに聞きます。

「スンニ派のわれわれは、ひじを曲げ、へその少し上の位置で腕を重ねるだろう。シーア派は両手をだらりとたらしたままで祈る。祈る回数も、スンニ派は一日五回を守っているけど、シーア派は三回でもいいようになっている」

それを聞いてビビも思いだします。ずっと以前、サファルとヤーナの家で三人一緒にお祈りをしたとき、祈りの姿勢がちがうのに気がついたのです。ビビはひじを曲げていたのに、サファルとヤーナは腕をたらしたままでした。ラマートが言います。

「家の中に、預言者ムハンマドの義理の息子アリの肖像画がかけられていれば、シーア派と見ていい。スンニ派の家にかけられているのは、コーランからの引用句だ」

でもビビはサファルの家に、そんな肖像画のようなものはなかったように思います。シーア派だから、全部がそうだとは限らないのでしょう。

「実際は、たったそれだけのちがいなの？」

「まだ他にもあるけど、ちがいはそんなに大きくはない。それなのに、いがみあうとは情けないね」

「ちがいがあまりに大きいと、そんなに憎しみあわないもんだよ」

カティブおじさんがさとします。

「大部分は同じで、小さなちがいをもっている者どうしのほうが、むしろいがみあう。みょうなもんだ」

ビビも聞いていて変だと思います。人間の心には、変なくせのようなものがあるのかもしれません。そのくせのために、多くの人が殺されるのだとすれば、不幸なことです。

「わかった」

アミンが突然大きな声をあげました。

「何だよ。びっくりするじゃないか」

カシムがアミンの肩をつつきます。

「あれは、カセットテープだったんだね。さっきタリバンの兵士がいたところにあったやつ」

「そうだよ。検問所で押収したカセットからテープを引きだして、飾りにしていたのさ」

なあんだそうかと、ビビも納得がいきます。

「音楽のカセットテープがいけないなど、とんだ国になったものだ。こうやって歌うのも禁止なんだからね」

カティブおじさんは、口笛を吹いて音楽を奏でます。

「これをタリバンが見つけたら、唇をそぎおとすのだろうね。歌手のゼルミナがいたろう。以前はテレビやラジオにも出て、カセットテープもとぶように売れた。ところがタリバンの禁止令が出て、出番がまったくなくなって、テープも売れない。収入がないので、今ではうちのレストランで働いているよ。客から歌ってくれと頼まれても、歌えない。ひと節でも歌うと、だれかが密告するからね。ひどい話だ」

「まったく」

ラマートも何か言いたそうでしたが、うなずくだけでした。

車はチャリカールの町を過ぎたあと、山道をどんどん登っていきます。窓を開けると冷たい風がはいってきます。ヒンズークシの山の斜面にすがりつくようにして、道がのびています。

「もうすぐシバル峠だ。そこを過ぎたら昼飯にしようか」

カティブおじさんが後ろをふりかえって言います。

「カブールからは千メートルくらいはあがってきたかな」

カシムが窓を少し開けて外の空気を吸います。

「下に見えるのがゴルバンド川だ。ゴルバンド川は東のほうに流れて、反対側から流れてきたパンシール川と合流して、ずっと南のほうに下っていく。その先で今度はカブール川と一緒になり、最後はさて、どこに注ぐか？」

ラマートが質問しますが、ビビはわかりません。はーいと言って手をあげたのはアミンです。

「インダス川です」

「インダス川は、どこに注ぐでしょう」

今度はレザが問いかけます。

残念ながら、それもビビは知りません。かわりに再びアミンが、「アラビア海」と、答えました。

アミンはさすがに兄さんだなとビビは思います。アミンは日ごろから、ラマートがもっている地図の本をながめているのです。世界で一番長い川や、アフリカで一番高い山も知っています。それに比べてビビは、アフガニスタンの地理も、それを取りかこむ国、いくつかの国を通りぬけて流れる川についても、ほとんど知りません。バーミヤンから帰ったら、ビビもラマートの地図の本をときどき広げてみようと思います。

「さあシバル峠だぞ」

カティブおじさんが運転席から叫びます。

カシムが車の窓を開けると、冷たい風が吹きこんできました。山の斜面や道ばたには雪が残り、空の青はどこまでも澄んでいます。

「このシバル峠で、ヒンズークシ山脈は枝分かれして、南寄りにコー・イ・ババの連山をつきだしている」

ラマートが窓から乗りだして手で示す方向に、谷に雪を残した山々が連なっています。

カティブおじさんが言います。

「カブールからあのコー・イ・ババを越えてバーミヤンにはいる道もある。距離は近いけど、三千三百メートルのウナイ峠と、三千七百メートルのハジカク峠を越えなければならない。登ったり下ったりするうちに、オンボロ車なら途中でエンストしてしまう」

「どっちから行くにしても、バーミヤンは秘境だね」

カシムが感動したように言います。ヒキョウという言葉はビビは初めて耳にしましたが、意味はつかめたような気がしました。

「その秘境に、千五百年前にすばらしい文化が栄えたんだからね。どんな文化だったかは、行ってみるとわかる」

ラマートの言葉で、ビビはいっそう胸が高鳴ります。ヤーナとサファルの家にはってあった写真の実物を、この目で見ることができるのです。

シバル峠から先は下り坂でした。狭い道はくねくねと曲がり、ゆるゆると登ってくる車と鉢合わせにならないように、用心深く進んでいきます。

ビビはいつの間にか居眠りしていました。車外の景色をずっと見ていようと思っていたのですが、眠気にはかないませんでした。

第13章　バーミヤン

レザから起こされたときは、山道をだいぶ下っていました。道ばたに雪は残っていません。そのかわり、まっ青に広がる空の下、山の斜面に段々畑が見えます。小さい畑はそれぞれ丸く囲まれていて、どこか魚のうろこのようです。

「おなかがすいたよう」

アミンが声をあげます。

「もうすぐ十二時だものね」

レザが言います。

「バーミヤンで一番ながめのよいところで、お弁当を食べよう」

ラマートが言い、車はゆるゆると坂を下ります。今までの険しい景色とはちがって、おだやかな風景です。車はポプラの並木道にはいっていきます。葉の緑に車全体が染まっていくようです。

窓から顔を出して前を見ていたカシムが、声をあげました。

「すごいぞ」

ビビも身体をずらして、カシムと同じ方向を見ます。

ポプラの並木の先に、日の光に輝く赤っぽい岩肌があります。岩面いっぱいに、穴がいくつもあいています。その中に、ひときわ大きな穴があり、奥に像のようなものがおさまっていました。

車は道からはずれ、並木の外側でとまりました。そこからは、崖に彫られた石像を遠くながめることができます。

「イッツ・ソウ・ビューティフル」

車を駐車させてもどってきたカティブおじさんが、大げさに腕を広げます。確かに何ともいえない周囲の景色です。カブールではとても見ることができません。並木の向こう側に広がっているのはジャガイモとトウモロコシの畑です。反対側に目を転じると、いくつもの穴が彫りこまれた高い岩肌があり、その上には雲ひとつない青い空が広がっています。これがヤーナが言っていた、ふるさとバーミヤンなのだとビビは思いました。

「ズフルの祈りをしてからお弁当にしようか」

ラマートのひと声で、カシムが車からビニールのシートを出して、木陰に広げます。ラマートとカティブおじさんが一列目、ビビたちが二列目に並んでお祈りをします。目の前には、いくつもの穴があいた岩肌が見えます。こんな景色も空気もよい場所でお祈りをするのは、本当にいい気持ちです。すべてのお祈りを終えて、いよいよレザがお弁当を広げます。

「レザ、準備が大変だったね」

カティブおじさんが言います。

「ビビが手伝ってくれたので助かりました」

レザが答えます。

本当のことをいえば、ビビはほんの最後のところしか手伝っていないのです。

カシムとアミンが包みに目を注ぎます。

「何だろうな」

出てきたのはナンとカバブでした。

「いただきます」

カティブおじさんは、レザがさしだしたナンをさっそく口に入れ、「イッツ・デリシャス」と、またもや英語を口にします。

ナンの間には子羊のカバブと干しぶどうがはさまっていて、レザの得意料理でした。

ラマートが崖のほうを指さします。

「あそこに見えているのが、東の石仏で、高さは三十八メートルだったかな。西のほうに行くともっと大きな五十五メートルの石仏がある。この土地の農民たちは、小さいほうを女性の像、大きいほうを男の像と考えていたらしい」

「イスラム教の遺跡とはちがうんだね」

カシムが聞きます。

「これは仏教の遺跡だ。アフガニスタンにイスラム教が広がる前の宗教。あんなに大きな像を造って、拝んでいた」

「小さな穴は?」

アミンが聞きます。

「あの中にも、小さな仏像が彫られていたはずだけど、今では多くが削りとられてしまっている。このあたりの住民のすみかにもなっている。ただし、大きなふたつの像だけはだれも手がつけられなかった。もっとも顔だけは削られている。残念だけどね」

「宗教がちがうと、自分たちのものとは関係ないと考えて、こわしてしまうのさ。アフガニスタンの宝、いや世界の宝物なんだけどね」

カティブおじさんも言います。

吹いてくる風はすずしく、薄い布で顔をなでられるように心地よく感じられます。ビビはりんごをかじりながら、四方をながめやります。緑の少ないカブールと異なり、ここは半分以上が緑です。だからこそ、赤茶けた絶壁の岩肌が際立って見えるのです。

ビビはいつかレザと訪れたモスクを思いだします。そこはひんやりとして、信者も五、六人しかいなかったのですが、気持ちが落ちつくのです。ここは屋外、あそこは屋内ですが、似たような場所だとビビは思います。昔、畑を耕していた人たちは、働きながら、岩肌の像をながめて、祈りをささげたのでしょう。その気持ちがよくわかります。

昼食の最後は、アンズの種ハスタと甘いチャイでした。荷物を片づけて、車に乗りこみます。

途中カティブおじさんは、西の石像の前で車をとめました。車から降りて、断崖のほうをながめたとき、ビビは息を飲みました。空をさえぎるようにして岩肌が立ち、そこにあけられた穴がこちらに迫ってきます。穴の中に、ちょうど雨宿りするように立っているのが、石像です。カシムが見あげて言います。

「すごいな。首が痛くなるほど高い」

ビビの横にいたレザは、立ちくらみをおぼえたのか、ビビの手をとってにぎりしめます。レザの表情はブルカのために見えませんが、長い間見あげています。

ラマートとアミンが石像の近くまで走りはじめます。人間の背丈などは、石像の足の指先の高さしかありません。

ラマートが言っていたように、石像の顔は、鼻の上の部分がすっぽり切りとられていました。眉も目もなく、残っているのは、耳とまっすぐ唇を結んだ口だけです。

ビビは考えます。この顔を削りとった人たちは悪者だったはずです。なぜなら、この石像の目が、悪いことをしている人の気持ちを見抜くような強さをもっていたからです。顔を削いでしまえば、もう見破られる心配もありません。どうどうと悪いことができます。

じっと顔の跡を見あげていたビビは、これはブルカと同じかもしれないと思います。石像は、だれからかブルカをかぶせられたのです。かぶせたほうは、もう顔を切りとったのだから見られていないと考えたのかもしれません。でも、石像はブルカの奥から、じっとこちらを見つめているのです。

そう考えると、石像がゆったりとひざ上までまとっている衣も、ブルカに見えないこともありません。ブルカからつきでているはずの両腕は、ひじのところでもぎとられています。右足はひざ下、左足は太ももの下から、前半分が削られてしまっています。それでも石像は、倒れることなく、二本の足で立っているのです。

ラマートもカティブおじさんも、この像を造ったのはアフガニスタン人だと胸を張りましたが、石像の顔を削り、両手をもぎ、足まで傷つけたのも、やはりアフガニスタン人のはずです。

石像は、そんなアフガニスタン人たちを、ブルカの奥からじっとながめているのです。

レザと手をつないで石像を見あげながら、ビビは涙が出そうになります。

「おーい」

石像の足元でカシムとアミンが呼んでいました。そのわきにラマートとカティブおじさんが立っていますが、まるで蟻(あり)が大きな象の足元にいるようです。

「ビビ、この石像は、その昔、黄金色にぬられていたそうよ」

レザが言います。

「青い空の下で輝く黄金の仏像なんて、イスラム教徒のわたしたちでも感激するわね」

まっ青な空と、金色の石像……。ビビはラピスラズリと同じだと思いました。ラピスラズリの宝石はヒンズークシの山の奥深くに眠っていますが、この石像は、ヒンズークシの谷間に、人間が造りあげた大きなラピスラズリなのです。

ラマートたちが息を切らしてもどってきて、口々に石像の巨大さを語ります。でもこれがラピスラズリだとは、だれも気がついていません。これは自分だけの秘密だとビビは思いました。

ラマートがメモを見ながら、カティブおじさんに道を教えています。サファルが残したメモには、村の名とおおよその道筋が書かれているのです。

大きな道をはずれて十五分ほど細い道を進んだところで、急に車がとまりました。畑の中から四、五人の男たちがとびだしてきて、通せんぼをしたのです。また検問所かとビビは思いましたが、ちがっていました。黒いターバンをしたタリバン兵ではありません。白や茶、黄色とターバンの色はさまざまで、肩にかついだり手にしている銃も、形が異なっています。何よりも、口にする言葉がパシュトゥ語ではなくダリ語でした。

「子どもが乗っていなかったら、車に発砲するところでした」

男たちのひとりがカティブおじさんに言っています。

「タリバンがまたやってきたかと思ったのです」

別の男も言います。

「このあたりも、タリバンの被害にあったのですか」

ラマートが聞きます。

「この先のシャヒダンやキラ・ジャフィルで村人たちが殺された。男たちが全員モスクに集められ、銃撃された。タリバン兵のしわざだ」

「他の町や村でも、タリバン兵は虐殺をくりかえした。村から逃げて、山にかくれた者だけが助かった」

「ひどい話だ」

カティブおじさんが顔をしかめます。

「わたしたちが行く村はフォラディですが、そこも襲撃されていますか」

「タリバンが見逃した村はない。大なり小なり、どの村もひどい目にあった」

一番年とった男性が答え、ラマートにこの先をまっすぐ進むように言います。

男性のひとりが、行きなさいというように道をあけました。カティブおじさんが車を発進させます。

「ねえ、サファルがタリバンに、また殺されたの?」

アミンがレザに聞きます。

「また」とアミンが言ったのは、ロビーナもそうだったからだとビビは思い、身体がふるえてくるのを感じます。

「それを今から確かめにいくんだ」

レザのかわりにカシムが答えます。

畑の中のトウモロコシが、子どもの背丈に育っています。こんもりとした森がその奥に見えています。タリバン兵がやってきても、畑や森に逃げこんでいれば、見つからずにすみます。ビビはサファルもそうであってほしいと願いました。

車は村の中にはいっていきますが、どの家も人がいる気配がしません。ラマートが車を降り、庭先の井戸ばたにいた黒いブルカの女性に声をかけます。腰が曲がっているので、年とった人でしょう。耳が遠いのか、ラマートの声も聞こえないようです。ようやくラマートに気がつくと、水おけを置き、逃げるようにして家の中に引っこみます。出てきたのは、ラマートと同じくらいの年齢の男性でした。男性はビビたちをちらりとながめ、ラマートの質問に答え、ようやく垣根から出てきます。

「サファルは無事だそうだ」

もどってきてラマートが言います。男の人はもう一度車の中をのぞきこみ、今度はカティブおじさんに家の場所を教えます。

サファルがいるのは、広場に面した礼拝堂の後ろにある親類の家のようです。

ラマートとカティブおじさんは丁重に礼を言い、車をゆっくり進めます。車が通りすぎた道に、子どもがふたり出てきて、物陰からこちらをじっとながめていました。

広場もひっそりとしていました。

「カシムとビビは、カティブおじさんと一緒に車の中にいなさい」

ラマートが言います。大勢で行けば、かえってあやしまれるのでしょう。ラマートとレザ、アミンだけが車から出ました。

「サファルが犠牲にならなくてよかった」

カティブおじさんがほっとしたように言います。

「本当ならこの村も、子どもや若者でにぎわっているのだろうがね」

「子どももタリバンに殺されたと言っていたね」

カシムがカティブおじさんに確かめます。

「そう。ひどいやつらだ」

カシムはちらりとビビを見て、唇をかみます。

「サファルだ」

　カティブおじさんが言い、ビビたち三人は車から降ります。ラマートたちがサファルともうひとりの男性と、一緒に歩いてきています。ビビは走りよります。

「サファル」

「ビビもカシムも来てくれたんだね。ありがとう」

サファルはビビとカシムを交互に抱きしめます。カティブおじさんとも握手をします。しばらく見ない間に、やせて顔のしわが増えていました。

　横にいた男性は、サファルの甥でした。ビビたちを礼拝堂に案内します。

「タリバン兵はトラック二台でやってきて、村人を全員、この礼拝堂に集めたんです。畑に出ていた村人たちも呼びよせられて、ここに集合しました」

　サファルの甥の声が礼拝堂の中に響きます。

「そこにタリバン兵はいっせい射撃をしたんです」

「何人が犠牲に？」

　カティブおじさんが聞きます。

「八十二人が死に、四人が重傷でした。四人はまだ病院にいます。死傷者の半分が女性と子どもです」

　言いかけて、その男性はのどをつまらせました。サファルが静かに言いつぎます。

「甥の妻と子どもふたりもその中にいたのです。甥は、ちょうどよその村に出かけていて、助かりました」

甥を残して、サファルはビビたちを墓地に案内しました。

大人の背の高さはある土の塀が、道の両側に続いています。塀はところどころ崩れていて中が見えました。畑や家があり、塀はそれを守るようにして取りかこんでいます。

十五分ほど歩くと、塀で囲まれた墓地がありました。サファルが説明します。

「ヤーナの墓に花をあげにいった帰り、ここから村の広場が見えたのです。トラックが二台とまっていて、銃を持ったタリバン兵が降りて、四方に散っていきます。これはただごとではないと思いました。墓地の後ろに、いろんな物をすてるみぞがあります。そこにはいって、木片の下にもぐりこんだのです。やがて、銃声が何十発も聞こえました。銃声がやんで、トラックが去っていく音を聞いてから、みぞを出ました。村のほうをそっとながめると、広場に三人が倒れたままになっていました。用心しながら、村のほうに歩いてもどったのです。どの家にも、人が残っている気配はありません。まず世話になっている甥の家に行ってみたのですが、甥の嫁も子どもたちもいません。不吉な予感がしました。

広場に倒れていたのは村の男で、頭と胸を撃たれて、もう息をしていませんでした。火薬のにおいが残っている礼拝堂にはいってみると、村人が折りかさなるように倒れていました。男も女も、老人も若者も子どももみんな一緒です。床には血が流れ、壁には弾丸の跡が点々としています。地獄そのものでした……」

サファルが、はらはらと涙を流します。ラマートがそっとサファルの肩に手をやり、レザはブルカの中に手を入れて、涙をふきました。

「村人が七、八人もどってきたのは、そのあとです。畑や納屋にかくれていたのです。それからが大変でした。礼拝堂で撃たれた村人の中には、まだ生きている者がいて、近くの家に運びだして手当てをしました。村に医者はいません。たとえいたとしても、殺されていたでしょう」

「甥の奥さんと子どもたちは、やっぱり礼拝堂の中で？」

カティブおじさんが聞きます。

「嫁は子どもたちをかばうようにして死んでいました。礼拝堂の中は血の海だったので、ひとりひとり、遺体を広場に運びだして並べました。全部で七十九人です。翌日、重傷だった者も、三人が息を引きとって、犠牲者は八十二人になりました。もともとの住民の数は百人ちょっとですから、八割が殺された勘定になります」

サファルは暗い顔で、墓地の奥のほうを指さします。

「みんな、あそこに葬っています。墓がいっぺんに増えました」

「ひどい。まったくひどい」

ラマートが首をふります。

つむじ風があがり、土ぼこりが新しい墓のほうに舞っていきます。

「何というむごいことを」

カティブおじさんが声をしぼりだします。カシムが石をひろいます。

「タリバンのばか野郎！」

そう叫んで、石を遠くに投げました。

第14章　マスード司令官

サファルがカブールにもどってきたのは、それから十日ぐらいしてからです。サファルも、住民がほとんどいなくなった村に住むよりは、知り合いの多いカブールの町のほうが安心だったのかもしれません。

サファルが帰ってきてくれて、だれもがほっとしていました。一番助かったのはレザです。家の中のそうじや洗濯、アイロンかけ、料理など、半分以上はサファルが受けもってくれます。何より助かったのは買い物です。レザひとりでは、バザールに出かけられません。ラマートがつきそうか、カシムが連れそうかですが、カシムはまだ高校生なので、タリバンの警官に呼びとめられることもあります。そのたびに、レザは夫が病気だからと、うそをつかなければなりません。

サファルなら、ひとりでバザールに行って買い物ができます。荷物が多くなるときは、ビビも一緒に行くことがありました。たいていは、家に遊びにきたザミラを送っていくときです。ビビとザミラを両わきに従えて歩くときのサファルは、特にうれしそうでした。ふだんはあまりしゃべらないサファルも、ビビとザミラが一緒だと、いろんな話をしてくれます。

ビビもサファルにはどんなことでも話せる気がします。さっそく話題にしたのは、バーミヤンの石像です。ザミラはまだバーミヤンは行ったことがないそうで、ビビの話にじっと耳を傾けました。

「そうか。ビビはあれを見たんだね」

サファルはうんうんと、満足そうにうなずきます。

「いつかザミラも行くといいよ。人間がどんなにちっぽけなものか、わかる。それでいて、あの石仏を造ったのは人間だから、ちっぽけな人間でも、大きなことをやれる。小さいのに大きいのが人間なんだよ」

ビビはそのとき思ったのです。あの石像の顔を削り、両腕をもぎとり、足もこわそうとした人間はちっぽけなのか、それとも大きいのか。どっちなのか、いつかサファルに聞いてみたい気がしました。

「ヤーナはあの近くの村で育ったから、いつも石仏を見ていたそうだ。わしは、バーミヤンに住んでいたが、見るのは月に一回くらい。荷車を引いて、近くを通るときだよ。初めて見たのは、ビビやザミラの年齢くらいのときかな。お父さんの荷車を後ろから押していたんだ。荷車には日干しレンガを積んでいてね。それはそれは重くて、汗びっしょりだった。お父さんがひと休みだと声をかけたので、荷車をとめて、崖のほうをながめた。石仏がじっとこちらを見つめていたよ。目はなかったけれど、確かにわしたちのほうを見つめていた。そしてにっこりと笑って、よく働いてるなと言ってくれているように思えた。わしは、唇が動いたのを見たような気がしたよ。お父さんが出発だと言ったとき、元気ももどっていた」

ビビはその気持ちがわかるような気がします。石像が見ていると思えば、つらい仕事もつらくなくなるはずです。

サファルと一緒にバザールに出かけるとき、ザミラのお父さんのくつ屋にときどき立ちよりました。サファルと気が合うようで、無口なサファルもよく話し、ザミラのお父さんも笑いながら応じます。ザミラのお父さんからぬってもらったくつは、まだ少し大きいのですが、ビビの一番のお気に入りになっていました。

ザミラのお父さんの店だけでなく、もう少し足をのばしてラマートの発電機の店に行ってみることもありました。ラマートが修理に出かけているとき、ラマートの友だちが店番をしていました。店の奥からキャンディを出して、ビビとザミラにくれます。ラマートひとりが店にいるときは、キャンディはなしです。そのかわり、発電機を回してみせたり、修理中の発電機で、どうやって電気ができるかを説明してくれます。ビビはあまり興味がありませんが、サファルとザミラは分解された発電機の部品を手に取って、めずらしそうにながめます。

カブールの郊外にある発電所には、その後も何度かラマートに連れていってもらいました。訪れるたびに、垣根や屋根が古ぼけていくのがビビにはわかります。

「タリバンの連中は、もうこの発電所は使いものにならなくなったと思いこんでいる」

ラマートが、機械の一部に油をぬりこみながら言います。壁のハンドルを手で回すと、長いシャフトがにぶい音をたてて回転しはじめます。ラマートはビビの顔を見てにんまりとします。

「これが回っている間は、この発電所は死んではいない。眠っているだけだよ」

「発電所が眠りから覚めるのはいつ？」

「タリバンがいなくなって、アフガニスタンがふつうの国になったときだよ」

ラマートの返事はそうですが、三年後か五年後か十年後かは、はっきりしません。しかしビビは、少なくとも自分が大人になるころだという気がします。

大きくなるまでに、ラマートと同じように、決めたことをくりかえしておこうと心に決めます。カティブおじさんは毎週一回、英語を教えにきてくれます。もう家の中にある品物は、ほとんど英語で言えて、書けるようになっていました。今は、町の中にあるものを英語で言えるようにしているところです。

カティブおじさんは、一度ビビを車に乗せて、カブールの町を一周してみようと言っています。車の窓から見えるものを片っぱしから英語で言う練習をするのだそうです。今勉強しているのは、副詞です。〈わたしは速く走る〉〈わたしはゆっくり歩く〉〈このクルットゥはとてもおいしい〉というような文章は、今ではすらすら言えます。ロビーナが守っていた一万時間の法則を忘れずにいようと、心に誓っています。

ラマートからは、算数とダリ語を習っています。ビビが不得意なのは理科や社会ですが、カシムが使った古い本や、アミンが書きおえたノートを借りて読むことにしています。わからないところはカシムに聞きます。

アラビア語は、ひとりで勉強しています。ロビーナがコーランを読んでくれた声は、もう耳の底にはりついて消えることはありません。

ザミラと一緒にレザから教えてもらっている刺繡とパッチワークも、だいぶ上手になりました。ミシンを踏むとき、以前は踏み板の上に箱などを置いていましたが、今は足先が届くようになりました。今作っているパッチワークは、バーミヤンの石像です。記憶に残っている光景を絵に描いて、そのとおりのパッチワークを作るつもりです。今は、白やベージュ、黄色などの布を集めてパーツをぬっているところです。できあがったら、自分の部屋の壁に飾ります。

一九九九年、ビビが十二歳になった年のことでした。高校を卒業する予定のカシムが、夕食の席で突然ラマートに言いました。

「お父さん、ぼくは大学に行かない。将来は行くかもしれないけれど、今は行かない」

「どこかに仕事を見つけるのか」

ラマートはおどろきながら聞きます。

「タリバンと戦います」

カシムが低い声できっぱりと言ったので、レザも手の動きをとめます。

「戦うって、どうやって？」

ラマートが聞きかえしました。

「マスード司令官の軍隊にはいります」

「はい、マスードというと、アハマッド・シャー・マスードのことか？」

「はい、マスード司令官が率いている北部同盟です」

「パンシールのライオン」

ラマートはつぶやいてから、じっとカシムを見つめます。

「兵士になったら、タリバン兵に殺されるかもしれないぞ。ソ連軍と戦ったころ、マスードの軍隊は強くて、確かにパンシールのライオンといわれていた。パンシール峡谷を根城にして、ソ連軍のヘリコプターや戦車を襲っていたからだ。でも今はちがう。ソ連軍が撤退したあと、タリバン軍と戦って劣勢になり、パンシール峡谷に逃げもどった。

あそこのジャンガラック村が、彼のふるさとだからね」

「いくら劣勢だといっても、今タリバンと戦っているアフガニスタン人はマスード司令官の兵士だけです」

カシムが言います。

「兵士になったら戦いにかりだされて死ぬこともあるのよ」

レザが声をふるわせます。

「わかっている。カブール大学の学生になるよりも、死ぬ確率は高くなる。でも、このままだったら、アフガニスタンはずっとタリバンの言いなりになってしまう。女性はひとりで買い物にも旅行にも行けない。楽しいことがあっても、歌や踊りさえも禁じられている。ビビのような女の子は、学校にも行けない。凧あげのお祭りもない。そのかわり、サッカーの合間に、石を投げて人を殺す公開処刑がある。こんなのは、まともな国じゃない。だれかが、立ちあがらなくてはならないんだ。そうでなければ、アフガニスタンはいつまでもこのままになってしまう。だれかが立ちあがるといっても、お父さんたちには仕事がある。ぼくたちのような若い者が戦うしかない」

カシムは興奮してしゃべります。こんなに一生懸命に話すカシムを見るのは、ビビも初めてでした。

「しかし、マスードはパシュトゥン人ではないだろう？」

ラマートが不満そうに聞きかえします。

「そうだよ。マスード司令官はタジク人だ」

「だったら、兵士たちも大部分はタジク人ではないの？」

レザも心配顔です。

「大部分はそうだけど、パシュトゥン人もいればハザラ人もいる」

「それで、だいじょうぶなのか？」

「お父さん」

カシムがじっとラマートの顔を見つめます。

「アフガニスタンは、昔からいろんな民族がモザイクのように集まってつくりあげた国、と言ったのはお父さんだよ。パシュトゥン人とハザラ人も、タジク人も、ウズベク人も、みんなアフガニスタン人だぞと、教えてくれたのもお父さんだよ。マスード司令官の考えは、お父さんと同じなんだ。あの人はお父さんが軍人だったせいで、小さいころからアフガニスタン国内のあちこちに住んだ経験がある。それで、アフガニスタンがいろいろな民族の集まりだということを学んだんだ。ぼくもそうだと思う。タリバンが、パシュトゥン人だけのアフガニスタンをつくろうとしているのはまちがっている。まして、この間のように、ハザラ人の村々を襲って皆殺しにするのは、イスラムの教えにも反する」

カシムは一気にしゃべりおえ、肩で息をします。ほおが紅潮しています。ラマートもレザも、カシムの顔を見つめなおすだけです。

モザイクのような国だとカシムが言ったのを聞いて、ビビはレザから習ったパッチワークを思いうかべます。パッチワークも、ただひとつの布だけでは成りたちません。さまざまな色の布を寄せあつめて、初めて美しいパッチワークができるのです。

ラマートはビビにも、アフガニスタンはいろいろな民族が集まってつくる国だと教えてくれたことがあります。もう五年も六年も前のことです。そのせいか、ラマートはカシムに言葉を返すことができず、困ったという顔をするのみです。

「マスード司令官は、大麻の栽培もイスラムの教えに反すると考えていて、これもタリバンとは正反対だ。麻薬で国が金持ちになるなんて、ぼくも反対だ。貧乏でも、畑を一生懸命耕す国のほうが立派だよ。

マスード司令官の目標は、アフガニスタンを総選挙ができる国にすることです。国民が国民の代表を選ぶのが総選挙だから、これもタリバンとは正反対だよ。タリバンは、アフガニスタンの女性を人間として認めていない。ビビは学校に行けないし、お母さんもひとりでは買い物にも出かけられない。こんな国は、世界中どこを探してもないよ。マスード司令官は、アフガニスタンの女性を解放すると言っていて、ぼくも大賛成。マスード司令官の考えの中で、ぼくが特に好きなのは、あちこちに図書館をつくるということなんだ。図書館があれば、本が買えない子どもも大人も、そこで勉強ができる。ビビだって、本を借りてきて、ひとりで勉強できるんだ。ビビは今、ぼくたちのお古の本とノートで勉強しているけど、図書館があれば、そこから好きな本をつぎつぎと借りてこられる」

カシムの顔から赤みが消えて、今はもうふだんよりも青い顔になっています。思っていることを全部吐きだすことができたからでしょう。

「しかしもう一度言うけど、兵士になったら死ぬかもしれないんだぞ」

「わかっている。でも死ぬのをおそれていたら、何もできない。お父さんだって、この十年間毎日発電所に行っているでしょ。初めの六年間は、内戦のゲリラが発電所の部品を盗むのを防ぐため。この四年間は、タリバンから発電所を守るため。発電所に行けなかったのは、タリバンにお父さんが捕まった十日間だけだった。それだって命がけの仕事だとぼくは思う。タリバン兵に見つかれば、殺されるはずだ。でもお父さんは、そんなことはおそれずに毎日発電所に行って、シャフトを回している。何のためかというと、カブール市民のため、アフガニスタンのためだと思う。死ぬのをこわがっていたら、何もできない。それに、ぼくは木でなんかできていない。火をかぶったからといって、すぐには灰にならない」

カシムは、いつかビビがラマートから聞かされた言葉をそのまま口にしました。たぶんカシムも、幼いころ、ラマートから同じことを言われたのでしょう。

「マスードの兵士になるのは、大学を卒業してからでも遅くないんじゃないかい」

やっとレザが口をききました。

「お母さん、大学を出るのには四年かかるんだよ。五年になるかもしれない。それでは遅いよ。大学なんかには行きたくない。タリバンがいなくなってから行く。そしてアフガニスタンを、世界で恥ずかしくない国にする」

カシムの言葉にレザはだまりこみます。いくら説得してもむだだと思ったようです。

「ね、お父さん、いいでしょう。ぼくをマスード司令官のところに行かせてください」

カシムが真剣な顔でラマートに頼みます。しかしラマートは厳しい表情をしたままです。

「お父さん、ぼくはロビーナの仇をとりたいんだ。ロビーナのような立派な女性を殺すようなタリバンは、絶対許せない」

それまでこらえていた気持ちを一気に吐きだすように、カシムが言います。

そうだったのかと、ビビは思いました。ロビーナに自分がつきそっていたのに、タリバンから守ってやれなかったことを、カシムはずっと悔やんでいたのです。ビビは、胸が熱くなりました。

「カシム。もうお父さんは何も言わない。カシムの思ったとおりの道を歩いていっていいよ。お父さんもレザも、カシムがすることを、全力で応援する」

「ありがとう。マスード司令官の兵士になるけど、タリバンの力がこのアフガニスタンから消えてしまえば、ぼくは大学に行く。そして一生懸命勉強する」

そう言うカシムの顔は、ビビの目にまぶしく映りました。

第15章　手紙

カシムが家を出てから、家の中のみんなは元気がなくなりました。食事のとき、いつもはおもしろいことを言って家族を笑わせていたラマートも、口数が少なくなりました。レザは、ラマート以上に元気がなくなりました。ビビやザミラと一緒に刺繡をしているときでも、ぼんやりしていることが多いのです。ビビが話しかけて、ようやくわれに返ります。

カシムを頼りにしていたアミンも、物静かになりました。いつもだったら、学校から帰るとすぐに遊びにいっていたのですが、このごろは自分の部屋にはいって、学校の宿題をしています。ビビから見ると、急にお兄さんらしくなったのです。

変わらないのがサファルでした。いいえ、ヤーナが亡くなり、バーミヤンからもどってきたサファルは、以前よりもよくしゃべるようになりました。家の中のそうじをするときも、料理をするときも、洗濯物にアイロンをかけるときも、レザに話しかけたり、ビビを笑わせたりしました。

「心配いりません。カシムは立派な青年になってもどってきます。マスード司令官と一緒にいれば、大学より学ぶことが多いはずですよ」

それがサファルの口ぐせでした。

バザールへの買い物には、ビビの家に遊びにきたザミラが帰るときに、一緒に出かけることがたびたびでした。

ビビも、サファルを真ん中にしてザミラと歩くのが好きです。

「おや、今日も孫娘をふたり連れてお出かけかい」

バザールに行く途中、サファルの顔見知りが、いつも声をかけてくれます。屋台を出しているおじさんが、クルミやアーモンドを、ビビとザミラにくれたりもしました。

サファルはザミラのお父さんとも、いつも店の中で長話をしています。その間にビビはザミラと一緒に、周囲の店先をのぞくのです。ビビが好きなのは、めずらしい石を並べているあの店でした。しかしその店の品物は、ビビがロビーナに連れられて初めて見たころとは、だいぶ変わっていました。

四、五年前までは、イヤリングやネックレスが、ガラスのケースの中に置かれていました。今ケースの中は、懐中時計や水晶などの石になっていました。タリバンが宝石など身につけてはいけないと命令したからです。幸いなことに、ビビが大好きなラピスラズリの石は、まだケースの中におさまっています。

「ビビ、また来たのかい」

店のおじさんも、今ではビビの顔を覚えてくれています。暗い店の奥からわざわざ出てきて、ラピスラズリをケースから出して、ビビとザミラに見せてくれるのです。

これが世界中でアフガニスタンでしかとれない宝石だと思うと、ビビは胸がいっぱいになります。ラピスラズリが眠っているヒンズークシの山を思いうかべます。カシムが兵士となって戦っているのも、ヒンズークシのパンシール峡谷です。

ラピスラズリは、バーミヤンで見た大きな石像も思いださせます。昔は青い空の下で金色に輝いていたという石像は、人間が造ったラピスラズリなのです。

そしてまた、ラピスラズリのことを教えてくれたロビーナのことも思いだします。ラマートとロビーナと一緒に、お弁当を食べた日のことは、ビビはもう一生忘れません。

「おじさん、このラピスラズリは、もう何年もここにあるけど、買う人がいないの？」

ビビはふしぎに思ってたずねます。

「これは売り物じゃないからね。おじさんが気に入っている石だから、ケースの中に置いて見せているだけだよ」

「よかった」

ビビはほっとします。見せるだけなら、これから先も、この店に来るたびに思う存分見られるからです。

「でもビビ、ビビになら売ってもいい。ビビが大きくなって、少し金持ちになったらね。このラピスラズリも、ビビから何度も見られているうちに、その気になったようだ」

「本当？」

「本当さ」

おじさんは笑います。

「でも高いのでしょう？」

「そりゃ高い。自動車が一台買える額だよ。でもビビが大人になったら買えるさ」

ビビは大きくなってお金持ちになるなんて、考えたこともありません。

「どうやって？」

「そりゃ、お金持ちのお嫁さんになれば簡単だよ。ビビなら、お金持ちからいくらでも申しこまれるようになる。あと四、五年もするとね」

「いやだ。そんなのだったら、ラピスラズリも見るだけでいい」

ビビは、自分でも思いがけなく言ってしまいます。結婚するなんて、考えもしなかったからです。

「そうかい。でもビビ、そのうち気持ちが変わるさ」

店のおじさんは笑うだけです。

ビビだっていつかは結婚すると思います。でもその前にしておきたいことが、山ほどあるような気がします。これまでしてこなかった勉強もしたいし、外国にも行ってみたいのです。アフガニスタン以外の国がどんなようすなのか、自分の目で見たいと思います。

ラピスラズリの美しさは、今レザから教わりながら作っているパッチワークに表すつもりです。その下絵はもう描きおわっています。白い布地を下敷きにして、ジャガイモの形をした青い石があり、その中にいくつもの黄金の輝きを描くのです。そのための布は、レザが集めた布の中から選びだします。足りなくなったら、バザールの古布の店で買いたすつもりです。

パンシール峡谷にはいったカシムがどうしているか、その後は何の連絡もありません。家の中でも、カシムの話をするのは、だれもが控えているようでした。話をすれば、それだけ心配の度合いが増すからです。

カシムが家を去って十ヶ月くらいたったころ、ラマートが帰宅するなり、みんなを呼びよせました。

「カシムから手紙が来た」

ラマートは古新聞に包んだ手紙を取りだします。

「店に若者が来て、これを持ってきた。聞くと、知らない男から頼まれたと言っていた」

手紙の表には、〈お父さんへ　カシム〉とだけダリ語で書かれていました。いつも、家の中で話すのはパシュトゥ語だったので、それだけでも、カシムが新しい生活をしているのがわかります。

「カシムは元気なのね」

待ちきれないようすでレザが聞きます。

「ああ、元気にしている」

ラマートが手紙を開きはじめると、もうレザが目に涙をため、ハンカチでぬぐいます。どんなことが書いてあるのか、ビビも早く読みたくてたまりません。アミンも手紙をのぞきこみます。ラマートが手紙を読みだしたので、三人ともじっと耳を傾けました。

お父さん、お母さん、アミンそしてビビ、みんな元気ですか。

ぼくは元気にしています。あれから十ヶ月たって、ようやく手紙を書いていいという許しが出ました。ここで話されている言葉はダリ語なので、ぼくもダリ語で書きます。

今日は本当に美しい朝です。山肌にはまだ雪が厚く残っています。樹木の根元にも、あちこち雪があって、そこから解けだした水がいつも音をたてて、谷川のほうに流れていきます。こわれた家屋の多いカブールとはまったく異なる大地がここにはあります。

この景色を目にし、澄みきった空気を胸いっぱい吸いこんで、ここもアフガニスタンなのだと思うのです。こんな美しい国に生まれてよかった、こんなすばらしい国を汚(けが)してはいけない、そのためにぼくたちは戦っているのだと、決心を新たにします。

マスード司令官の軍隊にはいった、ぼくたち新しい兵士が訓練を受けたのは、パンシール川のほとりでした。川に面した崖に狭い通路があり、崖を内側に掘りすすんだ穴倉のような場所が兵舎でした。そこに寝泊まりし、近くの村に食糧を買い出しにいくのも、食事を作るのも、ぼくたち新兵の役目でした。班ごとに交代して、買い物や炊事当番になっていない班は、小隊長に連れられて、いろいろな訓練を受けます。

急な山肌をロープで登り降りしたり、重いレンガを背負って坂道をかけあがったりします。腰まである深い雪の中を、一列になって歩いたこともあります。冷たいパンシール川にとびこんで、向こう岸まで泳ぎわたったりもします。

新兵たちは、アフガニスタンのいろいろな地方から集まっています。年齢は十七歳から三十歳くらいまでです。マザーリシャリフから来たウズベク人もいれば、ハザラジャード地方出身のハザラ人やヘラート出身のトルクメン人もいます。ぼくのようにカブールやジャララバードから来ている、パシュトゥン人もいます。でも、何といっても多いのは、マスード司令官と同じタジク人で、半数を占めています。訓練に使われる言葉はダリ語です。

ここにはお父さんが心配していたような、民族間のいがみ合いはありません。ハザラ人の新兵も、ぼくのようなパシュトゥン人の新兵も、等しくマスード司令官の軍隊の一員であり、アフガニスタン人なのです。

この訓練所にはいって、軍服と帽子を支給されました。軍服は、十年以上も前、ソ連軍の補給庫をねらって手に入れたものだそうで、新品同様でした。かわりの軍服はないので、この一枚でずっと過ごします。あまりに汚れたときには、天気のよい日にパンシール川で洗い、干すのです。その間、ぼくたちは私服で、サッカーに興じます。帽子だけはソ連製ではなく、アフガニスタンのものです。マスード司令官と同じ、大きなパンを上から押しつぶしたようなパコール帽をかぶります。のばしはじめた鼻ひげもあごひげも、だいぶ濃くなりました。

訓練は厳しく、泣きたくなることもありました。そんな中でぼくの気持ちをなごませてくれたのは、一日五回あるお祈りの時間です。朝早く山の中での訓練に出かけるときには、ファジルの祈りはパンシール川に沿った山の道で行います。まだ道は薄暗いのですが、空はうっすらと明るくなり、ヒンズークシの山際が浮かびあがります。昼間のズフルの祈りは、雪の中でやることもありました。あたりは物音ひとつせず、ぼくたちの祈りの言葉だけが、周囲の山々にこだまします。まるで大きな、地球というモスクの中で祈っているような、おごそかな気持ちになります。

　夕方近くのアスリの祈りで忘れられないのは、銃の模型を手にして、野原を腹ばいで進んでいたときです。ゆるやかな上り坂になっている草原を、腹ばいで一キロ進むのは、本当に疲れます。ひじもひざも痛くなり、もうこれ以上は進めそうもないというときに、休憩の命令が下りました。その場で祈りはじめたのですが、ひざまずいたとき、その草原に一面タンポポの黄色い花が咲いているのに気づきました。花は山頂から吹きおりてくるそよ風に、かすかに揺れています。ここは天国かもしれないと、ぼくは思いました。祈りの言葉が、そよ風になびくタンポポの上に広がります。

　日没時のマグリブの祈りは、村の土づくりの家の屋上でしたこともあります。村を占拠したタリバン兵を襲撃する、という訓練をしていたときです。村の狭い路地を走りまわり、屋根に登って、家から家へとびうつったりして、一日はあっという間に終わりました。訓練が終了すると、ぼくたち新兵は、大きな家の屋根の上に集結させられました。そこで初めて、夕日に染まる空と山際に気がついたのです。太陽はもうヒンズークシの山の向こうに沈んでいました。その赤い余光（よこう）が、ぼくたちを祝福するように、西の空いっぱいに広がっていました。五、六十人がいっせいに祈りの言葉を口にし、ひざまずいたとき、もう一日の疲れは吹っとんでいました。胸の内は喜びで満たされ、自分たちはアッラーの神と一緒にいるのだと強く思ったのです。感激のあまり、涙を流している同志もいました。

夜のアシャーアの祈りは、憧れのマスード司令官と一緒にあげたことがあります。訓練が始まって四ヶ月くらいしたときです。それまでぼくたちは、その直属の指揮官とし か接する機会がありませんでした。その夜、マスード司令官は近くの村の視察にきて、遅い夕食をぼくたち新兵と一緒にとったのです。洞窟の中の広い部屋で、全員が壁を背にして、マスード司令官と食事をしました。

ぼくはちょうど、マスード司令官の真向かいに座っていました。司令官はときおり、横に座った部下の指揮官と会話を交わしていました。耳を澄ましましたが、低い声なので聞こえません。それくらいマスード司令官は、立ちふるまいも言葉も控えめな人でした。

食事が終わって、部下から新兵たちに何かひと言をとすすめられて、司令官は立ちあがりました。ぼくはそのときの訓辞を一生忘れないと思います。

――もうすぐ二十世紀も、幕を閉じようとしている。二十世紀に行われた人類の野蛮な行為が三つある。ひとつは、ヨーロッパでのナチス・ドイツによる非アーリア人皆殺し行為。ふたつめは、レーニン主義に染まったソ連による周辺国の属国化であり、アフガニスタン侵攻もそのひとつ。三つめが、まちがったイスラム運動に基づく、タリバンとアルカイダによるテロ行為である。ナチス・ドイツは、第二次世界大戦で自滅した。ソ連のアフガニスタン占領は、われわれアフガニスタン人の団結で十年後に撃退した。残るタリバンとアルカイダに対する戦いを、現在われわれがやっている。もしわれわれが、このテロ集団をせん滅することができなければ、次の二十一世紀、テロ行為は世界中に広まっていくだろう。われわれの戦いは、イスラム教が最も重んじる自由への戦いである。

司令官の声はあくまで静かで、その目はやさしく、ぼくたち新兵ひとりひとりの顔を見渡しながらの話でした。

そのあとすぐ、全員でアシャーアの祈りをし、眠りにつきました。マスード司令官は一番端に横になっていました。そこだけがいつまでも明るいので、なぜだろうとぼくは頭をもたげたのです。司令官はペンライトで本を読んでいました。疲れていたぼくは、そのまま寝入ってしまいました。翌朝ぼくたちが起きると、司令官はもう外に出て、パンシール川で顔を洗っていました。ぼくたちもいっせいに起き、顔と手足を洗い、ファジルの祈りを司令官と一緒に行ったのはいうまでもありません。

それ以後、ぼくたちはこれまで以上に、真剣に訓練に打ちこみました。最後のひと月は、射撃やロケット弾の発射練習に費やされました。銃は、ソ連軍から分捕った自動小銃のカラシニコフで、その他にもやはりソ連製の対戦車ロケット弾で、背中にかつぐR

PG7、速射砲のカチューシャなど、ひととおりの操作を覚えました。

半年の訓練を終えて、ぼくが配属されたのはダランサンガの近くです。ダランサンガは、パンシール峡谷の入り口に位置しています。カブールから北上してチャリカールを経由し、バグランへ向かう幹線道路のすぐわきにあります。ですから、タリバンもここを重要拠点とみなして、付近に三千人の兵士を分駐させていました。彼らの任務は、幹線道路を守り、パンシール峡谷から、ぼくたち反タリバンの軍勢が出てくるのを防ぐことです。逆にぼくたち北部同盟軍の目的は、ふたつありました。ひとつはタリバンが峡谷に侵入しようとするのを迎えうって、撃退することです。ふたつめは幹線道路を通るタリバンの軍用トラックをねらい撃ちすることです。

タリバン軍と北部同盟軍の間では、毎日のように戦闘がくりかえされていました。兵士の数はタリバン軍が三千人に対して、ぼくたちはおよそ千人で、人数のうえでは劣っています。所有している武器も、タリバン側には旧ソ連製のスカッドミサイルやキャノン砲があって、ぼくたちよりは重装備です。

それでも、兵力と装備に劣っているぼくたちの強みは、このあたりの地形を知りつくした指揮官がいることでした。道路を通行する車両を観察するにはどこが一番よいか、またその車両を襲撃するには、どの地点が最も適しているか。山の中のA地点からB地点に移動するにはどういうルートがあるか。すべて指揮官の頭の中にはいっていました。

ぼくが配属された中隊は百二十人ほどで、三つの小隊に分かれていました。幹線道路を見下ろす地点に陣地を置き、峡谷の入り口で戦闘があれば、すぐさまそちらにも移動できる態勢をとっていました。

ある日の夕刻、連絡がはいりました。幹線道路を、カブールに向けて南下する軍用トラックがあるというのです。そうした場合、一台のトラックに五十人以上のタリバン兵が乗っているはずで、トラックが十台なら五百人を超えます。一個大隊の移動に相当します。一個大隊がもしパンシール峡谷にはいってくるとすれば、大きな戦闘になるはずです。その前に、トラックの車列を攻撃したほうがいいに決まっています。指揮官は峡谷の奥にある司令室に連絡しました。マスード司令官の許可が下り、戦術が決まりました。

中隊は四十人ずつの小隊に分かれ、第一小隊は、先頭から三台のトラックを襲い、第二小隊は、トラックから出てきたタリバンの兵士に銃撃をあびせかけるのです。ぼくのいる第三小隊は、その背後で援護射撃をする役目でした。それぞれの小隊はおのおの守備地点で待機し、トラックの車列が近づくのを待っていました。

日は傾いて、あたりは薄暗くなりはじめています。小隊長は、ぼくたち四十人をふた手に分けて命令を下しました。三十人は攻撃に加わり、十人だけが残って援護にまわるというもので、ぼくは後方の居残り組になりました。それを指揮するのは、サーレ兵長です。

ぼくたち十人は、サーレ兵長と一緒に道路を見下ろせる岩陰に身をひそめました。

夕刻なので、道を行き来する車はそう多くありません。薪(まき)を背中いっぱいに積んだロバが、カブールの方角にゆっくり歩いています。背に荷物をかついだブルカの女性とその夫と思われる男が、幼い子どもふたりを連れて、坂道をゆっくりこちらに向かってきています。

「来たぞ」

サーレ兵長が低い声で言いました。

トラックの列が岩山の向こうにちらっと見え、また山陰にかくれます。他の二個小隊がどこに身をかくしているのか、ぼくたちの陣地からは見えません。

ぼくはぼんやり、あの親子四人連れが銃撃戦に巻きこまれたらどうなるのかを、考えていました。

親子が坂を登りつめて、ぼくたちのすぐ真下まで来たとき、道路の右奥にトラックが姿を現しました。先頭のトラックに続いて、二台目、三台目と車列がこちらに向かってきます。先頭のトラックが、親子四人の向こう側を通りぬけたときです。ぼくが見たのは、先頭のトラックの炎上と、四人の親子が道ばたに伏せる光景でした。ぼくの耳は、引きつづきＲＰＧ７のロケット弾の音を聞いていました。同時に二台目と三台目のトラックも燃えあがり、完全に道をふさぎました。後続のトラックは急停車して、道路上に立ち往生したのです。

しかしどこかが変だと、ぼくは思いました。ふつうなら、停止したトラックの幌の中からは、タリバン兵がくもの子を散らすように出てくるはずなのです。そう思った次の瞬間、味方の第二小隊が、とまったトラックめがけて、機関銃を撃ちこみはじめます。それでも、トラックの荷台から逃げだすタリバン兵はいません。

やっぱり何かがおかしいと思ったぼくは、左のほうの山肌に目を転じたのです。すると、三十人ほどの兵士がこちらに向かってくるのが見えました。味方ではないのは、黒いターバンからもわかります。ぼくは叫びました。

「兵長殿、だまし討ちです。あそこに敵がいます」

ぼくは、任されていた照明弾を高々と打ちあげました。本来は周囲が暗くなった際に使うのですが、異常事態を味方に知らせるときにも使用することになっていたのです。

道路の上空で花火のように砕けちる照明弾を見て、味方の二小隊もだまし討ちに気がついたようです。そのときはもう、ぼくたち十人はタリバン兵に向けて自動小銃を発砲しはじめていました。

「やつらの上をめざして散れ」

サーレ兵長が叫びます。

十人がひとかたまりになっていては、標的になるだけです。付近の地形は、頭にはいっています。ぼくは岩の間を一目散で五十メートルくらいかけあがり、さらに十メートルほど下りました。その間の銃声はすさまじく、味方の小隊が必死で応戦しているのがわかります。ぼくは岩陰にかくれ、敵がどこにいるか確認します。二十メートルくらい離れた場所にいた仲間の兵士が、ぼくに向かって、指先を下に向けました。敵は下だという意味です。その彼がしっかりと銃を抱き、げんこつをさしだします。一、二、三でいっせい射撃をしようというサインです。ぼくは彼がゆっくりと立てる親指と人差し指を見つめます。中指を立ておわった彼が岩陰からとびだすのと同時に、ぼくも下をのぞきこむために身体をずらします。

七、八メートル下の平地にタリバン兵が十五人ほど、はいつくばっていました。そこに自動小銃を向け、引き金を引きつづけるのは、訓練のときよりも簡単でした。

タリバン兵はつぎつぎとのけぞり、身もだえし、やがて動かなくなりました。

ぼくは肩で息をしていました。人を殺したのは初めてでした。その場にへたりこみ、銃を上に向け、空を仰ぎみました。もう空に青みは残っておらず、山際に赤い筋が帯のように一本流れているだけです。

「カシム、おまえはここにいろ」

仲間がぼくに言いのこし、まだ銃声のするほうに姿を消しました。

ようやくわれに返ったぼくは、戦闘がどうなっているのか確かめるために、再び岩陰から身を乗りだします。すると、倒れていたタリバン兵のひとりが、足を引きずりながら移動し、銃を構えるのが目にはいりました。ぼくが銃口を向け、引き金を引いたのはいうまでもありません。タリバン兵は首から血を流して、動かなくなりました。すべての銃声がやんだのは、それから十五分くらいしてからです。タリバン兵が倒れている平地に、味方の小隊が姿を現したのを機に、ぼくも岩陰から出たのです。殺害したタリバン兵は六十六人でした。逃亡した者も、たぶん五、六人はいたと思われます。味方の犠牲者はふたり、負傷者は十三人でした。だまし討ちにされたわりには、こちらの損害は少なかったのです。タリバンの残したトラックは、ぼくたちの分捕り品になりました。もちろん、死んだタリバン兵の所持していた武器も味方のものになったのです。

タリバン兵の死体をくぼ地につきおとし、埋めおわったあと、マグリブの祈りの準備が始まりました。赤みを帯びていた谷が、灰暗色に変わっていきます。川の水で顔や首、手足を清め、いよいよお祈りを口にするのです。けれど大地にひれ伏しても、ぼくの心の中は静かになりません。自分が命を奪ったタリバン兵は何人だったろうかと、射殺の場面がひとつずつ思いうかんできます。少なくとも七人は、ぼくが殺したのはまちがいないような気がしました。その中には、ぼくと年齢のあまりちがわない兵士もいました。

あんなに憎かったタリバン兵なのに、喜びにひたる気持ちはどこかに吹きとんでいたのです。

祈りが終わると、サーレ兵長や年上の兵士がぼくの肩をたたきました。カシム、よくやったとほめてくれます。だまし討ちを知らせる照明弾を打ちあげなかったら、味方がやられていたというのです。ぼくの心の中は、いろいろなものが入りみだれて、その夜、陣地にもどってアシャーアの祈りをささげても、なかなか寝つけませんでした。

しかしその戦闘から半月後、ぼくがマスード司令官直属の部隊に編入されたのは、そのときの功績が認められたからにちがいありません。任務はこれまでどおりの戦闘に加えて、マスード司令官の護衛になりました。このおかげで、憧れだったマスード司令官の姿を、ひんぱんに見かけられるようになりました。

ぼくがおどろいたのは、ソ連軍やタリバンにパンシールのライオンと恐れられたマスード司令官が、少しも恐いところがないということでした。洞窟の訓練施設で初めて会った夜の印象は、正しかったのです。

草原で若い兵士や指揮官たちとサッカーをしたり、木陰で静かに本を読んでいたりする光景をよく見かけました。古くからいる兵士に、マスード司令官が読んでいるのは、何語で書かれた本かを聞いてみたことがあります。アラビア語かフランス語の本が多いという返事でした。ぼくは、そのふたつとも読めないので、本当に残念に思いました。

もし読めたなら、その本を貸してもらい、少しだけでも話ができたのです。

マスード司令官がひとり離れて、川岸の砂の上でズフルのお祈りをしている姿も見たことがあります。ぼくたちの祈りよりもずっと長いものでした。かと思うと、岩を背にして座り、手紙を何通も読んでいる姿もありました。そのそばには白い花が咲きみだれていて、ぼくは小さいころに見た映画を思いだしました。それは、兵隊にとられた男性が恋人からの手紙を読むシーンで、翌日の戦闘で死んでしまうのです。恋人に書きかけた返事は、死んだ男性の胸元に入れられたままでした。

もちろん、マスード司令官が読んでいるのは、そんな種類の手紙ではなく、各地の指揮官から届いた現状報告書のはずです。手紙の返事を書くのは、他の兵士が寝静まったあとの執務室の中だと、先輩の兵士に聞いたことがあります。その兵士によると、マスード司令官はいつ眠っているのだろうというくらい、夜は遅くまで指揮官たちと話しあい、そのあと手紙を書くのだそうです。

一週間ほど前も、マスード司令官をすぐ近くで見ることができました。村を訪れて、村人たちの訴えを聞くのも司令官の任務ですが、ぼくたち護衛兵はそれを遠巻きにして、異常事態を防ぐのです。マスード司令官は村人たちの話にじっと耳を傾け、静かにうなずき、確かに聞きとどけたというように笑顔を返します。訴えた村人たちは、みんなほっとした表情になります。

ぼくはこれこそが、マスード司令官の人気の秘密だと思いました。アフガニスタンに侵入したソ連軍をいく度となく戦闘で打ち負かし、十年後に撃退したのもマスード司令官です。その後の内戦でも勇敢に戦い、内戦が一段落して政府ができたとき、マスード司令官が国防大臣に選出されたのも当然の結果です。

しかしみんなが知っているとおり、この政府はパキスタンが後押しするタリバンの兵力によってつぶされてしまいます。一九九四年、パキスタンがタリバンに与えたミサイルは、カブールの四分の三を破壊しました。マスード司令官が、カブールから自分の兵力を撤退させたのは一九九六年九月で、これも、カブールが完全な廃墟(はいきょ)になるのを避けるためでした。

入れかわりにカブール市内にはいり、政権をにぎったのがタリバンです。そして、イスラム教にのっとった政治といいながら、実際はまったく反対の圧政を国民に押しつけはじめたのです。お父さんを捕らえて監禁し、拷問にもかけて発電所の運転について聞きだそうとしたのもタリバンです。ビビのお母さんのロビーナを、ぼくの目の前で射殺したのも、タリバンです。

タリバンがアフガニスタンを支配している限り、アフガニスタンがアフガニスタンであることはできません。国民の意見は無視され、女性は教育の権利も外出の自由も奪われています。歌うことも、踊ることもできない国が、いったいどこの世界にあるでしょうか。

子どもたちは凧あげすらできません。ぼくは小さいころ、お父さんと一緒にあげた凧を覚えています。青く澄みきった空には、赤や黄色、白やだいだい色の凧が、百個近くあがっていました。それらがお互いに糸を切りあっては落下していき、子どもたちは落ちて風に流される凧を追いかけて町中をかけめぐるのです。ぼくとお父さんの凧は、最後の四つの中に残りました。忘れられない思い出です。そんな凧遊びの楽しみすら、今のアフガニスタンの子どもたちは奪われてしまっています。

マスード司令官の目標は、タリバンをこの国から追いだし、パンシール峡谷を出て、再びカブールにもどることです。そのためには、これからも戦いが続くはずです。この前ぼくが初めて加わった戦闘では、運よく味方が勝利をおさめましたが、反対の結果になることもあると思います。

ぼくはこのごろ、お父さんが口にしていた言葉をよく思いだします。

——自分の命はアッラーの手の中にあって、他のだれの手の中にもない。

ぼくも今はまったく同じ気持ちでいます。

マスード司令官のもとで、ぼくたちがタリバンを打ち負かし、アフガニスタンが自由になる日まで、戦いは続きます。そして、ぼくたちがカブールにはいって、すべての戦闘を終わらせ、平和になったとき、マスード司令官はこの国のリーダーとして、本当の力を発揮できるのだと思います。ぼくはこの目で、それを見届けるまで、戦いつづけるつもりです。

それでは次にカブールで会える日まで、お父さん、お母さん、アミンにビビ、どうか元気でいてください。

カシムより

第16章　爆破

二〇〇一年、ビビが十四歳になった春のことです。バザールで肉や野菜を買って帰ってきたサファルが、台所にはいってくるなりビビに言いました。

「バーミヤンの石仏がなくなってしまった」

サファルの目は赤くなっていました。

「どうしてなの？」

あんな大きな石像が消えるなんて、信じられません。

「ロケット弾が撃ちこまれたそうだよ」

「戦争があったの？」

ビビは、カシムの手紙に書かれていたような戦いが、あの断崖の近くであったのかと思ったのです。

「戦争ではない。ビビ。石仏はロケット弾を身体いっぱいに受けて、崩れるしかなかった。動けないので、どうすることもできなかったんだ」

「だれがロケット弾を発射したの？」

「ハザラ人を殺した連中だよ」

「タ・リ・バ・ン？」

ビビは小さな声でゆっくり聞きます。自分の口で、タリバンと言ったのはこのときが初めてでした。

サファルはじっとビビの顔を見ながらうなずきます。

サファルがいたバーミヤンの村を訪れたのは三年前でしたが、村の中が死んだように静かだったのを思いだします。

「何でそんなむごいことをしなくちゃならんのか、わしにはわからん。たぶん自分たちはイスラム教徒で、石仏は仏教徒が造ったものだからだろう。しかしビビ、バーミヤンの村人たちはあの石仏が好きだった。イスラム教徒か仏教徒かはどうでもよかったんだよ。バーミヤンの宝であり、アフガニスタンの宝でもあった」

サファルが目をしばたたくのを見つめながら、ビビは自分の考えが当たったと思いました。石像は鼻から上の顔はそがれていたのですが、ブルカをかぶっているのと同じで、奥からこちらをじっと見ていたのです。心の正しい人は見守られていると思い、心がゆがんだ人は、あの石像から悪い行いを見透かされていると感じるのです。

タリバンもそれが恐ろしかったので、とうとう石像を全部こわしてしまったのでしょう。

　翌日ビビの家に来たカティブおじさんは、バーミヤンの石像がなくなってしまったことを知っていました。イギリスのＢＢＣ放送という海外放送を聞いたのだそうです。カティブおじさんがラマートに言います。

「破壊されたのはバーミヤンの石仏だけではないらしい。アフガニスタン国内にある仏像という仏像は、すべてこわされたようだ」

「なるほど、それでわかった。博物館に勤務していた友人も言っていた。博物館にタリバン兵がはいりこんで、館内に残されていた石仏に銃撃を加えたらしい。彼らは何年か前にも侵入して、めぼしい品物は手当たりしだい、かすめとっていったんだけどな」

「それじゃ、博物館の中は空っぽか。あんなにすばらしい博物館だったのに」

「いや、大きな声では言えないが、元の職員たちが、貴重なものは運びだしてどこかにかくしているそうだ。しかしあまり大きい収集物は、運びだすのがむずかしいから、館内に残すしかなかった」

「仏像の破壊が、最高裁判所の決定だったと聞いて、情けなくなった。イスラム教の国として、仏像が国内にあるのは許せないらしい。あいつらは国の歴史というものを知らない。たぶんイスラム教の歴史だって知らんだろう。ひどい国になってしまった」

　そんな会話をしたあと、カティブおじさんはいつものように一対一でビビに英語を教えてくれました。ビビはカティブおじさんがよく聞いているというラジオについて質問しました。

「BBC放送は、世界中どこにいても、短波ラジオさえもっていれば聞けるんだよ。もちろん英語を勉強していなければ理解できない。ビビもあと二、三年すれば、聞けるようになる」

「お金がいるの？」

「ただだよ。一日中聞いていても、お金はいらない。BBC放送を聞いていれば、どこにいても、世界中で起こっていることがわかる。もちろんイギリスの放送だから、イギリス人の考えだがね。そうだ、ビビが十五歳になったら、おじさんが短波ラジオをプレゼントしてやろう。中古のラジオなら、バザールで見つけられる」

十五歳といえば来年です。そんなに早くラジオを聞いても理解できるはずはありません。これまでカティブおじさんがしゃべる英語しか聞いていないのです。

「最初はチンプンカンプンでも、くりかえし聞いているうちに、耳が慣れてくるもんだよ。ちょうど知らない山をながめているのと同じ。最初はどこがどうなっているかさっぱりわからない。でも、毎日毎日見つめているうちに、木のちがいや、家、山道が少しずつ見分けられるようになる。おじさんはそうやって大学生のとき、短波ラジオを聞いたもんだ」

カティブおじさんはその日、放送についての英単語を教えてくれました。放送をするのに、長波や中波、短波があることを、ビビは初めて知ったのです。

二、三ヶ月あと、カティブおじさんは薄っぺらな雑誌を持ってきて見せてくれました。アメリカで発行されている週刊誌で、小さい字の英語がびっしりつまっていました。

「ここにバーミヤンの石仏の跡の写真がのっている」

カティブおじさんはペラペラとページをめくって、ビビの前に広げます。

そこに写されているのは、ぽっかりあいた縦長の穴だけでした。地面の上に石がこんもりと積みあがっているだけです。

「こっちが大きな西の石仏で、こっちは東にあった少し小さな石仏だけど、あとかたもない。これだけこっぱみじんにされると、もう修復は無理だ。本当に恥ずかしいことだよ。自分のばかさかげんを世界中にさらしたようなものだ」

ビビは、写真の周囲に小さい字で何が書いてあるのか知りたくなりました。おじさんは上着の内ポケットから眼鏡を取りだして、読んでくれます。

「二〇〇一年三月十一日は、タリバンがおろかな行為をした日として、全世界の心ある人々に記憶されるだろう。タリバンはイスラム諸国はもちろん、キリスト教国や仏教国、ヒンズー教国といった宗教の垣根を越えた国際的な保存の声を無視した。この日タリバンは、大量の火薬で二体の石仏を破壊し、ロケット弾までも撃ちこんだ。こうして千四百年以上もの間、アフガニスタンの大地を見つめつづけてきた一対の石仏は、永遠にこの世から姿を消した。

バーミヤンの石仏は、信仰が偉大な文化を生みだす源泉になることを、イスラム教国のアフガニスタンだけでなく、全世界に教える存在であった。そしてまた石仏の消失は、あやまった宗教が、そうした文化を破壊する事実も、世界中の人々の前で明らかにしたのである。

今、石仏のあった崖の下に立つと、頭上からぱらぱらと石の粒が降りかかってくる。石窟の中にもう巨大石仏の姿はないが、失われた大仏と壁画は、それを書きのこした言葉や、見た人の記憶によって、絶えずよみがえってくるにちがいない」

読んだあと、カティブおじさんは自分で納得したようにうんうんとうなずきます。ビビは、全部わかったとはとてもいえません。

「ちょっと訳し方がむずかしかったかな」

おじさんは申しわけなさそうな顔をします。

「しかし、なかなかいいことが書かれている」

ビビもそれはわかります。特に最後のほうにあった、『石像は、それをながめた人々の心の中で生きつづけるだろう』というところは、本当だと思います。こうやって目を閉じると、青い空の下にすっくと立っていた石像が、まるで今実際に見ているかのように浮かんできます。

「これを書いた人は、わざわざ外国から来て、バーミヤンに行ったの？」

「さあ、どうだろうか」

カティブおじさんはページをめくって確かめます。

「いやこれは、アフガニスタン人の記者が写真も撮り、文章も書いている。名前は仮名らしい。これがタリバンに知れると命が危ないからね」

「その人は、自分で英語を書いたのよね」

「そりゃそうさ。なかなか立派な文章だ」

ビビは少し誇らしくなります。記事を書いた人がアフガニスタン人で、この国のどこかに住んでいると考えると、元気づけられるのです。

ロビーナの一万時間の法則を、今もビビは守っています。一日三時間、一週間に二十一時間、何とかめげずに英語を勉強しています。単語を書きながら発音したり、自分で作った単語帳をながめたりします。時間が余ったときは、カティブおじさんが買ってくれた本も読みます。好きなのは、やさしい英語で書かれた預言者ムハンマドの伝記です。わからない単語があったら、辞書で意味を調べます。

英語－ダリ語の辞書は、ロビーナが大学生のとき使っていたもので、ラマートが見つけてビビにくれたのです。カティブおじさんは、表紙がはがれかけた辞書を手に取って、懐かしそうに言いました。

「おじさんも、これと同じ辞書を使っていた。もちろん今ももっている。ロビーナもこれで勉強したんだね」

おじさんはページをめくりながら、ところどころ手をとめます。辞書には、ロビーナの書きこみがありました。英単語に赤い下線が引いてあったり、マルがつけてあったりするのです。ビビはそのたび、このページにロビーナの指がふれて、この単語をロビーナが覚えようとしたのだと思うのです。

「ビビ、この辞書、おじさんに一週間預けてくれないか」

あるときカティブおじさんが言いました。バザールに、コーランをきれいに製本してくれるおじいさんの店があるのだそうです。

「そのおじいさん、もう九十歳を超えているのだけど、コーラン以外の製本はこれまで一冊もしたことがないらしい。でも事情を話したら、うんと言ってくれた」

カティブおじさんに渡した辞書は、一週間後にもどってきました。表紙は赤い色の革張りに変わっていました。下のほうには、ビビの名前が金色の文字で彫りこまれています。手に持っただけで、ページをめくってみたくなるような辞書です。

「これはロビーナの形見だよ。いつもビビの手元に置いておくといい」

「ありがとう」

ビビは辞書を胸に抱きしめます。

ビビはカティブおじさんに、ロビーナの一万時間の法則について話していません。でもこの辞書がそばにあれば、これから先も法則を守っていけそうな気がするのです。

それから半年ほどたった九月十日のことです。夜になってカティブおじさんが家にやってきました。おじさんがラマートに聞きます。

「カシムからは何の連絡もないかい」

「例の手紙が来たきりで、連絡はないんだ」

「実は、今日昼間のBBC放送が、マスード司令官の暗殺をくりかえし伝えていた」

そのひと言で、ラマートもレザも顔色を変えました。

「暗殺？　だれが？　どこで？」

「外国人ジャーナリストと名乗る男ふたりから、インタビューを受けていて、自爆テロにあったようだ。そのふたりはもちろん死に、マスード司令官だけでなく、周囲にいた兵士たちにも犠牲者が出たらしい。何人死んだかは、放送でも言っていなかった」

「まさか、その中にカシムが？」

レザが声をふるわせます。

「いや、カシムがマスード司令官の直属部隊にはいったとしても、そんな近くにはいなかったはずだ」

ラマートが言います。

「でも、護衛をしていたかもしれないし」

レザは今にも泣きだしそうです。ラマートも口をつぐみます。

「カシム兄さんは死んだの？」

アミンが聞きました。

「いや、そうとは決まっていない」

ラマートが首をふります。

カティブおじさんが静かに言います。

「心配なのはこれからだ。マスード司令官を暗殺したのは、タリバンとアルカイダであるのはまちがいない。BBC放送もそう言っていた。司令官を失った兵士の間には動揺が広がる。それをねらって、タリバンが攻勢をかけることが十分考えられる。これまで踏みこめなかったパンシール峡谷に、一気に攻めこんで、反タリバン勢力をつぶそうとするのではないか。カシムが何とかその戦闘を生きのびてくれればいいが」

レザが泣きだし、両手で顔をおおいます。ラマートがその肩を抱きよせました。

「ここは祈るしかない」

カティブおじさんが言います。

「万が一のときも、カシムには覚悟ができているよ」

ラマートもうなずきます。

でも、ビビはカシムが戦闘で死ぬような気がしません。カシムが手紙に書いていたように、カシムの命はアッラーの手の中にあって、他のだれの手の中にもないのです。タリバンだって手を出せるはずがありません。

その夜、カティブおじさんはビビの家で寝る前のアシャーアの祈りを終えて、帰っていきました。

その後もカシムからの連絡はありません。みんなカシムがどうしているか心配なのですが、口には出しません。

ビビとザミラにパッチワークを教えているとき、レザは手を休めてぼんやりしていることがありました。夕食の席で、ラマートがレザに言いました。

「カシムにもしものことがあったのなら、必ず連絡があるはずだ。それがないのだから、カシムは元気にしているんだよ」

ビビもそう思います。

「お母さん。カシム兄さんは強いし賢いから、元気でやっているはずだよ」

アミンからはげまされて、レザもやっとうなずきます。

翌日、ラマートが仕事から帰ってくるなり、言いました。

「アメリカが攻撃されたらしい。ニューヨークのビルが破壊されて、何千人という死者が出たようだ」

バザールではその話でもちきりだったそうですが、くわしいことはラマートもわかりません。

「アメリカにロケット弾を撃ちこむなんて、大変なことでしょう。それとも飛行機が爆弾を落としたのかしら」

レザが聞きますが、ラマートもそこまでは知りません。

次の日、ラマートが買ってきた新聞には、恐ろしい写真がのっていました。ひとつのビルは黒い煙をふきあげ、その横のビルに大きな飛行機が衝突しようとしているのです。

「信じられない事件だ。こっちの煙をあげているビルにも、何分か前に飛行機がつっこんだ」

ビビは、ビルが崩れていく写真から目を離せません。よく見ると、高いビルの窓からとびだしている人の姿が小さく写っています。炎から逃げたかったのでしょうが、あんなに高いところから地面に落ちて助かるはずがありません。

同じような写真がのっている別の新聞を持ってきたのは、カティブおじさんでした。

「犯行声明が、アルカイダから出されたらしい。タリバンとぐるになっている連中だ。これから大変なことになると思う。アメリカがだまっているはずはない」

「アメリカが仕返しするんだね」

写真に見入っていたアミンがたずねます。

「仕返しするだろうね」

ラマートがうなずきました。

「アルカイダとタリバンがいるのは、このアフガニスタンだからね」

カティブおじさんも言いそえます。

「そうすると、わたしたちの国がアメリカの敵になるの？」

レザが顔をあげて、ラマートとカティブおじさんを交互に見つめます。

「そういうことになる」

ラマートが答えます。

「アメリカが仕返しで攻めてくるんだ」

アミンが肩をすぼめ、カティブおじさんがうなずきます。

「大いに考えられる。しかしタリバンだって、アメリカには勝てっこない」

「どんなふうにして攻めてくるの？」

ビビもカティブおじさんに質問します。バーミヤンに行く途中、カブールの郊外で見た戦車を思いだしたのです。

「ソ連がアフガニスタンに攻めてきたときは、戦車だったけど、今度はそうはいかない。

アメリカとは陸続きではないからね」

「最初は飛行機、つまり爆撃機を使うだろう」

ラマートも言います。

「アメリカから爆撃機が飛んでくるの？」

アミンが聞きます。

「いや、それは無理だ。爆撃機をたくさんのせた空母がやってきて、海から攻めてくるはずだ」

ラマートが答えます。

「攻めてくるといっても、タリバン兵はあちこちにいる。バザールにも道の上にも」

レザがそう言って首をふります。そんなことをされたら、たまらないという表情です。

「爆撃機が爆弾を落とすのは、タリバンの建物だろうね」

カティブおじさんが答えます。

「どれがどの建物なのか、アメリカにはわかるかしら」

レザが聞きかえします。ビビもレザと同じ気持ちです。

「もう調べはついていると思うけど、爆弾がそこに正確に落ちるとは限らない。まちがって別の建物に落ちたり、火が周囲に燃えうつったりする。バザールに爆弾が落ちれば、何百軒という店がいっぺんに燃えてしまう」

ラマートが答えるのを聞いて、ビビは小さいころのことを思いだします。小学校にはいったばかりのころ、カブールの町では、いろいろな部族が戦っていたのです。学校にロケット弾が落ちて、目の前でスナイが死んでしまいました。隣の建物も崩れおち、何人もの生徒が下敷きになったのです。

また同じことがくりかえされるのでしょうか。

「アメリカの爆撃機とロケット弾と、どっちが強いの？」

ビビはたまりかねてラマートにたずねます。

「そりゃあ空から落とす爆弾のほうが、破壊力は大きい。一発の爆弾で、ひとつのビルが吹きとんでしまう」

ラマートが言い、カティブおじさんがうなずきます。アミンが叫びます。

「ぼくはそんなのいやだ。アメリカの爆撃が始まったら、カブールから逃げだせばいい」

ビビも賛成です。もう建物がこわれて燃えあがったり、人間が爆弾で吹きとばされたりするのは見たくありません。安全なところに逃げられるのなら、そこに行きたいと思います。

ラマートとレザは顔を見合わせます。カティブおじさんも、何か考えこむ表情になります。カブールをすてて、どこか田舎のほうに逃げだすのもひとつの方法だと思ったのでしょう。しばらくしてラマートが首をふりました。

「アミンもビビも、残念だけどそれはできない。お父さんはこのカブールを離れることはできない。発電所に毎日行かなくてはいけないんだよ」

「こわれかけた発電所なんて、何の役にも立たないよ」

アミンが言います。

「こわれかけてはいるけど、まだこわれてはいない。毎日シャフトを回していれば、修理はできる」

ラマートは恐い顔をしてアミンをにらみつけます。レザが言います。

「でも、発電所に爆弾が落とされたら、もう動かなくなるでしょう」

「あそこに爆弾が落ちれば、ひとたまりもない。そうすると、この十年の苦労は水の泡になる」

「だったら、もう見切りをつけて、カブールを去るのもひとつの方法だわ」

「レザ、アメリカ軍が発電所に爆弾を落とすかどうかは、まだわからない。あの発電所は、いってみれば、ベッドの上の病人みたいなものだ。自分ひとりでは食事をとれないので、だれかが食事を作って持っていって、食べさせてやらなければならない。それをやめれば、二、三日のうちに死んでしまう。見すてるわけにはいかない」

「だったらあなた、アメリカ軍の攻撃が始まっても、毎日発電所に行くつもりですか」

レザが真剣な顔で聞きます。

「そうだ。行かなければ、発電所は本当に死んでしまう」

「でもその前に、あなたが殺されてしまうのではありませんか。タリバンからか、アメリカ軍からか」

レザから反対されて、ラマートはだまりこみます。口を開いたのはカティブおじさんでした。

「アメリカが攻撃してくるかどうかは、まだはっきりしていない。今から思いなやむことはなかろう。ここはじっくり成り行きを見定めるのが一番だ」

第17章　空爆

その後、ビビの予想とは逆に、カブールの町には何の変化もありませんでした。サファルと一緒にバザールに買い物に行っても、店はいつもと同じようににぎわっています。ラマートはアミンも、朝はラマートのスクーターに乗って学校に出かけていきます。ラマートはアミンを学校の前で降ろすと、その足で発電所に向かい、いつもの作業を終えて、バザールのはずれにある店に出勤するのです。銃を手にしたタリバン兵が、町中のあちこちに立っていて、その人数だけは確かに増えていました。

午後になると、ザミラが遊びにきます。ビビの部屋で刺繍をしたり、レザからパッチワークを習ったりします。

カティブおじさんも、毎週来てビビに英語を教えてくれます。ビビはそのたび、カティブおじさんに聞くのを忘れません。

「アメリカの飛行機はいつカブールにやってくるの？」

「ビビ、おじさんはいつもBBC放送を聞いている。爆撃機がやってくるのは確実だよ。

今は準備中なんだ。あと二週間もすれば、攻撃が始まる」

「それだったら、早くカブールの町から逃げだしたほうがいいんじゃない？」

ビビは恐くなって聞きます。

「もう遅いのだよ。カブールの町を出ていこうとする者は、タリバン兵に捕まる。投獄されたり、その場で射殺されるそうだ」

「どうして？」

ビビはおどろいて聞きます。

「タリバンは、ふつうの市民を盾に使いたいのだよ。ビビ、考えてごらん。カブールの町から一般市民が逃げだしたとすると、町はタリバン兵だけになる。そうすれば、アメリカ軍は、爆弾をどこに落としてもタリバン兵をやっつけられる。こんな簡単なことはない。ところが逆に、一般市民の中にタリバン兵がまぎれこんでいると、爆弾を落とすにも注意がいる。なるべく市民に犠牲者を出さないようにしなければならないからね」

ビビは何だか悲しくなります。またカブールが戦場になるのがくやしいからです。どうして自分の国アフガニスタンは、そしてカブールは、いつも戦争に苦しまなくてはならないのでしょうか。

「ここは、お父さんが言っていたとおり、カブールに残るしかない。おじさんも、おじさんの家族も、そう決めた。カブールは、おじさんが生まれて育った町だからね」

カティブおじさんの目は、赤くうるんでいました。

そのころになると、ビビはレザから家の外に出ないように言われました。ザミラも両親から注意されたのか、ビビの家に遊びにこなくなりました。バザールに必要なものを買いにいくのは、サファルひとりになったのです。もちろん小麦粉などの重いものは、ラマートが仕事の帰りに買ってきます。

ビビは二階の窓から、一日に何時間も外をながめるようになりました。窓から見えるカブールの町は、いつもと変わりありません。それでも、どこか道を歩く人の姿が減ったような気がします。かわりに家の前の道路を、黒いターバンに長いあごひげのタリバン兵を乗せたトラックが、ひっきりなしに行ったり来たりします。カブールの外にいたタリバン兵が、市内に集まってきているのかもしれません。

変わらないのは、ずっと向こうに見えるヒンズークシの山々だけです。山頂だけがほんのり雪で白くなっています。その山のどこかに、カシムは仲間たちと一緒にかくれているのです。おそらく戦いの準備をしているはずです。そう考えると、カブールの町を守ってくれるのはヒンズークシの山々のような気がして、気持ちが落ちついてきます。

十月にはいってすぐ、バザールの店からもどったラマートが知らせてくれました。

「タリバン兵たちのトラックが、カブールの北に集まっている。もうすぐ戦いが始まるかもしれない」

ラマートによると、タリバン兵たちがカブールの北に陣地をつくりだしたのは、亡くなったマスード司令官の軍隊である北部同盟の攻撃に備えるためなのです。ラマートが興奮した口調で言います。

「アメリカ軍と北部同盟の間には、おたがいに協力しあうという約束ができている。つまりアメリカの爆撃機がカブール市内のタリバンの施設に爆弾を落とし、タリバンの力が弱まったところに、北部同盟の兵士たちが攻めこんでくる。カブールの北にはカブール空港があるだろう。そこを北部同盟の兵士に占領されると、空港につぎつぎとアメリカ軍の飛行機が着陸してくる。タリバンがおそれているのは、そこなんだ」

「たぶんね」

「北部同盟の中にはカシムがいるのでしょう？」

「そうすると、カシムはカブールの北のほうでタリバン兵と戦うの？」

「たぶん」

ラマートはうなずきます。やっぱり、心配なのはビビと同じなのです。

カブールへのアメリカ軍の爆撃が始まったのは、十月七日の夜でした。

ラマートはレザとアミン、ビビを階下の居間に呼びよせました。窓の外にはきれいな月が出ていましたが、どこからともなく飛行機の爆音が響いてきます。ロケット弾の音は小さいころ聞いたことがありますが、爆撃機の音と、落とされる爆弾の音は、それとはまったくちがうものでした。音は、頭の上で空をおおうように広がり、地面からも地響きのようにわきあがってきます。

「カブールの北に爆弾を落としている。ラマートが教えてくれます。まずは空港を守っているタリバン軍をやっつけるつもりだろう。そのあと、市内の軍事施設を襲うはずだ」

「お父さん、こんなに暗くても、タリバンの建物は見分けがつくの？」

アミンが心配そうに聞きます。

「見分けはつく。カブール市内には、アメリカ軍に協力するスパイが何人もいるはずだからね。それに爆撃機のレーダーは、夜でも見えるようになっている」

爆撃機の音は、しばらくすると消え、町は静まりかえります。遠くで消防車のサイレンが響いています。

「また来たぞ」

カーテンの隙間から外を見ていたラマートが言います。耳を澄ますと、確かに爆撃機の音です。それと同時に、窓の外が明るくなり、爆発音が届きます。

「第二波も、カブールの北のほうに爆弾を落としている。飛行場を破壊するつもりだ」

いくつもの爆発音は、十分以上も続いて静かになります。爆撃機は去ったようです。

それでも外は赤く輝いています。

「カブールの北の端が燃えている」

ラマートが指さす方向で、火の手があがっていました。もう消防車のサイレンも、救急車の音も聞こえません。

爆撃は北から南に少しずつ移動してくるのかもしれません。この近くに爆弾が落とされると、どこにも逃げ場がありません。

「今のうちに、バケツや大きな容器に水を入れておいたほうがいい」

ラマートがみんなに指示します。

風呂場の浴そうには水を張っていましたが、バケツの水は用意していません。水道の蛇口をひねると、幸い水が出ました。まだ断水にはなっていないようです。レザが家中から容器を集めて、台所に運んできます。それに水を入れる役目がビビで、アミンが台所の出入り口まで運びます。それをラマートが家のあちこちに置くのです。

そうしているうちに、また爆撃機の音がしはじめました。爆発音と共に地響きが伝わってきます。まっ暗な空は、不気味な音でおおいつくされています。

「お母さん、水の出が悪くなった」

ビビはレザを呼びます。断水のようです。爆弾が落とされて、水道管が破裂したのかもしれません。水道が使えなくなると、サファルが住んでいる小屋の横の井戸だけが頼りです。

「よかった、間にあって」

レザはラマートと顔を見合わせます。

「しばらく風呂もシャワーも中止だ」

爆撃機の音はいつの間にか聞こえなくなっていました。窓の外が明るいのは、町が燃えているからです。ときどき、ロケット弾が地面で破裂する音や、機関銃の音も聞こえてきます。タリバン兵と北部同盟の撃ち合いが始まったようです。

壁の時計を見ると、もう十一時を過ぎていました。でも夜が明けるまでまだ何時間もあります。夜の間に、アメリカの爆撃機はカブールの町を破壊してしまうつもりでしょうか。

「ちょっとサファルのようすを見てくる」

ラマートが家の外に走りでます。

「あなた、気をつけてよ」

レザが叫びます。

ラマートが出ていったあと、また爆撃機がやってきます。

「爆弾は少しずつ南のほうに落とされている」

レザが耳を澄ませます。

「お父さんとサファルはだいじょうぶかしら」

ビビは心配になります。

ラマートがもどってきたのは、爆発音がやんでからでした。

「サファルはだいじょうぶだ。井戸の具合も調べたけど、ちゃんと水は出る」

「よかった」

レザが胸をなでおろします。

「サファルにはおどろいたよ」

ラマートがあきれた顔をします。

「爆撃機が襲ってきたとき、小屋の横のザクロの木に登ってながめていたそうだ。カブールの上空をそのまま通過していった爆撃機も多かったらしい。マザーリシャリフやヘラート、カンダハールあたりに向かっているんじゃないかというんだ。これがアメリカの軍事力なんだろうな。夜のうちに、アフガニスタンの主な都市を徹底的にたたいておいて、夜が明けたら、すかさずパキスタンとの国境地帯を攻撃するつもりなんだ。アルカイダがひそんでいるのは国境の山岳地帯だというのは、アメリカ軍もわかっている」

ラマートの顔がランプの光に浮かびあがります。どんなときでもあわてないラマートの顔を見ると、ビビの気持ちも落ちつきます。

「しかし空爆だけでは、戦いには勝てない。最後はどうしても地上部隊が必要になる。そのときアメリカ軍が頼りにしているのが、北部同盟なんだ」

「だから心配なの」

レザが言います。

「地上部隊どうしの戦いになると、どうしても犠牲が出る。兵士たちも市民も」

ラマートが悲しそうな顔をします。

カシムが無事でいますように。ビビは心の中で祈りました。

爆撃機は何度も何度もカブールの上空にやってきて、爆弾を落としていきます。爆発音は少しずつ、ビビたちの家のある区域に近づいてきます。

真夜中を過ぎたころ、すぐ近くに爆弾が落ち、大きな地響きがしました。天井からぱらぱらと粉が降ってきます。

「いよいよ来るぞ。離れ離れにならないように、ここから出るんじゃない」

ラマートが叫びます。人の泣きさけぶ声が、暗やみを通して聞こえてきます。赤ん坊の泣き声もそれにまじっています。しかしその声は、次の爆発音でかきけされます。家が大きく揺れます。ビビは毛布にくるまります。レザもアミンも頭から毛布をかぶり、顔だけ出しています。ラマートだけが、窓の外をときどき見ては耳を澄ましているのです。

一瞬窓の外が赤くなり、大音響と共に家全体が揺れました。ビビはレザに身体をくっつけます。庭のどこかに爆弾が落ちたとしか思えません。

「真向かいの家がやられた」

ラマートが知らせます。

「どんどん燃えている」

道をへだてた向こうの家はお金持ちで、高い塀に囲まれています。子どもはいないので、ビビの家と行き来はないのですが、タリバンとは関係のないふつうの家です。

「二階を見てくる。三人ともここを動いてはいけない」

ラマートが言いのこして二階にかけあがります。その間にも、近くにいくつもの爆弾が落ちます。腹に響くような音がして、家が何度も揺れます。

「だいじょうぶ、だいじょうぶ」

レザがアミンとビビをしっかり抱きしめて、呪文のように言います。

十分ほどして、周囲が静かになりました。爆撃機は去ったようです。二階からラマートが降りてきました。肩で息をしています。

「窓ガラスが爆風で割れているが、幸い火の粉は飛んできていない。前の家は完全に崩れてしまっている。まともに爆弾をくらったようだ。あと二十メートルずれていたら、うちの敷地内だった」

「もう攻撃はないかしら」

レザが聞きます。

「いや、明け方まで爆弾を落としつづけるつもりだろう。タリバンの建物だけをねらうというのは、初めから無理だったんだ」

ラマートはビビの横にへたりこみます。外はふしぎなくらい静かです。窓の外がときどき明るくなるのは、近くの家が燃えているからでしょう。夜が明けてしまえば、カブールの町がどんなふうに変わっているのか、わかるはずです。

「まちがっている。何もかもまちがっている」

ラマートがつぶやきます。

アメリカ軍はタリバンをやっつけるといいながら、カブールの町を破壊しているのです。タリバンとは関係のない市民を殺しているのです。

「また来たぞ」

低い音が、まるで黒雲が空をおおうように大きくなってきます。ラマートはもう動きません。ビビとアミンを両手で抱きよせます。

爆弾が近くではじけます。攻撃場所は、本当に南のほうに移動しているのでしょうか。同じ場所に爆弾を落としているとしか思えません。

ビビは小屋に残っているサファルを心配します。ひとりで毛布にくるまっているのと、こうやって親子四人が身体を寄せあうのとでは、恐さがちがうはずです。

「やっぱり攻撃は南に移っている。このまま終わってくれればいいが」

「もう少しの辛抱だからね」

レザがアミンとビビをはげまします。

ビビは思います。もしこの家に爆弾が落ちても、四人が一緒に死ねるのです。家族がばらばらになるよりもずっといいはずです。

でもまたビビは反対のことも考えます。死んでしまえば、ロビーナの一万時間の法則を守って英語を勉強しているのが、とぎれてしまいます。それが残念です。大きくなったら、アフガニスタンのいろいろな地方だけでなく、アフガニスタン以外の国にも行ってみたいのです。このまま死にたくはありません。

ビビは耳をふさぎます。爆撃機の音も爆弾の音も聞きたくありません。それでも、地面の揺れは身体に伝わってきます。

ビビはもう何も考えていません。地揺れを感じながら、心の中は静かです。

——自分の命はアッラーの手の中にあって、他のだれの手の中にもない。

ラマートから教えられたことです。ここで死んだとしても、うまく生きのびられたとしても、それはアッラーが決めることなのです。

ビビは祈ります。もしこの爆撃で死なずにすんだら、一生懸命勉強して、アフガニスタンが平和な国になるように、働きます。どうか助けてください……。

ビビの願いが通じたのか、爆弾が落とされる音はやみ、またもとの静かなやみにもどります。

「もうだいじょうぶだろう」

ラマートが窓の外を見にいきます。そのとき、玄関で戸をたたく音がしました。

「だんなさま、みんな変わりはないですか？」

サファルの声です。

「二階の窓ガラスが割れる音がしたので、心配になりました」

「四人とも元気にしている」

ラマートが答えます。ビビはサファルが元気なのがうれしくなります。

その夜はさらに二回の爆撃がありましたが、どちらもビビの家からは遠いところに爆弾が落とされたようです。すべての攻撃が終わったのは午前三時過ぎでした。

ビビはいつの間にか眠っていました。毛布にくるまって死んだように眠りました。起こされたのは、外がすっかり明るくなってからです。ビビの毛布の横には、ラマートもアミンもいません。

「ビビ、起きた？」

レザがやさしく声をかけます。

「ファジルのお祈りは？」

ビビは聞きます。

「とっくに終わったよ。お父さんとアミンは外の被害を見にいった。カブールの町は半分がこわされた。うちは二階の窓ガラスが割れただけだから、アッラーに感謝しなくちゃね」

「ビビも見にいく」

「だめよ。お父さんが、ビビは外に出さないようにと言ってたわ」

「どうして？」

「子どもが見るものじゃないって」

「でもアミンは、お父さんと出ていったのでしょう？」

「アミンは男の子だから。ビビは、この窓から見るだけにしなさい」

ビビはそっと窓の外を見ます。町のようすがすっかり変わっていました。道の向こう側にあった大きな家は、あとかたもありません。高い塀の一部が残っているだけです。白い煙が立ちのぼっています。その両側の家も半分は崩れて、部屋の中が丸見えになっています。遠くのなだらかな丘にびっしりと建っていた家々も、棒で地面をつきさしたように、点々とつぶれています。まだ火の手があがっている建物も見えます。

ビビは二階にかけあがります。レザが下から注意します。

「二階は気をつけるのよ。まだガラスの破片が残っているかもしれないからね」

ビビの部屋の窓ガラスは、三分の一も残っていません。こげたにおいが、どこからか漂ってきます。

さっきから気になっていた向かいの家を見ると、塀の左端だけが残っていて、そこに何か引っかかっていました。ビビはあっと息を飲みます。一階の窓から見たときは何だかわからなかったのですが、今は見分けがつきます。片腕と胴体の半分です。爆弾で身体が吹きとばされたのです。ビビは気を静めながら、じっと見つめます。ラマートが外に出てはいけないと言ったのも、ビビにこんな風景を見せたくなかったからでしょう。サファルが庭に出て、飛ばされてきた木片やトタン板を片づけています。道向こうの塀に引っかかっている身体の一部には、まだ気づいていないようです。

ビビは静かに下に降りてレザに知らせます。

「お母さん、あれを見て。塀の上」

毛布をたたんでいたレザが窓の外をじっと見たあと、悲鳴をあげます。

「ビビ、見てはいけないよ」

ビビを窓から引きはなしますが、ビビはもうじっくり見てしまっていました。

ラマートとアミンがもどってきたのは、それから三十分ほどしてからでした。

「バザールだけは爆弾が落とされていない。しかしその周辺は、まともにたっている家はない」

「ぼくの学校にも爆弾が落ちていた。人間の手首や、ひざから下の足が校庭に散らばっていた」

アミンは青白い顔をして言います。ラマートも悲しげな顔で首をふります。

「カブールの町が元どおりになるまで、何年かかるか。とにかく、発電所が被害にあってないか見てくる」

ラマートはもうスクーターを玄関から出しはじめます。

「あなた、だいじょうぶ？」

「午前中は、爆撃はないはずだ」

ラマートが答えたときです。また飛行機の爆音が響いてきました。ラマートと一緒に庭に出て空を見あげます。すぐ真上に大きな飛行機の胴体が見えます。一機だけです。

「偵察機だろう。どのくらい破壊できたか、写真を撮っているんだ。やりのこしたところは、また夕方にでもやってきて、爆弾を落とすつもりなんだ」

ラマートは去っていく飛行機を見送ったあと、スクーターにまたがりました。

第18章　凧あげ

アメリカ軍の空爆はひと月続きました。タリバン政府がはいっていた建物は、ほとんどが爆弾で崩れました。タリバン兵がトラックに乗って町中を行き来する姿も、見かけなくなりました。同時に、カブールの町をすてて、田舎の村に逃げだす市民も増えました。市民が逃げるのを捕まえるタリバン兵が、いなくなったからです。空爆から生きのこったタリバン兵は、カブールを脱出して、南のカンダハールやヘルマンドに集結しているといううわさもたっていました。

カティブおじさんも、十月の末に家族を連れてチャリカールの近くに引っこしていきました。経営していた三軒のレストランのうち、二軒は空爆で焼けおちました。閉館していた映画館も、屋根が吹きとばされて使いものにならなくなったのです。自宅は、略奪にあわないように、出入り口や窓は板で打ちつけたそうです。おじさんは別れを告げにきたとき、悲しそうに言いました。

「泥棒がはいらなくても、爆弾が一発落ちれば、もうおしまいだ。ビビ、しばらく来られないけど、英語の勉強はやめてはいけないよ」

「はい」

ビビは答えました。ロビーナの一万時間の法則は、どんなことがあっても守るつもりです。

カティブおじさん一家が避難していくチャリカールは、タリバンの力がなくなり、北部同盟の手に落ちているそうです。

「もしかしたらカシムに会えるかもしれない」

おじさんはそう言って、ビビたちをひとりずつ抱きしめました。

カブール市民の半数が町を去ってしまうと、さすがに人通りが少なくなりました。窓からながめる景色も、すっかり変わりはてていました。通りの向こうの家は、残っていた塀も取りこわされて、レンガの山になっていました。あの日、住んでいた十二人のうち十人が亡くなりました。ふたりは重傷を負って病院に運ばれましたが、何日かあとに息を引きとったそうです。塀の上に洗濯物のように引っかかっていた身体の一部を、ビビは忘れることができません。

空爆が続いても、ラマートは毎日出かけていきました。出勤の前に発電所に行って、シャフトを回すのです。

「発電所はまだだいじょうぶだ。近くに爆弾が落ちたが、建物の壁が爆風ではがれただけだ。シャフトもちゃんと回る」

ラマートはうれしそうに言います。

「店にも客はちゃんと来てくれる。バザールの店も半分は開いているよ。カブールの町は死んではいない。これまでもカブールはいろんな苦難を乗りこえてきたんだ。ソ連軍の侵入、内戦、タリバンの支配、そして今度はアメリカ軍の空爆。今度もへこたれてはいけない」

最後までカブールに残ると心決めしたら、恐さもどこか減ったような気がします。家の二階の窓は、ラマートが板で打ちつけました。もう二階の部屋は使わずに、寝るのも四人一緒に階下の居間になりました。

水道はとまったままです。サファルの小屋のわきにある井戸からバケツで水を運ぶのも、アミンとビビの役目です。ときどき、サファルが運ぶのを手伝ってくれます。ある日サファルがそっと言いました。

「バーミヤンにいたタリバン兵は、もういなくなったそうだよ。そのかわり、北部同盟の兵士が村をパトロールしはじめたらしい。今にカブールにも北部同盟がやってくる。あと少しの辛抱だよ」

北部同盟にはカシムがいるはずです。ラマートもレザもアミンも、口には出しませんが、北部同盟がカブールにやってくるのを心待ちにしているのは確かです。

アメリカ軍の空爆も、タリバン兵をやっつけるためだと思えば、そんなに恐くありません。回数も減り、夜に爆撃機がやってくることはなくなりました。アメリカ軍は、残ったタリバンの建物を正確につかんでいるのでしょう。昼間、三、四機の編隊で飛んできて、爆弾を投下していきます。

「タリバン兵が殺されていた」

バザールの店から帰ってきたラマートがぽつりと言いました。

「市民のだれかが撃ったのだろう。ひげをはやしてはいるが、まだ十七か十八の若者だった。道ばたに放りだされて、だれも片づける者はいない。仲間のタリバン兵も、死人にはかまっていられないのさ。負けいくさになった地域では、北部同盟に投降しているタリバンの部隊も多いらしい。もともと金に目がくらんでタリバン兵になった若者もいるようだ。旗色が悪くなると、命が惜しくなるのだろう。イスラム教を守るといいながら、守っているのはお金だったんだよ」

このところザミラはビビの家に遊びに来ません。バザールに出かけるサファルによると、ザミラのお父さんのくつ屋はまだ開いているそうです。ザミラも家族と一緒にカブールに残っている、家もこわれてはいない、ビビによろしく、とお父さんはサファルに伝言してきました。

アメリカ軍の爆撃が始まってひと月以上たった十一月の中旬、カブールからタリバン兵は姿を消し、かわりに北部同盟のトラックが市内にはいってきました。

「もうだいじょうぶだ」

ラマートのひと言で、アミンとビビは家の門から外に出てみます。レザはまだ用心して家の中にとどまっています。

バザールに行く広い通りは人であふれていました。

「ばんざい、ばんざい」

男の人たちが叫んでいます。

「こんなに早くタリバンが逃げていくとは思わなかった」

興奮して言っている男の人は、もうターバンもかぶっていません。あごひげもそっています。

「お父さんも、明日あたりひげをそりにいこう。これじゃ床屋も大いそがしだろう」

ラマートが笑いながら自分のひげをなでます。

通りに人が出ていても、男の人ばかりです。ようやくブルカ姿の女の人に会えたのは、バザールの手前でした。女の人のふたり連れで、タリバンがいたころは、許されなかったことです。ふたりのうちのひとりが、ビビを見て笑いかけたように思えました。

天気のよい日、いつも道に絨毯を広げていた店は、閉まっていました。でも店は爆弾でやられてはいません。厳重に戸締まりがされているだけです。そこからはいった狭い通路の両側の家々も、人が住んでいる気配はありません。玄関は何枚もの板で打ちつけられています。

ビビがうれしかったのは、ラピスラズリの店が開いていたことです。あの美しい金と青の石は、ショーケースの中にちゃんとおさまっていました。ビビが立ちどまってながめていると、奥から店のおじさんが出てきました。

「ビビも元気だったかね」

主人はラマートにあいさつをしたあと、ビビに話しかけます。

「これで、女の子も学校に行けるようになるよ」

笑顔で言う店主は、ターバンはしているもののあごひげはそっていました。

通りにもどったとき、アミンが声をあげました。

「凧だよ。ふたつも」

指さす方向に、空高く赤と黄色の凧が舞っています。ラマートが見あげます。

「カブールの空に凧か。何年ぶりだろう」

凧は風に押しあげられて、どんどん高くなっていきます。あげているのはだれでしょう。いくらタリバン兵がいなくなったといっても、すぐに凧を作れるものではありません。この日が来るのを待って、凧をかくしていたのかもしれません。それにしても、今日凧をあげる勇気には感心します。

「お父さん、ぼくも凧を作っていい?」

「ああ、いいとも。帰ったら作ろう」

「凧にカシム兄さんが気づいてくれるかもしれない。兄さんが好きな青い色の凧にするんだ」

家に爆弾が落ちないですみ、四人とも元気にしています。あとはカシムが帰ってくれば全員がそろうのです。

バザールの中心部に近づくと、音楽が聞こえてきました。音楽を耳にするのは、本当に久しぶりです。

もうすぐ春がやってくる
春が来たら、ふたりで野原に出かけよう
野原の真ん中で　手に手をとって踊ろう
踊りに合わせて　足元の花も揺れる
頭を揺らして　ふたりは歌う
春の歌を

歌は男の声でダリ語です。

音楽は、バザールの中にある大通りから聞こえてきています。ものすごい人だかりです。人だかりの中央で、男の人たちが踊っています。三、四十人はいるでしょう。両手をあげ、足でリズムをとり、手をたたき、人の輪を広げたり、せばめたりしています。どの顔も笑っています。輪の外では、お互いカミソリを持って、あごひげをそりあっている男の人もいます。それでも、女の人の姿はありません。いえ、ありました。店の二階の板で打ちつけた窓から、ブルカ姿の女性がこちらをながめています。音楽に合わせて身体を動かしています。本当なら、ブルカを脱いで、踊りに加わりたいのでしょう。

踊りながら、男の人がターバンをほどきはじめます。別のひとりがターバンをたぐるのです。ターバンがはずれてしまうと、その男の人は両手をつきあげました。そして叫びます。

「この日を五年待ったのだ。その五年の間に、弟ふたりをタリバンに殺された。ちくしょう」

今まで笑っていた顔が泣き顔に変わります。そばにいた男の人がなぐさめ、手をとって再び踊りだします。

あれから四年半たったのだと、ビビは思います。タリバンがカブールを占領した半年後に、ロビーナはタリバン兵に射殺されたのです。ロビーナが生きていれば、この日をどんなに喜んだでしょう。

ダリ語の歌はまだ続いています。

夏が来たら、ふたりで川に出かけよう
川の中で 手に手をとって踊ろう
踊りに合わせて 川の中の魚もはねる
足をはねながら ふたりは歌う
夏の歌を

翌日、アミンはラマートに手伝ってもらって、凧を作りはじめました。木の棒で骨組を作って、紙をはりあわせ、色をぬって文字を書きます。文字はコーランの言葉を書きつけることも多いのですが、アミンはダリ語で〈ソルハ（平和）〉と書きました。今回は糸の切り合いはしないので、糸にガラスのかけらをのりづけする必要もありません。アミンはできあがった凧を枕元に置いて寝ました。凧あげをするのは、ラマートが休みになる金曜日です。

その日は冷たい風が吹いていましたが、空は青く晴れあがっていました。
庭には、レザも出てきていました。ブルカを脱いで、かわりにスカーフをかぶっています。ラマートが凧を持ち、アミンが糸を持って庭の中の一番風が当たるところに立ちます。

門の外をほうきではいていたサファルも、心配そうに庭をのぞきこみます。本当なら、凧あげは公園の原っぱでしたほうが、風に乗りやすいのです。

庭だと風が舞ったり、とだえたりして、アミンとラマートは何度か失敗します。あがったかと思った凧が、くるくると回って、逆さまになって地面に落ちます。それでもふたりはあきらめません。レザは日だまりにいすを出して座ります。手には刺繡の道具を持っています。凧あげをときどき見やりながら、刺繡を続けるつもりなのです。ビビはその横に立って、アミンとラマートを応援します。

ひとしきり風が強くなったのを見はからって、ラマートが凧を手から離します。アミンが糸を引くと、凧はすっと五、六メートルの高さに浮かびあがります。ラマートがアミンの手助けをして、糸をゆるめたり引いたりします。凧はずんずん上昇していきます。二十メートルか三十メートルの高さでしょうか。もう凧に書かれた文字は見えず、青い色が見えるだけです。アミンが叫びます。

「あがった、あがった。ぼくの凧だ」

凧は十分に高くあがっていて、もうラマートが手伝わなくても大丈夫です。ラマートはアミンの横で腕組みをして、空を見あげています。レザが笑いかけます。

「ビビ、よかったね。男は大人になっても、凧あげのときは子どもにもどるのよ」

ビビもうなずきます。ラマートとアミンは親子ではなく、まるで兄弟のような笑顔になっています。

「だんなさま」

そのときです。サファルがほうきを持ったまま、門からかけこんできました。

「帰ってきました。まちがいないです」

「だれが？」

ラマートが聞きましたが、レザはもう立ちあがります。

「カシムが？」

「そうです、そうです。道の向こうからこっちに向かっています」

「わあ」

ビビは叫んでかけだします。レザとラマートもあとに続きます。

門の外に出ると、確かに道の向こうから、男性がひとりこちらに向かって歩いてきています。見たことのない帽子をかぶり、肩に袋をぶらさげています。陰になって顔はよく見えませんが、胸を張って歩くかっこうはカシムにまちがいありません。

「カシム兄さん」

アミンが走ります。

「帰ってきたわ」

レザが泣きだします。

「ほら言ったとおりだろう」

ラマートがカシムに片手をあげます。

カシムも右手をあげました。二年前よりも背が高くなり、身体つきも大きくなっているとビビは思います。

顔が見分けられるようになると、カシムは走りよってラマートとしっかり抱きあいました。

「もっと早く帰ってきたかったけど、すみません」

「よかった、よかった」

ラマートが肩をたたきます。

カシムはレザとも抱きあいます。

「けがはしていないかい？」

レザは涙をふきながら聞きます。

「ちょっとしたかすり傷だけ。あと三センチずれていたら、命がなかったけど」

カシムは首筋にある傷跡を見せます。ミミズのように、皮膚が赤くふくれあがっていました。

「しかしビビは、二年の間に背がのびたな」

カシムがビビのそばに寄って背の高さを比べます。二年前はカシムの胸の高さしかなかったのですが、今は肩の高さに近づいています。

「どうだい、英語の勉強も続けているかい？」

「うん」

「カティブおじさんも来てくれているんだね」

「ずっと来てくれた。でも今はカブールにいない。チャリカール近くに出ていったの」

「カブールから脱出してくる市民で、道はいっぱいだった。カティブおじさんもあの中にいたんだな。もうこれからは心配ない。ビビのような女の子も、学校に行けるようになる。そこで思いきり勉強ができるさ。それが北部同盟の方針だからね」

「カシム、また軍隊にもどるのかい？」

レザが心配そうに聞きます。

「もうもどらなくていいんだ」

カシムはラマートとレザの顔をまっすぐ見つめます。

「来年の四月から、カブール大学で勉強する。法律を勉強するか、経済学を勉強するか、まだ決めていないけど」

「そうか」

ラマートがほっとしたように言います。

「お父さんとお母さんも一生懸命応援する」

「ありがとう」

カシムは門の中にはいり、家のまわりを懐かしそうに見渡します。庭のすみで、サファルが凧の糸を引いていました。

「あの青い凧、やっぱりうちの庭であげていたんだ」

カシムがうっとり空を見あげます。

「アミンが作ろうと言いだしてね。青い凧をあげれば、カシムが気がついて、家に帰ってくると言ったんだよ」

「アミン、よく作れたな」

カシムがアミンの肩に手をやります。

「カブールの町で凧があげられるようになったんだ」

カシムはにこにこしているサファルのそばに寄ります。

「サファル、ぼくが留守をしている間も家を守ってくれてありがとう」

「坊っちゃま、お帰りなさい」

サファルが顔をくしゃくしゃにして糸をさしだします。

カシムが糸を受けとり、風の勢いを確かめるように何度かしごきます。青い凧は左右に揺れて、高度を増します。

「アミン、凧には何か文字を書いたかい？」

「書いたよ、〈ソルハ〉」

「〈ソルハ〉か」

カシムはまぶしげに空に顔を向けます。

「アフガニスタンに、本当の平和がやってくるといいね」

カシムが頭をめぐらせてラマートとレザを見ます。

「やってくるとも。必ず」

ラマートがうなずきました。

年が明けて二〇〇二年の一月から、アミンの学校が再開されました。女の子のための学校が、焼けのこった建物の中で始まったのは、四月の新学期からです。ビビとザミラはその学級で一緒になりました。

タリバンがアフガニスタンを支配するようになったとき、ビビは九歳でした。小学校の三年生だったのです。それが今は十五歳、本当なら中学三年生になっているはずです。ところが、女の子の学校が六年間も閉鎖されていたために、ビビたちは小学校高学年のクラスに入れられました。勉強の進み具合で、一学期に一学年ずつ進級できるようになっていました。

ビビが最もうれしかったのは、バラ先生にまた会えたことです。以前のように背が高くてきれいでした。バラ先生はビビやザミラの名前を覚えてくれていて、ほおずりをしてくれました。

「初めて会ったときはピカピカの一年生だったけど、本当に大きくなったわね」

目を見開いてビビをしっかり見つめます。

「ロビーナのこと、聞いたわ。ビビ、よくここまで耐えてきたわね」

そんなふうになぐさめられると、ビビも胸の中が熱くなります。

「バラ先生、先生が最後の授業のときに教えてくれたかけ算、ビビはちゃんと覚えました」

「本当に？」

「35 × 35 = 1225、44 × 46 = 2024、83 × 87 = 7221」

「すごい、すごい」

バラ先生は手をたたきます。

半年後にビビとザミラは中学一年生になりました。

ビビが得意なのは英語で、先生もおどろくほどでした。ロビーナの一万時間の法則は、これからも実行していくつもりです。そして高校生になったら、カティブおじさんが言っていたように、英語で日記をつけてみることにしています。

ダリ語はずっと日記をつけていたおかげで、もう読むのも書くのも平気になっていました。

アラビア語も続けています。おもしろいのは、暗殺されたマスード司令官にならって、カシムがアラビア語に力を入れはじめたことです。フランス語も新しく勉強しているようです。

そのカシムも、四月に無事にカブール大学に入学していました。法律を勉強して、検事か裁判官になるそうです。

アミンは、ラマートが卒業したカブール技術学校の土木科に進学しました。ラマートのような技術者になって、橋や道路をつくるのが夢です。

カティブおじさんの一家は、前の年の暮れにカブールにもどってきました。ビビの学校が始まってからは、もう週一回でなく、月一回やってきて、いろいろなことをビビに教えてくれます。ビビが楽しみにしているのは、カティブおじさんが持ってくる英語で書かれた週刊誌です。本文をカティブおじさんが読んで聞かせ、内容をダリ語で言ってくれます。

ビビがやらなければならないのは、写真の下に書かれている短い文章の訳です。単語がわからないときは、ロビーナが使っていた形見の辞書を引きます。一度引いた単語に印をつけているので、印がどんどん増えていくのが楽しみです。訳がまちがっていたら、カティブおじさんが直してくれます。

ザミラも、学校が休みのときは家に遊びにきてくれます。もうレザの手を借りなくても、ふたりとも刺繍ができるようになりました。パッチワークのほうは、まだまだレザから教えてもらうことがたくさんあります。

サファルは、年齢よりはずっと元気です。ひとりでではなく、レザと一緒にバザールに買い物に出かけるようになりました。レザもブルカはもう押し入れにしまってしまい、外出のときもスカーフだけです。自由に町の中を歩くのを楽しんでいます。

そしてラマートが十年以上守りつづけた発電所は、この六月にやっと動きだしました。わずか半年間で修理ができたのも、ラマートが毎日シャフトを回していたからです。発電所の大事な部品は、庭にかくしていたので、新しく買わずにすんだのです。費用は全部で二百万ドル（二億円）ですんだそうです。もしラマートがシャフトを回していなかったら、修理には一年半かかり、費用も三十五倍の七千万ドル（七十億円）かかっていただろうといわれています。

ラマートは雨の日も凧の日も雪の日も、そして爆撃があった日も、欠かさず発電所に行きつづけました。そんなラマートを、だれもがほめたたえています。新聞にものりました。今はラマートもその発電所勤めにもどりました。カブールの町に電気が行きわたるようになり、バザールに開いていた発電機の店は閉じました。

ビビが気になっていたのは、ラマートの友人で博物館に勤めていた人たちのことです。戦いが続いている間、博物館の中にあった宝物をどこか安全な場所に保管していたはずです。

「今は、無事に博物館にもどっている。特に貴重だったのは、コーランの古い写本だった。世界にたった一冊しか存在しないものばかりなんだ。新しい博物館が開館したら、みんなで見にいこう。友だちがくわしく説明してくれるよ」

ラマートが言います。ビビは通りの並木道を、家族五人で歩いていく光景を思いうかべます。こうして、ようやく平和が近づいてきたことを実感するのです。

あとがき

ぼくが住む福岡県の南部に、うきは市があります。筑後川と耳納連山にはさまれたその地域は、フルーツの里として有名です。そこでフルーツ狩りを楽しむようになって、十年にはなるでしょうか。なしやぶどう、柿、桃やりんご、みかんと、時期によって、いろんな果物を自分の手でもいで食べたり、持ちかえったりすることができます。行きつけの農園は決まっていて、もう顔なじみです。年によっては、園芸科の高校生が実習生として働く姿も見られました。

ところがその年に限って、外国人の若い女性が、作業服に身を包んで働いていたのです。年齢は二十歳を少し超えたくらいでしょうか。そんなに大柄ではなく、少し緑色がかった瞳をもつ笑顔の美しい人でした。片言の日本語もしゃべれましたが、幸い英語ができたので、少しこみいった話も聞けたのです。出身はどこかとたずねたとき、返ってきた言葉に、ぼくは自分の耳を疑いました。アフガニスタンのカブールでした。カブール大学の農学部の二年生で、名前はライラ・ハミディといいました。一年間休学して、日本に農業研修に来ていました。

物語を書きすすめている間は、ぼくはずっとライラのことを考えていました。この物語は二〇〇二年、タリバンがカブールからいなくなったところで終わっています。ビビがようやく十五歳になったころです。今ごろビビは、二十二歳か二十三歳になっているはずです。そうです。ビビはライラとさして変わらない年齢です。

そう考えると、ビビのその後の人生はライラの人生と重なってきます。ライラは、二〇〇五年にカブール大学に入学しています。タリバン政権下のカブールでは、一九九六年から二〇〇一年までの六年間、女性の教育は禁止されていました。ビビが九歳から十四歳までのときで、日本でいえば小学校高学年から中学生にあたります。勉強するにはとっても大切な時期です。もしライラがビビとちがって、まったく勉強の機会を奪われていたとしたら、十八歳か十九歳になったとき、カブール大学に入学できるような学力はなかったはずです。ライラに確かめたところ、やはりビビと同じように、ライラもひそかに家の中で勉強をしていたそうです。

研修先にどうして日本を選んだのか、ライラにたずねたことがあります。何と、親せきに現在のアフガニスタン政府に勤める人がいて、その人が日本に短期間来たことがあるのだそうです。おそらく政府の高官であり、アフガニスタンの外務大臣が来日の折、随行したのでしょう。そのときの土産が、小さな鉢植えのりんごの木だったそうです。二十センチくらいの小さな木なのに樹齢は二十五年、小さなりんごの実が二個実っていたといいます。ぼくは、はたんとひざを打ちました。盆栽です。

「こんな盆栽をひと鉢窓際に置いておくだけで、家の中が明るくなる。外では土ぼこりが舞い、銃声が聞こえていてもな」

その親せきの人は日本をうらやましがることしきりだったそうです。

「日本ではアフガニスタンのように右手の指を使って食べるのではなく、二本の棒で食事をし、生の魚を好んで食べる」

その人はライラに話してきかせました。

それまでライラは、日本という国がアジアの東の端にあって、四方を海に囲まれていることくらいしか知識がなかったといいます。行ってみたい、という気持ちがわいたのはそれからです。翌年、大学の掲示板に、日本での研修受け入れの募集が張りだされました。ライラはこれだととびあがりました。募集は、工場研修とコンピューター部門、農業部門の三部門に分かれ、それぞれ定員は五人ずつです。多くの申しこみの中から、農業研修五人のうちただひとり、女性として選ばれたのがライラでした。成績が抜群によかったのでしょうが、ライラはおじさんの友人のおかげだと、謙遜していました。

日本に来て、農業部門のどこを希望するかと聞かれて、リストの中から選んだのが福岡県のうきは市だったのです。決め手になったのは、うきは市がザクロの栽培を始めたとリストに書いてあったからです。アフガニスタンは、国が戦争で踏みにじられる以前は、フルーツの国でした。メロンやスイカ、アンズやアーモンド、クルミにりんご、桑の実。特にぶどうは、蜂がとまるほど糖度の高いものが実っていたといいます。干しぶどうは、世界有数の輸出国だったのです。しかし国内のぶどう畑は、ソ連軍の侵攻とそれに続く内戦、タリバンによるハザラ人農民が所有するぶどう畑の焼き打ちなどで、ほとんど全滅してしまいました。

しかし何といってもアフガニスタンの特産物は、ザクロでした。みなさんはザクロを知っていますか。日本の果物屋さんではあまり売られていないので、見たことも食べたこともない人がいるかもしれません。植物図鑑をもっていたら開いてみましょう。ぼくの家の庭の片すみにも、ザクロの木があります。秋にはあまりに高いところに実をつけるので、柄が三メートルもある長いせんてい鋏(ばさみ)を使って収穫します。毎年十個も実ればいいほうです。外皮が硬いのでナイフで半分に割ると、中にはピンク色をした小さな粒がびっしりとつまっています。粒の中に種があるので、その周囲の甘いところの汁を吸うのです。大きさは、せいぜいこぶしくらいでしょうか。

ところがライラによると、アフガニスタンのザクロは赤ん坊の頭くらいの大きさで、中はもっと赤いそうです。外皮も硬くなくて、人に投げつけるとぐしゃりと砕け、シャツがまっ赤になるほどみずみずしいそうです。

うきは市で栽培しはじめたのも、そうした改良品種のザクロで、アフガニスタンのものに似ているとのことでした。

ライラの夢は、アフガニスタンを、このザクロの木で緑にすること、昔のように、外国にどんどん輸出できるようにすることなのです。昔は果樹園だけでなく、庭の塀の周囲にもザクロが植えられていたといいます。街路の並木もザクロで、子どもたちは木に登り、枝に腰かけてザクロを食べていたそうです。

みなさんも興味があると思いますが、ライラに日本の印象を聞いたことがあります。第一は、どこにも砲弾や爆弾の跡がなく、道路に穴もあいていないこと。第二に、山が緑におおわれ、どこに行っても清らかな流れがあること、と答えてくれました。アフガニスタンの山は、ほとんど岩がむきだしですから、日本の草や樹木におおわれた山肌は、おどろきだったようです。

それからもうひとつ、ライラはうきは市の小学校に二度招かれて、アフガニスタンについて生徒たちに話をする機会があったそうです。英語でしゃべるのを、英語の得意な先生が通訳してくれたといいます。ライラがおどろいたのは、校舎が立派で、いくつもの教室、体育館、プール、広い校庭までそろっていることでした。ビビの物語にもあるように、アフガニスタンの学校は戦いでほとんど破壊されました。タリバンが去って急ごしらえされた学校も、テントの屋根だったり、仕切りがなかったりするのです。ライラの目には、日本の小学校が宮殿のように見えたようです。

日本の印象として、ぼくがどうしてもライラに聞いてみたかったのは、海を見たときの感想でした。アフガニスタンには海がなく、ライラも海といえば、写真と映画くらいでしか見たことがなかったといいます。

「青い海と白い波。なぎさに打ちよせる波を見て、波の音を聞いたとき、涙が出ました。海を見られただけでも日本に来たかいがあったと思いました」

そう答えるライラの目には、うっすらと涙がたまっていました。

ライラは二〇〇九年の三月、日本での一年間の研修を無事に終えて、カブールに帰りました。カブール大学で勉強を続けるかたわら、アフガニスタンでもザクロ以外に、桃やりんご、柿にぶどう、なしの果樹園ができないか、調査研究も進めるそうです。

みなさんは、ビビの父親ラマートが言っていたことを覚えていますか。

「ビビ、勉強することで、ビビは望むものになれる。男か女かは関係ない。ビビが大人になったとき、アフガニスタンが必ずビビを必要とする」

ライラもきっとこの道を進んでくれるはずです。

ビビの物語を読んで、みなさんがアフガニスタンのことをもっと知りたいと思ったら、ぼくがこの本を書いた目的の大部分はかなえられたことになります。

アフガニスタンに関する本はたくさんありますが、まずおすすめするのは写真集です。アフガニスタンに暮らす人々の生活をじかに知ることができるからです。ぼくはその中でも、写真家の長倉洋海（ながくらひろみ）さんの本を推薦します。ページをめくっていくうちに、ビビやカシム、アミン、ザミラなどの子どもたちや、ロビーナ、ラマート、レザ、カティブ、そしてサファルやヤーナの顔、もしかしたらマスード司令官の姿も確かめることができるかもしれません。

二〇一〇年三月

帚木蓬生

アフガニスタンという国

みなさんは、アフガニスタンについては耳にしたことがありますね。毎日のようにテレビや新聞が話題にします。でもたぶん、くわしいことは知らないはずです。大人も同じです。ためしに、お父さんかお母さんに聞いてみてごらんなさい。困った顔をするのではないでしょうか。中には、アフガニスタンなど、よその国について知って、何になるか、と怒る親もいるかもしれません。関心をもたないまま、勉強もせずに大人になった人は多いものです。ぼくは無関心と無知は大きな罪だと考えています。その理由は、これから先を読みすすめていくうちに、わかるでしょう。

手元にある世界地図を広げてみましょう。アジアとヨーロッパにはさまれた広い地域は、中近東と呼ばれています。アフガニスタンはそこにあります。国の東側と南側はパキスタンと接し、西側にイランとトルクメニスタンがあります。北側では、ウズベキスタンとタジキスタンと国境を接しています。日本が四方を海に囲まれているのとは正反対で、海がなく、四方は陸続きで外国なのです。

国の広さは六十五万平方キロメートルで、フランスより少し広く、日本の一・七倍です。国の北東部に、七千メートル級の山々をいだくヒンズークシ山脈がそびえ、国の九〇パーセント近くが山岳か高原になっています。十二月から三月までが雨期とされていますが、年間の降雨量は日本の十分の一しかありません。このヒンズークシの峰々（みねみね）から流れでる雪解け水は、四本の川に分かれて（西へ流れるアムダリア川とハリルド川、南へ流れるヘルマンド川、東へ流れてインダス川に注ぐカブール川）、国にわずかながらも水の恵みをもたらすのです。

人口は、戦火を逃れてパキスタンで暮らす人々（難民）がいるため、正確な数字はわかりません。日本の四分の一の三千万人くらいと考えていいでしょう。宗教はイスラム教、公用語はダリ語とパシュトゥ語です。ダリ語はやや古い形のペルシャ語で、隣国のイランでも話されています。パシュトゥ語は、この国で大きな割合を占めるパシュトゥン民族の言葉です。

日本も、北海道に住むアイヌ民族を迫害しつづけた歴史をもっていますが、この物語にもあったように、民族間のいがみ合いは大きな問題です。アフガニスタンには大きく分けて四つの民族があり、四五パーセントを占めるのがパシュトゥン人で、主に南部に住んでいます。北部に住むのがタジク人で二五パーセントを占めます。パシュトゥン人もタジク人もイラン系です。これに対して、日本人と同じモンゴル系なのがハザラ人で一〇パーセント強を占め、長い迫害の結果、国の中央部に移りすむようになりました。一〇パーセント弱を占めるのがトルコ系のウズベク人で、国の最北部を主な居住地にしています。

アフガニスタンの首都はカブールで、人口は三百万人です。標高千八百メートルの高所にあるため、冬には雪が降りつもります。この首都には主にタジク人、ハザラ人、パシュトゥン人が住んでいますが、ビビの物語にもあったように、差別をされて貧しい生活をしているのがハザラ人です。

一、アフガニスタンの歴史

ここでアフガニスタンの歴史を簡単にたどってみましょう。物語の主人公ビビが生まれたのは一九八七年で、ちょうどこの年、アフガニスタン共和国が成立しました。物語が終わるのは二〇〇二年、ビビが十五歳のときです。このビビの生きた十五年の間、物語からもわかるように、アフガニスタンはずっと戦争続きでした。首都カブールでも、銃声やロケット弾の音が絶えなかったのです。日本にいるぼくたちからは想像もつかないことです。どうしてそういう国になってしまったかを理解するには、アフガニスタンの歴史をたどらなければなりません。

アフガニスタンは昔から東と西、南と北を結ぶ交通の要所でした。中国でできた絹を東から西へ運ぶ隊商と、古代ローマで作られたガラス製品を運ぶラクダが行きかったのがこの地です。古代ギリシャの写実的な美術様式が、しなやかな輪郭をもつインドの彫刻技術と融合したのもここです。インドで起こった仏教も、アフガニスタンの中央高原の麓で花開きました。この物語に出てくるバーミヤンの石仏こそは、その名残です。そこから世界宗教となって東方に広がり、最後に日本にも伝えられたのです。

しかし七世紀になって、アフガニスタン地方にイスラム帝国のアラブ人が住みはじめ、イスラム文化圏にはいります。それ以後は、十三世紀にチンギス・ハンによって都市が破壊された百年間をのぞけば、イスラム文化が栄えつづけます。そしてついに一七四七年、アフガニスタンが建国されます。

その後、さまざまな王さまが出ては王座につく内紛がくりかえされました。十九世紀にはいると、この地域を支配しようとしたイギリスとの間で戦争が起こりました。やっとアフガニスタンの独立が国際的に認められたのが一九一九年でした。日本とアフガニスタンの修好条約が結ばれたのは一九三〇年で、三年後にはお互いに公使を派遣しあうようになります。この年ムハンマド・ザーヒル・シャーが王位につき、その後四十年間にわたる治世が始まります。アフガニスタンが比較的平和だったのはこのころで、一九六四年には王制憲法が制定されました。

ところが一九七三年、ザーヒル・シャー国王が外国を訪問中に、王族のひとりダウード・カーンが反乱を起こして国王を追放しました。ここから、アフガニスタンの不幸な現代史が始まるのです。国王が治める君主制から、国民が指導者を選ぶ共和制に移ったのもつかの間、一九七八年には、ソ連に親近感をいだく軍部が、政府をひっくり返して新たな政権を樹立します。当時は、ソ連を中心とする世界と、欧米を中心とする世界が対立していた時代でした。ソ連は自分たちの息のかかった国々を拡げようとし、欧米諸国はそれをはばもうとしていたのです。ですから、このころ、アフガニスタンがどうなるのか、世界中の目が見守っていました。

ソ連の支配下にはいるのをきらった多くのアフガニスタンの人々は、各地で反対の声をあげました。いわゆる民衆蜂起です。これに危機感をもったソ連は、現政権を支えるために、アフガニスタンに軍を送りこみます。これが歴史に深く刻まれるソ連のアフガニスタン侵攻で、一九七九年十二月二十七日のことです。

まずアフガニスタン国境に近い五つのソ連軍基地から、空挺部隊がカブール空港とバグラム空軍基地に送りこまれました。同時に国境の三ヶ所から戦車を中心とする地上部隊がアフガニスタンに侵入し、またたく間に国内を制圧したのです。当然、欧米を中心とした西側諸国は、非難の声をソ連にあびせました。一九八〇年開催のモスクワオリンピックは、抗議のため、日本を含め多くの西側諸国が参加を取りやめました。

ソ連は、自分の言いなりになる政権をつくりました。しかし多くの国民は納得せず、反政府軍に加わるか、国外に逃れました。十年後にソ連軍が撤退するまでに、五百万人が国外に出たといわれています。他国に亡命した人もいましたが、大部分は難民になりました。国境に近いパキスタン領土内にとどまり、テント生活を始めます。反政府軍に加わって戦う国民もいて、各地でゲリラ戦術を展開します。少人数で、敵に不意討ちを加える攻撃法です。ソ連軍は奇襲されないように、都市の並木を全部切りたおしてしまいました。ゲリラがひそんでいるとみると、ソ連軍は小さな村まで昼も夜もなく急降下爆撃をしたのです。生きている人間を山積みにして、石油をまき火をつけたりもしました。

こうしたソ連軍の残虐行為に対して、アフガニスタン各地でいくつものゲリラ組織が結成されました。加わった兵士たちはムジャヒディン（聖なる戦士）と呼ばれました。イスラムの教えに従って、国を敵の侵入から守る兵士という意味です。しかしソ連軍が最新の兵器をもつのに対し、ゲリラ側は旧式の武器しかありません。十年間の戦いで、アフガニスタン人百五十万が戦火の犠牲になったといわれています。こうした中、ソ連のやり方に反発をもつ西側諸国は、ゲリラ組織に、多量の最新兵器と爆薬を供給するようになります。戦いはいよいよ激しさを増し、アフガニスタン全土が破壊されていくのです。

ソ連軍に分が悪くなったのは、アメリカがゲリラ組織にスティンガーミサイルを手渡してからです。重さ十五キロ、長さ一・五メートルで、肩に背負って発射できます。しかも、ミサイルは熱源を標的として飛んでいくので、空をパトロールするヘリコプターを百発百中で撃ちおとせます。ソ連軍は制空権を失い、窮地に立たされるようになります。軍事介入路線を変更し、アフガニスタンに自分たちの道を歩ませようとします。この結果ようやく成立したのが、一九八七年のアフガニスタン共和国です。物語の主人公ビビの生まれた半年後のことです。翌一九八八年にジュネーブ和平協定が結ばれ、一九八九年二月、ソ連軍は完全に撤退しました。ソ連軍は、この十年間に三万人の兵士の命を失ったといわれています。

ところが、これで平和が訪れたのではなかったのです。むしろ反対でした。アフガニスタンは、主として四つの民族から成っていると前に言いましたが、それぞれが反ソ連のゲリラ組織をもっていました。このときアメリカは、ムジャヒディンへの軍事援助はやめていたのですが、七つの主要なゲリラ組織は、対ソ連時代に供給された強力な武器を所有していました。

兵器や武器があるところ、必ず内輪もめが起こります。今度は、ようやく成立したばかりのアフガニスタン政府と、ゲリラ勢力の間で争いが起こったのです。いわゆる内戦です。不幸なことに、この時期、国際社会はアフガニスタンに無関心でした。ソ連軍が撤退したので安心し、関心を失ったところに、中国では天安門事件（一九八九年六月）、イラクによるクウェート占領（一九九〇年八月）、湾岸戦争（一九九一年一月）などがつぎつぎ起こります。国際社会は、危機に瀕しているアフガニスタンの存在を忘れてしまったのです。

内戦は続き、市民の犠牲も五十万人にのぼり、カブール市内だけでも五万人の死者が出ました。物語の主人公ビビが四、五歳のころです。ゲリラ勢力の前に政府が崩壊し、ゲリラであるムジャヒディン・グループ間で、一応の和平が成立したのが一九九三年です。しかし本当に肩を組んで再出発したのではなく、すぐに勢力争いが生じました。カブール市内も、各グループが分割して占拠するといった事態になってしまったのです。再び銃声が響き、砲弾が飛びかう中、カブール市民はびくびくしながら生活をしなければなりません。物語の主人公ビビが通っていた学校が、ロケット弾を受けて、こっぱみじんになりました。このころの出来事です。

二、タリバンについて

そうした内紛が続いている間に、力を蓄えて、突然表舞台に登場したのがタリバンです。〈タリバン〉という呼び名は、イスラム教の神学校で学ぶ人々をさす〈ターリブ〉から来ています。アラビア語で〈学生たち〉という意味です。アフガニスタンからパキスタンに逃れ、国境に住みついた難民集団の中には、三百以上の神学校があったといいます。ここで力をもったのが宗教指導者ムッラーたちです。ムッラーはもともとイスラム教に関する法学者の敬称です。しかしタリバンが登場するまで、ムッラーの存在は大きくなく、どこか世捨て人のような生活をしていました。コーランのすばらしさを説く人くらいの、日陰の存在だったのです。

しかし難民収容所では、このムッラーが大きな力をもつようになりました。

少人数の神学校をつくり、収容所で育った子どもたちを教えはじめます。教育といっても、単にコーランを朗唱するのみです。コーランの背景にあるイスラム文化やアラビアの歴史、科学技術や芸術などは、ムッラー自身も知りません。そのため子どもたちへの教育は、非常にかたよったものになりました。イスラム教でも、自分たちとは異なる派の人々とは一切妥協しないという、過激で熱狂的な側面だけが強調されました。タリバンを形成する主な人員は、このような難民出身のパシュトゥン人の若者です。これに、パキスタン国内に潜伏していた元ムジャヒディン、パキスタン軍兵士、それに他のイスラム教国からかけつけたアラブ人の若者も加わって、勢力をのばしていったのです。

タリバンの勢いはすさまじく、アフガニスタンの都市をつぎつぎと占拠していき、一九九六年にはとうとうカブールを占領してしまいます。ビビの物語にもあるように、初めカブールの市民は、タリバンのカブール市内入城に拍手を送りました。これで長年続いた内戦が終わり、平和を手にしたと思ったからです。しかしやがて、それが大きなまちがいだったことに気がつきます。タリバンが押しつけるイスラム教は、自分たちが教えられたイスラム教とはちがう、かつて見たこともないイスラム教だったのです。

カブール占領後、タリバンはすぐに布告を出しました。男性市民には、四十五日の間にあごひげをのばさせます。女性には、頭からすっぽりかぶって顔を見せないブルカの着用を命じました。女性が外出するときには、親族の男性と一緒でなければなりません。一方で、元大統領のナジブッラーとその弟を殺害して道路わきにつるし、敵対していた政府要人たちをサッカー場で公開処刑します。こうしてタリバンによる恐怖政治が始まったのです。物語の主人公ビビにつぎつぎと襲いかかる悲しみも、ここに端を発しています。しかしこのタリバン政権を承認する国もありました。東隣のパキスタン、サウジアラビア、アラブ首長国連邦です。

三、アルカイダについて

ここでみなさんは、タリバンと深いつながりのあるアルカイダという国際テロ組織についても知っておく必要があります。〈テロ〉というのはフランス語の〈テルール〉から来ていて、〈恐怖をまきちらすならず者〉という意味です。アルカイダの指導者は、みなさんも聞いたことがあると思いますが、オサマ・ビン・ラディンです。父親はサウジアラビア最大の建設会社を所有する大富豪で、その五十三人の子どものうちのひとりです。

ソ連がアフガニスタンに侵攻すると、オサマはムジャヒディン・ゲリラを支援するために入国します。イスラム教の国々から若者を集めて、軍事訓練を施しました。一九八九年ソ連軍の撤退と共に、一時サウジアラビアに帰国します。翌年イラクがクウェートを占領したため、アメリカによるイラク攻撃が始まります。サウジアラビアはこのとき、イラク攻撃のための米軍の駐留を許可しました。これに対して、オサマは政府を激しく非難しました。サウジアラビア政府はオサマを拘束して自宅軟禁しますが、オサマはスーダンに亡命を求めます。スーダンのイスラム指導者とは親しい間柄にあり、その姪を妻に迎えています。アルカイダはオサマの指示で、一九九二年、アメリカ人がよく宿泊するイエメンのホテルを爆破します。翌年はニューヨークの世界貿易センターに爆薬も仕かけました。アメリカはオサマ逮捕にやっきになります。最終的にオサマをかくまったのが、タリバンの最高指導者ムハマド・オマルです。

　このときオサマはタリバンに一千億ドル、日本円にして十兆円を超す大金を寄付しています。オマルの娘がオサマの妻となり、オサマの娘がオマルの妻になって、両者の関係は切っても切れなくなるのです。一九九八年、ケニアとタンザニアでアメリカ大使館が爆破されましたが、これもアルカイダのテロ行為でした。

オサマ・ビン・ラディンは、アルカイダの兵士にジーハード（聖戦）を呼びかけます。侵略者に戦いをいどむのはイスラム信者にとって権利であり、責務だというのです。呼びかける際に、オサマは必ずコーランの一部を引用します。しかしよくその呼びかけを点検してみると、コーランの章句を、自分の都合のよい箇所だけ引用しているのが明らかです。人類に幸せをもたらすためにコーランが教えるさまざまな智恵を、わずかふたつの義務にまとめあげてしまっているのです。「まずアッラーを信じよ」「そして戦え」のふたつです。これでは、コーランの崇高な精神が生かされるはずはありません。オサマ・ビン・ラディンはコーランを生かすのではなく、おとしめているのです。

四、イスラム教とコーランについて

ここまで来ると、いよいよ、イスラム教とは何か、コーランとはどういうものか、みなさんも理解しなければなりません。仏教やキリスト教については、みなさんもある程度は知っているでしょう。みなさん自身、あるいは仏教徒、キリスト教徒であるかもしれません。ところが日本には、身のまわりにイスラム教徒がいることはまれです。ですから興味もそそられず、学ぶ機会も少ないのです。ビビの物語の背景にあるのは、常にコーランであり、イスラム教です。

イスラム教とは、コーランの教えに沿って生きる宗教のことです。寝ても覚めても、いつもコーランが生活の中にあります。ものの考え方や思想にも、コーランが息づいています。生活そのものを、空気のようにコーランが包みこんでいるのです。

それではコーランとは何でしょうか。簡単にいえば、アッラーという神の言葉です。キリスト教の聖書や、仏教の経典はすべて人間が書いたものですが、コーランはそうではありません。もちろん書きとめて後世に残したのは人間ですが、言葉そのものはアッラーから人間に下されたものだとされています。

アッラーから言葉をさずかり、人々に伝える役割をしたのが、預言者ムハンマドです。ムハンマドは正直者の商人でしたが、読み書きはできません。それなのに、ムハンマドの口から、流れるように美しく、力強い、人々を教え導く言葉がアラビア語で発せられ、それが二十二年間続きました。七世紀前半のことです。コーランそのものは、ムハンマドに下された言葉が長いものから順にまとめられています。全部で百十四章あります。この西暦六五〇年に編纂（へんさん）されたアラビア語のコーランが、唯一の基本です。今では各国語に訳されていますが、あくまで補助にしかすぎません。

アラビア語のコーランを耳で聞くと、それは詩でもあり音楽でもあり、祈りの言葉でもあり、人を導きさとす説得力にあふれているといいます。とても人間が創りだせる言葉ではなく、神の言葉としか考えられないそうです。

事実、コーランには次のような言葉があります。

彼らはそれでも言うのか。ムハンマドがでっちあげたと。言ってやるがい
い。「それなら同じような章句をひねりだしてみよ。神以外のだれにでも
頼んでみよ」と。

（第十章　ユーヌス）

言ってやるがよい。「大洋が、われらの主の言葉を書きとめるインクであ
ったら、主の言葉を尽くさぬ前に、大洋が尽きるであろう。たとえわれら
が『神』がもうひとつ大洋を加えてやってもな」と。

（第十八章　洞窟）

このコーランの教えを、日々の生活で実践するのがイスラム教です。簡単にまとめると、六信五行があります。六信はイマーンといわれ、次の六項目の実

行です。

一　アッラーを信じること。
二　アッラーの天使を信じること。
三　アッラーの経典を信じること。
四　アッラーの預言者を信じること。
五　最後の審判の日を信じること。
六　天命を信じること。

五行は、

一　信仰の告白（シャハーダ）
二　礼拝（サラート）
三　喜捨（ザカート）
四　斎戒（サウム）
五　巡礼（ハッジ）

です。このうち喜捨は、富める者が貧しい者に施しを与えることです。イスラム教では、自分より困った人を助けるのは義務なのです。斎戒は、しきたりに従って断食することです。巡礼は、一生に一度でもサウジアラビアのメッカにあるカアバ神殿にお参りすることです。

断食はラマダンが有名です。ひと月の間、日の出から日の入りまで、水も食べ物もとらないで過ごします。唾も飲みこまない人もいるそうです。日が沈むと、飲み食いは自由です。もちろん病人やおなかの大きいお母さん、赤ん坊や子どもは、しなくてもよいことになっています。この断食で、貧しかった先祖を思いだし、現在の恵まれない人々の苦労を味わいます。

断食は、暦に指定された時期をずらして自分で決めることもできます。カフェにはいってテーブルに座って、給仕が来て注文を聞かれても、「断食中だ」と答えれば追いだされません。かえって、「アッラーに栄光あれ」と祝福されます。

メッカ巡礼を終えた人はハッジと呼ばれ、人々から尊敬されます。

しかし日常の生活で最も目に見える形で実行されているのは、ビビの物語にもあるように、一日五回の礼拝でしょう。日の出直前（ファジル）、太陽が真上にきたとき（ズフル）、昼過ぎから日没まで（アスリ）、日没時（マグリブ）、その後ベッドにはいるまで（アシャーア）の五回、作法にのっとってお祈りをします。小さな村でも、必ず礼拝所（マスジット）があります。村人はそこに一日五回集まります。

礼拝開始を告げる人の声をアザーンといいます。アザーンを聞くと、人々は礼拝所に集まってくるのです。礼拝所でなくても、地面に敷物を置いてその上で行ってもかまいません。礼拝の前には必ず流水で、手首、口、鼻の穴、顔、腕、頭、耳、足を清めます。水がない砂漠では、砂が水のかわりになります。礼拝で唱える言葉も動作も、もちろん決められています。来る日も来る日も、この礼拝を欠かしません。これがイスラム教徒に勤勉さと、団結心をもたらしているのはまちがいありません。

みなさんが写真で見たことのあるモスクは、礼拝所の大きなものです。キリスト教の教会堂や仏教のお堂とちがって神聖な場所ではなく、そこで横になって昼寝をしても本を読んでも、会合の場にしてもよいのです。

もうひとつ、イスラム教が他の宗教と大きく異なる点があります。それはイスラム教を他人に強制しないことです。

宗教に強制があってはならない。まさに正しい道は迷妄から明らかに区別されている。だから邪神を退けてアッラーを信仰する者は、決してこわれることのない堅固な取っ手をにぎったも同然である。

（第二章　雌牛）

何よりイスラム教には、神父や司祭、僧侶といった布教に従事する宗教人がいないのです。個人とアッラーの間には仲介役がなく、直接個人個人がアッラーと結びついています。先に話題にしたムッラーは、単にコーランの解釈者にすぎません。現在、さまざまなイスラム教の国でこのムッラーが指導者顔をしていますが、コーランの教えを踏みはずしているともいえます。

それでは、イスラム教に入信するには、どうすればいいのでしょうか。仲介者がいないので、信仰の告白（シャハーダ）をし、六信五行を実行しつつ、コーランの教えに従って生活すれば、それでもう信者です。もしだれかが「おまえの信仰はいまひとつ足らん」と文句をつけたなら、「おまえはアッラーか」と言いかえせばいいのです。信仰の出来不出来を決めるのは、あくまでアッラーなのです。

ビビの物語を読んでいて、みなさんがふしぎに思ったことは、たぶん、ビビの父ラマートがふたりの妻をもっていたことではないでしょうか。カシムとアミンの母レザと、ビビを生んだロビーナです。イスラム教ではふたり以上の妻をもつことが認められています。もちろんその妻たちと平等に接するという条件つきです。預言者ムハンマドには、正式な妻が十二人いたといわれています。

五、アフガニスタンの農業

あとがきに書いているように、日本に農業研修に来たライラが、どうして農業にこだわっているのか、みなさん察しがつきますか。

長い間の占領や内戦、内紛で、アフガニスタンの国土は荒れはててしまいました。かつて果樹やトウモロコシ、小麦、ジャガイモが実っていたところも、荒廃しています。今では、どこから手をつければ元どおりの果樹園や畑になるのか、わからないほどです。

アフガニスタンには、カレーズという独特の地下用水路があります。数十メートルおきに縦穴を掘りさげ、地下十数メートルのところに横穴を掘りぬいてつなげたものです。山あいの水源から雪解け水が流れおちてくる、巧みな仕組みです。この貴重な水を、村人は上手に分配して畑を灌漑（かんがい）していたのです。しかし爆弾は、このカレーズも破壊してしまいました。

そのうえ、道ばたや畑には地雷も埋められたままになっています。地雷というのは、踏みつけると大爆発を起こすやっかいな兵器です。国全体で一千万個の地雷が残っていて、すべて除去するのには百年はかかるだろうといわれています。この犠牲になって命を落としたり、腕や足を失う人があとをたちません。ですから畑を耕すことのできない農民は、手っとり早い収入を得るためにケシを栽培するのです。ケシの実は麻薬アヘンの原料になり、世界中の暴力団の貴重な収入源です。世界のアヘンの九〇パーセント以上がアフガニスタンで生産され、アヘンがタリバンの収入源になっています。タリバンが農民にケシの栽培をさせ、上前をはねるのです。農民とて、本当はトウモロコシやジャガイモ、小麦を作りたいのでしょうが、畑が荒れ、水もない現状ではどうしようもありません。ライラは自分の国のこうした厳しい実情を見すえて、何よりもまず農業を復興させたいのでしょう。

六、マスード司令官

ビビの物語の中に、兄カシムが登場しますね。ビビより六歳年上で、レザの長男です。カシムはビビの母親ロビーナを殺したタリバンの政治に怒りをおぼえて、タリバンと対立するゲリラのグループにはいることを決意します。両親は悲しんで、やめるように説得しますが、カシムの意志は固く、揺るぎません。両親が折れたのは、カシムが加わる反タリバンのゲリラグループが、アハマッド・シャー・マスードが司令官を務める北部同盟だったからです。

マスード司令官は、ソ連占領の時代から、アフガニスタンを守る聖戦士ムジャヒディンの代表として名をはせていました。高潔で勇敢な人柄にはだれもがひきつけられていました。将来はアフガニスタンを担う人物だとも目されていたのです。国の発展には教育と農業が大切だと考えていたマスード司令官は、タリバンの方針に反対でした。アフガニスタンの北部に拠点を置き、タリバンと対立していたのです。教育を軽んじ、ケシの栽培を奨励するタリバンは、マスード司令官を目の仇にしていました。

このマスード司令官が、アルカイダとタリバンの指示で行われた自爆テロによって暗殺されます。その二日後、アメリカの世界貿易センターに旅客機がつっこんだのです。アルカイダとタリバンの目論見（もくろみ）が、まんまと成功したのです。一ヶ月後、アメリカによるアフガニスタン空爆が始まります。さらに一ヶ月後、北部同盟がタリバンからカブールを奪いかえしたところで、ビビの物語は終わっています。カシムが北部同盟の兵士の姿で、カブールの家にもどってくる場面は、みなさんも忘れることができないのではないでしょうか。

七、タリバン以後のアフガニスタン

タリバンが去ったあとのアフガニスタンやカブールがどうなったか、ビビの物語以後のことが、みなさんは気になるでしょう。

実をいうと、タリバンがまた勢力を盛りかえしているのです。二〇〇九年にハミッド・カルザイという人が大統領に再選され、新しい政権がアフガニスタンを治めていますが、その力は弱く、地方での治安は悪くなっています。もちろんアメリカやヨーロッパ諸国二十ヶ国あまりが、軍隊を送りこんでいます。四十ヶ国以上が参加する国際治安支援部隊も派遣されています。しかし、これだけの兵力では、各地にかくれているタリバンを追いはらうことは無理なようです。

外国の兵隊に協力した市民や農民は、タリバンが目をつけて殺害したりするので、だれも協力しなくなっています。外国からの援助物資を受けとっても、同じ目にあうのです。

アルカイダの指導者であるオサマ・ビン・ラディンの行方も、わかっていません。おそらく、アフガニスタンとパキスタンの国境につくられた地下要塞にかくれているのでしょう。山岳地帯なので、捜すのは非常に困難です（オサマ・ビン・ラディンはその後二〇一一年五月、アメリカ軍によってパキスタン国内で殺害されます）。

アフガニスタンを救うため、世界各国がもっと軍隊を送りこむべきだという意見があります。しかしアフガニスタンの国民は、もうこれ以上外国の軍隊に来てほしくないと考えています。軍隊が来れば来るほど、戦いは大きくなるばかりです。

一方国民の中には、タリバン政権時代を懐かしむ声も出ています。規律はがんじがらめでしたが、戦闘は少なかったからです。現在、アメリカを中心とする外国の軍隊は、アフガニスタンの軍部や警察の訓練に重点を置くようになっています。国内の軍隊が強くなり、警察官が増えれば、おのずから治安が保たれるようになるからです。

ところが、軍人や警察官の育成をしようとしても、大きな障害が待ちうけています。アフガニスタンの大半の若者が、ダリ語やパシュトゥ語は話せても、読み書きができないのです。学校に行く機会を奪われていたので、読み書きを学習しないまま大人になってしまっているのです。

ビビの物語に出てくるカシムやアミンは例外で、恵まれた環境に育ったといえます。

読み書きができない若者を軍人や警察官にするには、大変な苦労がいります。教習本や規則集、取り扱い書、法令集などが使えないのです。

これだけを見ても、国にとって子どもの教育がいかに大切かが理解できるはずです。

八、日本の援助

それでは、日本政府はこれまでアフガニスタンに対して、正式にはどんな援助をしていたのでしょうか。

アフガニスタンで生産されるケシの原液は、海外に密輸されて取り引きされ、代金はタリバンやアルカイダの資金源になります。こうした密輸船を海上で拘束して、麻薬や武器、弾薬を押収するのが、海上保安活動です。パキスタンやアメリカ、イギリスなど十一ヶ国が二十隻近くの艦艇を出しています。つい最近まで、日本はこれらの船に燃料を供給していました。担当していたのは海上自衛隊で、補給艦二隻の他に護衛艦が三隻ついていました。簡単にいえば、無料のガソリンスタンドを、インド洋につくっていたと思ったらいいでしょう。

かかった費用は一年間で八十億円くらいでした。

ところがこういう援助は、アフガニスタン国民の目には見えません。事実ライラに聞いてもまったく知りませんでした。一年に八十億円も使うのなら、アフガニスタンに学校をたててやったほうがいい。一年間に百校はたちます、と笑っていました。最近の一年間に、タリバンの手で、百三十校が焼かれ、百五人の先生や生徒が殺されたそうです。

ビビの物語にもあったように、タリバンは教育、特に女性の教育を目の仇にしているのです。学校が焼かれると、テントの教室になったり、いすがないので石の上に座ったり、地面にノートを置いての勉強になります。教室不足を補うため、子どもたちは二交代や三交代で通学しています。つまり午前中だけのクラス、午後だけのクラスというように分かれているのです。みなさんのように、一日中、学校にいられるわけではありません。

父兄の中には、自分の娘を、外から教室が見えるような学校に通わせたくない人もいます。また、先生が男性であれば、男から教えられるくらいなら、娘を無学のままにしておくほうがまし、という父親もいます。タリバン政権下で長く女性の教育が中断していたため、女性の先生の数が少ないのです。そのうえ、十分な教育を受けていない先生もいて、小学五、六年くらいまでの教育しか受けていない先生が教壇に立って、小学校低学年の生徒たちを教えているのが現状です。

教材も不足しています。教科書は十人に一冊、あるいは教室に一冊しかなく、回し読みです。筆箱はペットボトルで、鉛筆も、小さな鉛筆削りでちびるまで削って使います。黒板はすりきれ、チョークも数が足りず、先生は惜しみ惜しみ使います。

こうした学校を、みなさんが通っているような、ふつうの校舎にしてあげるだけでも、アフガニスタンの国民には大喜びされるでしょう。

ライラは何度もぼくに言いました。

「軍隊はもういりません。日の丸をつけた日本の軍隊（自衛隊のことです）を市民が見たら、いっぺんに日本ぎらいになってしまうでしょう」

カブール市内には、爆破されたままになっている橋がいくつもあります。市民は残った骨組を伝って、対岸に渡るしかありません。物語の中で、ビビのお父さんは火力発電所の技師でしたが、発電所も不足しています。地方に行くと電気のない生活です。道路もあちこちに砲弾の跡ができて、でこぼこのままです。農村の水路は破壊され、畑は荒れていくばかりです。地雷も埋まったままです。地雷を踏んで足を失った人々も多く、義足が必要になりますが、高価でとても買えません。

ライラは「点と線」という言葉をよく口にしました。アフガニスタンの国内全体をいっぺんによくしようとすると、治安を保つだけでも、何十万、何百万人の軍隊がいる。そうではなく、ある村、ある町をよくしていき、そこをつなぐ道路や通信網を整備していけば、いつの間にか暮らしやすさが全国に広がっていくというのです。確かにそうです。

たとえば、ある町の学校や病院、橋や道路を復興すれば、人々はそこに集まってきます。自分たちの町も、あんなふうになってほしいと思うでしょう。農村も同じです。水路が確保され、作物や果樹が実るようになれば、もう麻薬の原料となるケシを作らなくてすみます。その農村と町を結ぶ道路ができて、安全にトラックやバスが行き来できるようになると、収穫した農産物を町へ運べます。近くの村の農民も、自分たちの村の復興に、協力するようになります。

このような町や村、道路を守るには、アフガニスタンの兵士や警察官で十分なはずです。そうした復興された町や村があちこちに増え、その間の道路が補修されて、人や物の行き来が盛んになれば、もうタリバンがつけいる隙はなくなります。住民のほうから、タリバンなんかいらない、出ていってくれというようになるに決まっています。

日本がアフガニスタンに援助するなら、そうしたやり方を考え、工夫すべきです。学校や橋、道路、水道の建設を始めると、アフガニスタンの人々がそこで働き、賃金がもらえるようになります。建設の仕方も学ぶので、将来は自分たちの力でつくれるようになります。軍事ばかり援助しても、兵器が兵器を呼び、国土は荒れていくばかりです。

みなさんはこれから先もっと勉強を続けて、大人になっていきます。このビビの物語を読んだからには、もうアフガニスタンという国に無関心ではおられないでしょう。たとえお父さんやお母さんたちが、アフガニスタンについて何も知らなくてもです。

みなさんが大人になるころ、世界の中で日本だけが平和でいられることはありえません。どこかの国で戦争や内戦が起きていれば、その不幸は必ず日本にも襲ってきます。ですから、よその国の不幸に対して、自分は関係ないと知らん顔するのは、天に向かって唾を吐くようなものです。

将来、メイド・イン・アフガニスタンのザクロが、みなさんの住む町の店に並ぶようになったとき、アフガニスタンにも本当の平和が訪れているはずです。

そんなうれしいときが来たら、どうかみなさん、カブールのビビのことを思いだしてください。

二〇一〇年一月

帚木蓬生

かつて子供だった大人のみなさんへ

帚木蓬生

この物語は少女少年向けですが、大人にも面白く読んでいただけます。その理由のひとつは、ひとりの少女の成長物語だからです。大人はそこに、自分が大人になるまでに体験したさまざまな類似の出来事を見出すはずです。第二に、物語の舞台がアフガニスタンであり、日頃よく耳にするタリバンやイスラム教についての記述が多く出てくるからです。テレビニュースや新聞で毎日のように接していると、私たちはタリバンやイスラム教をよく知っている錯覚に陥ります。その実、知識と理解は、この物語を読んでいる子供たちと大差ないことに気がつくでしょう。イスラム教の本質は平和であり、原理主義が説く戦いとは全く反対の極にあります。この物語を読み終えたとき、大人のあなたもイスラム教の人々が好きになっているに違いありません。

この物語はまた戦争を扱っています。私たち大人は、もうたいていの人が戦争を体験していません。戦争はおとぎ話の世界に思え、世界のいろいろな地域で紛争や戦いがあっても、自分たちとは無関係の対岸の火事に思いがちです。これからの二十一世紀、自分の国だけが平和であり続けるのは不可能です。平和から戦争への変化はあっという間であり、再び平和を取り戻すには、長い時間と大きな犠牲が必要です。私たちは平和な国にいるからこそ、大人も子供も戦争の悲惨さに敏感でなければならないのです。

どうぞ、子供たちと一緒に、この物語の頁を開いて下さい。

解説

長倉洋海

本書を読み終えた時、アフガニスタンで出会った子どもたちの顔が次々と浮かんできた。蒸しイモを市場で売っていた兄と弟、母親と路上でナンを売っていた女の子、炊事に使う木の枝を拾い集めていた避難民の子。どの子も「学校に行きたい」と話した。その思いは、この物語の主人公ビビと同じだった。

この物語の舞台は、一九九〇年代から二〇〇〇年代初頭までの「激動のアフガニスタン」だ。ビビと家族や友だち、まわりの人との会話が生き生きと描かれ、文化の豊かさや奥深さも丹念に描かれていて、物語にグイグイと引き込まれていく。

物語の冒頭、ビビが市場でラピスラズリを見つけ母親に尋ねるシーン。ラピスラズリは現地語で〝ラジュワルド〟と呼ばれ、現地の人にとっては馴染み深い石だ。中国国境に近いバタクシャン県で産出されるが、古代エジプト、ペルシャ、トルコでは神聖な色として崇められ貴重な交易品となった。

その吸いこまれるような「深い青」は同国中央部にあるバンデ・アミール湖（「王の

湖」の意味。バーミヤンから車で二時間ほどの所）の、大空を写しこんだ湖面と同じだ。シルクロードの国々では、空の青を模した青タイルが作られ、多くのモスクで使われている。大空をイメージさせるラピスラズリはそのはるか上に存在する「神」に繋がることができる色なのかもしれない。

ラピスラズリは仏教の七宝の一つで、日本では瑠璃と呼ばれる。楽器や器などを飾り、はるばる日本までやってきたラピスラズリは正倉院の宝物展で見ることができる。また絵の具の原料としても使われた。金と同じくらい高価だったのに使用されたのは、「青」は人間が最後まで作り出せなかった色だったからだ。オランダの画家フェルメールは砕いた後、油と混ぜ、「青いターバンの少女」（別名：真珠の耳飾りの少女）で使ったことは有名だ。

次は絨毯。北部のトルクメンが作るものが高品質だが、2×3mサイズのもので三人の織子が三ヶ月を費やすほど時間と手間がかかる。換金製品なので、いざという時に売って生活の足しにもできる。アフガニスタン絨毯の色で一番人気はエンジ色。アカネの根で色付けするのだが、できたものはザクロと同じ色になる。ちなみにザクロを使った草木染めの絨毯は黄色になるという。

長い歴史を持つアフガニスタンにはたくさんの美術品や貴重な遺跡が存在している。本書の中で、命がけで美術品を守った国立博物館のスタッフの話が紹介されているが、戦乱を生き延びたそれらの美術品は、二〇一六年、「黄金のアフガニスタン」展として東京と福岡で展示され、一〇万人を超える人が訪れた（世界一〇ヶ国で巡回）。紀元前に栄えた遊牧民国家の埋蔵品やアレキサンダー大王の東方遠征の後に築かれた植民都市アイ・ハヌムからの出土品などが展示され、大きな反響を呼んだ。

「アフガン人の心、イスラムの心」

文化財も魅力的だが、私がもっとも心惹(こころひ)かれるのは、アフガン人の純朴な心とそこから生まれる優しさだ。大国特有の傲慢さがなく真っ当な人柄の人が多い。そして、シルクロードの民ゆえか客人を大切にする。旅人から世界の情報や各地の文物や便利な品々を手に入れてきた歴史がそうさせるのかもしれない。

さまざまな民族が暮らすアフガニスタンだが、国名は、「アフガン人の国」という意味だ。アフガン人とはアフガニスタンを建国したパシュトゥン人のことをいう。人口では過半数に満たないが、「自分たちこそ支配民族」という気持ちが抜け切らない人がいる。それが政治対立を引き起こし、時には混乱の原因となる。民族や出生で差別しないことはイスラムの基本的な教えでもあるが、悲しいことに古くからの因習から抜け出せない人が存在する。しかし、ビビの家族がそうであったように首都カブールで育った人々は、出身民族にこだわらず、他の民族と対等に付き合おうとする人が多いことを伝えておこう。

人が祈るのは邪心から心を解き放つためで、祈りの前に体を清めるのも無心になるためだ。主人公ビビも両親の影響か幼い時からモスクで祈りを始める。父親ラマートはそんなビビにイスラムの精神を教えていくが、中でも印象的なのは生と死についての会話だ。「でも、もしものときは、ビビ、悲しまなくていい。お父さんの命はアッラーに預けてある。爆弾の下敷きになって命をなくしたとしても、それはアッラーの考えの結果だよ。お父さんは悲しまない。ビビたちも悲しまなくていい。お父さんは天国でアッラーに会い、こんなふうに生きていました、と報告するつもりだよ」――。このやりとりに触れた時、私は長く取材を続けた抵抗運動の指導者マスード司令官との会話を思い出した。「死ぬのはこわくないか」と私が尋ねると、「それは神が決めること。いつ死が来るのかはわからない。でも、その時までを懸命に生きる。そうすれば神も喜んでくれる」と彼は答えた。

ビビが小学校に通い始めて二年後の一九九六年、タリバンが首都を軍事制圧する。本書では、タリバンは学校教師だったビビの母を殺し、サッカー場で見せしめに市民を処刑するが、どちらも事実に即した話だ。しかし、それらの行為はイスラムの精神から大きく外れたものであるのはいうまでもない。イスラムでは「無実の者を殺すのは全人類を殺すに等しい」と教えている。また、タリバンが戦いの大義に掲げる「ジハード」(聖戦)だが、本来、故郷や家族、イスラム社会を守るために侵略してきた敵と戦うことをいう。だが、ジハードにはもっと大切な意味がある。それは自らを戒め、愚かさや欲望と闘うことだ。自分と闘うジハードは大ジハードといわれ、敵と戦う小ジハードより高い価値を与えている。

「どうして戦争が長く続くのか」

敬虔で信仰心厚い人々が多いアフガニスタンで、どうして戦いがいつまでも続くのか。その理由を一言で言ってしまえば、「周辺国と大国の介入」があるからだ。最初の大きな戦いは一九世紀、英国が自国の植民地インドをロシアの南下から守るためにアフガニスタンを影響下に収めようと攻め込んだものだった。二度にわたる戦いが行われ、強硬な抵抗に英国は撤退せざるを得なかったが、その後の協定でペシャワールなどを含む地域を割譲させた。パキスタンは独立後、その領土を引き継いだが、アフガニスタンとパキスタンとの間の領土問題はいまだに解決されていない。次は、一九七九年の旧ソ連の軍事侵攻。超大国ソ連の一〇万の軍と戦い続け、最後には撤退に追い込んだ。そののち、親ソ政権が倒れ、イスラム暫定政権が誕生するが、今度は周辺国の支援を受けた各派の主導権争いが始まり首都は壊滅状態に。その時、南から攻め上がってきたのが、パキスタン軍統合情報局が育てたタリバンだった。

パキスタンが、時に自軍を送り込むなど国際法を破ってまで介入を強めるのは安全保障上の理由からだ。ライバル・インドに対抗するために、人口や国力で劣るパキスタンは後方のアフガニスタンを取り込むことを軍は最重要事項としている。そのパキスタンを支援するのは、サウジアラビアやアラブ首長国連邦などの湾岸産油国。湾岸諸国がアフガニスタンに義勇兵としてやってきたオサマ・ビン・ラディンのような過激派を支援していたのも、王室の危機感がある。「神の前の平等」を唱えるイスラムでは本来、王の存在は認められないが、自分たちに刃が向かないように今も世界各地でオイルマネーを使って工作を続けている。

さらに、その背後には米国がいる。米国が駐留を続け空軍基地を確保しているのは中国とロシアに後方から睨みを効かせるためで、同時に中東地域で王政打倒を叫び、サウジアラビアやイスラエルに敵対行動を取るイランを牽制する狙いからだ。そうした大国や周辺国の介入にアフガニスタンは長い間、翻弄され、多くの血を流してきた。マスードは「アフガニスタンは孔雀のような国。その美しさゆえに多くの侵略者が羽根を奪いにやってくる」と私に話した。

その駐留米軍はタリバンを壊滅できず死傷者が増加の一途を辿ったことから撤退を検討。二〇一六年に大統領となったトランプ氏は自らの再選を果たすためにも米軍撤退を強引に進めようとする。アフガン政府抜きでタリバンと和平交渉を始め、二〇二〇年二月二九日、合意内容が発表された。タリバンが全国でのテロ攻撃を停止すれば、一三五日以内に駐留米軍を、三分の二の八六〇〇名になるよう撤退させるというものだったが、その後もタリバンの攻撃は収まっていない。タリバンが攻撃を止めないのは、内部の武闘派が反発しているからだと考えられる。その武闘派が和平に応じるなら、議席を割り当てられるなどの政権参加が現実味を帯びてくると。

しかし、市民のタリバンを見る目は懐疑的だ。過去の抑圧もそうだが、大麻やヘロインを売って闘争資金の半分を得ていることにも不信感は大きい。その金で子どもや女性を含めた自爆テロ志願者を募って罪のない大勢の市民を巻き込んでいるからだ。二〇一七年、アフガニスタンを訪れた私はカブール市内で昼間から堂々と売人が大麻やヘロインを売っているのを見た。貧困が続く中で夢を失った人たちが苦しみから逃れようと安価な薬物に手を出しているという。その麻薬汚染はタジキスタン、ウズベキスタンにまで広がり、パキスタンでは中毒患者は五〇〇万人を超えているともいわれる。

そんなタリバンが現実に政権を握ったらどうなるのだろう。だが、首都カブールの人口は四九〇万（二〇〇一年当時は三〇〇万）。携帯電話やコンピューターが普及し、SNSもある。レストランは人々で賑わい、若いカップルが街中を歩いている。サッカーなどのスポーツも盛んだ。それを昔に押し返すことなどできないと思う。それでも、自分たちの価値観を力で押し付けるとしたら、ビビだけでなく大勢の市民たちが立ち上がるに違いない。平和、自由、そして自分たちの大切なものを守るために。

（ながくら・ひろみ　写真家）

本書は、二〇一〇年四月、あかね書房より刊行されました。
本文デザイン　斉藤啓（ブッダプロダクションズ）

帚木蓬生の本

十二年目の映像

テレビ局の帝都放送に勤める庸次は、上司からT大時計台闘争にまつわる極秘映像の存在を聞かされる。半信半疑で調査を始めた庸次だったが、ある人物の死で事態は急変し……。

集英社文庫

帚木蓬生の本

天に星　地に花（上・下）

「庄十は医者になりとうございます」。享保13年、久留米藩領。大庄屋の次男に生まれた庄十郎は、飢饉と圧政に苦しむ人々の姿を目の当たりにする。百姓のために医師を志す少年の物語。

集英社文庫

帚木蓬生の本

安楽病棟

様々な症状の老人が暮らす痴呆病棟で起きた、相次ぐ患者の急死。理想の介護を実践する新任看護婦が気づいた衝撃の実験とは？　終末期医療の現状と問題点を描くミステリー！

集英社文庫

帚木蓬生の本

やめられない
ギャンブル地獄からの生還

パチンコ、競馬、カジノ……。なぜ、身を滅ぼすまで没入するのか。現役精神科医が、ギャンブル依存症の仕組みと治療法を解説。借金を隠す、嘘をつく。あなたは、あなたの身近な人は、大丈夫ですか？

集英社文庫

集英社文庫

ソルハ

2020年 7 月25日　第 1 刷
2023年12月17日　第 2 刷

定価はカバーに表示してあります。

著　者　帚木蓬生（ははきぎほうせい）

発行者　樋口尚也

発行所　株式会社　集英社
東京都千代田区一ツ橋2-5-10　〒101-8050
電話　【編集部】03-3230-6095
　　　【読者係】03-3230-6080
　　　【販売部】03-3230-6393（書店専用）

印　刷　大日本印刷株式会社

製　本　大日本印刷株式会社

フォーマットデザイン　アリヤマデザインストア　　マークデザイン　居山浩二

本書の一部あるいは全部を無断で複写・複製することは、法律で認められた場合を除き、著作権の侵害となります。また、業者など、読者本人以外による本書のデジタル化は、いかなる場合でも一切認められませんのでご注意下さい。

造本には十分注意しておりますが、印刷・製本など製造上の不備がありましたら、お手数ですが小社「読者係」までご連絡下さい。古書店、フリマアプリ、オークションサイト等で入手されたものは対応いたしかねますのでご了承下さい。

© Hosei Hahakigi 2020　Printed in Japan
ISBN978-4-08-744133-8 C0193